A Filha Italiana

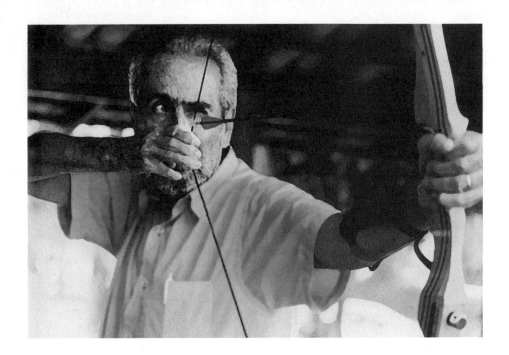

O Arqueiro

GERALDO JORDÃO PEREIRA (1938-2008) começou sua carreira aos 17 anos, quando foi trabalhar com seu pai, o célebre editor José Olympio, publicando obras marcantes como *O menino do dedo verde*, de Maurice Druon, e *Minha vida*, de Charles Chaplin.

Em 1976, fundou a Editora Salamandra com o propósito de formar uma nova geração de leitores e acabou criando um dos catálogos infantis mais premiados do Brasil. Em 1992, fugindo de sua linha editorial, lançou *Muitas vidas, muitos mestres*, de Brian Weiss, livro que deu origem à Editora Sextante.

Fã de histórias de suspense, Geraldo descobriu *O Código Da Vinci* antes mesmo de ele ser lançado nos Estados Unidos. A aposta em ficção, que não era o foco da Sextante, foi certeira: o título se transformou em um dos maiores fenômenos editoriais de todos os tempos.

Mas não foi só aos livros que se dedicou. Com seu desejo de ajudar o próximo, Geraldo desenvolveu diversos projetos sociais que se tornaram sua grande paixão.

Com a missão de publicar histórias empolgantes, tornar os livros cada vez mais acessíveis e despertar o amor pela leitura, a Editora Arqueiro é uma homenagem a esta figura extraordinária, capaz de enxergar mais além, mirar nas coisas verdadeiramente importantes e não perder o idealismo e a esperança diante dos desafios e contratempos da vida.

❋ AS FILHAS PERDIDAS 1 ❋

SORAYA LANE

A Filha Italiana

Título original: *The Italian Daughter*
Copyright © 2022 por Soraya Lane
Copyright da tradução © 2023 por Editora Arqueiro Ltda.

Publicado originalmente na Grã-Bretanha em 2022 pela Bookouture, um selo da Storyfire Ltd.

Todos os direitos reservados. Nenhuma parte deste livro pode ser utilizada ou reproduzida sob quaisquer meios existentes sem autorização por escrito dos editores.

tradução: Nina Schipper
preparo de originais: Sara Orofino
revisão: Helena Mayrink e Midori Hatai
projeto gráfico e diagramação: Natali Nabekura
capa: Barbara
imagens de capa: Yolande de Kort | Trevillion Images; Potapov Alexander e Vicushka | Shutterstock
adaptação de capa: Gustavo Cardozo
impressão e acabamento: Associação Religiosa Imprensa da Fé

CIP-BRASIL. CATALOGAÇÃO NA PUBLICAÇÃO
SINDICATO NACIONAL DOS EDITORES DE LIVROS, RJ

L257f

Lane, Soraya
    A filha italiana / Soraya Lane ; [tradução Nina Schipper]. - 1. ed. - São Paulo : Arqueiro, 2023.
    272 p. ; 23 cm.

    Tradução de: The italian daughter
    ISBN 978-65-5565-529-2

    1. Romance neozelandês (Inglês). I. Schipper, Nina. II. Título.

23-84189
    CDD: 828.9933
    CDU: 82-93(931)

Gabriela Faray Ferreira Lopes - Bibliotecária - CRB-7/6643

Todos os direitos reservados, no Brasil, por
Editora Arqueiro Ltda.
Rua Funchal, 538 – conjuntos 52 e 54 – Vila Olímpia
04551-060 – São Paulo – SP
Tel.: (11) 3868-4492 – Fax: (11) 3862-5818
E-mail: atendimento@editoraarqueiro.com.br
www.editoraarqueiro.com.br

*Para minha editora, Laura Deacon.
Obrigada por ter acreditado nesta série desde o
exato instante em que apresentei a ideia.
Serei eternamente grata pela oportunidade.*

Carta da autora

Queridos leitores,

No meu país natal, a Nova Zelândia, enfrentamos alguns dos *lockdowns* mais rigorosos durante a pandemia do coronavírus. Foi assim que, em 2020, me vi passando semanas a fio trancada em casa, sonhando com todos os lugares para os quais eu gostaria de viajar quando as fronteiras internacionais por fim fossem reabertas.

Foi nessa época que comecei a imaginar uma série que poderia ter como pano de fundo belos lugares ao redor do mundo. Eu queria que meus leitores se lembrassem do prazer que era viajar, estar entre as pessoas, se apaixonar... E assim nasceu a série As Filhas Perdidas!

Certo dia, preenchi um caderno com as histórias de oito mulheres do presente e de oito mulheres do passado. Quando parei de rabiscar minhas anotações, já bem tarde da noite, soube que havia criado o que se tornaria uma série de oito livros, passados em diversos países do mundo.

Este primeiro romance, *A filha italiana*, parece ser verdadeiramente o meu livro do coração. Durante a escrita, sentia estar ao lado de Lily enquanto ela se apaixonava, trabalhava na vinícola e explorava a Itália, e meu coração se partiu quando elaborei partes da história de Estee.

Ao criar o segundo volume, *A filha cubana*, senti tudo isso mais uma vez. A questão é simples: eu precisava compartilhar essas histórias com leitores no mundo inteiro para lhes levar amor, alegria e esperança.

Espero que você goste de ler este livro tanto quanto eu amei escrevê-lo, e que você se apaixone por Lily, Estee e, é claro, pela Itália.

Com amor,
Soraya

PRÓLOGO

Lago de Como, 1946

Felix pegou algo dentro do seu paletó e Estee prendeu a respiração.

– Estee, comprei este anel um dia depois de ver você no palco do La Scala, tantos anos atrás – disse Felix, segurando uma caixinha de veludo vermelho. – Você é a única mulher que já amei.

Estee queria muito ver o anel, queria contemplar o diamante que ele havia escolhido para ela, mas, em vez disso, segurou a mão do amado e delicadamente a fechou sobre a caixinha. *Ele ainda está comprometido com outra mulher.*

– Não – sussurrou Estee. – Agora não é o momento certo. Quero que você me peça em casamento quando estiver livre.

Felix continuou a olhar em seus olhos enquanto deslizava a caixinha de volta para o bolso.

– Posso perguntar uma coisa?

Ela aquiesceu.

– Claro.

– Se eu a tivesse pedido em casamento primeiro, você teria aceitado?

As lágrimas até então ausentes rolaram de súbito.

– Sim, Felix. Eu diria "sim" mil vezes. Você é tudo o que eu sempre quis.

1

Londres, dias atuais

Lily abriu a porta do seu apartamento e entrou, arrastando a mala e a bolsa de lona.

– Tem alguém em casa? – chamou ela, usando o pé para fechar a porta enquanto ia deixando tudo pelo chão.

Sem receber uma resposta, avançou mais alguns passos, olhando ao redor e se dando conta de que nada havia mudado nos quatro anos em que estivera longe de casa. Eram as mesmas paredes pintadas de amarelo-claro, as mesmas almofadas macias no sofá e o mesmo espelho dourado pendurado sobre a lareira, que servia de base para os incontáveis porta-retratos entulhados sobre a cornija.

Lily se deteve neles, notando em quase todos o próprio sorriso amplo irradiar alegria. Ela se aproximou para tocar a foto do pai, contornando o rosto dele com o polegar, antes de se dirigir à imagem da mãe, se dando conta de quanto havia sentido falta dela.

Andou pela cozinha, instintivamente sabendo que sua mãe não estava em casa. Viu um bilhete no banco e o pegou, reclinando-se na bancada enquanto seus olhos percorriam as palavras.

Mal posso esperar para te ver, querida, mas decidi passar as próximas semanas na Itália, já que agora o tempo está tão bonito. Te vejo por lá?

Com amor, M.

Lily riu e largou o bilhete. *Eu aqui esperando o tão aguardado reencontro, e ela foi para a Itália!* Mas não podia culpá-la. Como Lily havia se mudado para outro país, a mãe precisou se reinventar sem a presença de sua única filha. E Lily adorava saber que ela estava feliz.

Viu uma pilha de envelopes fechados ao lado da torradeira e os pegou, esperando que fossem destinados a ela. Encontrou alguns endereçados à sua mãe, mas apenas um, na base da pilha, chamou sua atenção.

Para o espólio de Patricia Rhodes.

Lily girou o envelope, perguntando-se por que a mãe não teria se interessado pelo espólio de sua avó. Notou o carimbo do escritório de advocacia e deslizou a unha sob a cola, decidindo dar uma olhada. Soltou um bocejo – as 22 horas de voo começavam a pesar. Devia ser quase meia-noite no país onde estivera morando, então o cansaço era compreensível.

A quem interessar possa, a respeito do espólio de Patricia Rhodes.

Solicitamos sua presença nos escritórios de Williamson, Clark & Duncan, em Paddington, Londres, na sexta-feira, 26 de agosto, às 9h, para receber um item deixado para o espólio. Por favor, entre em contato com nossos escritórios para confirmar o recebimento desta carta.

Atenciosamente,
John Williamson

Lily esfregou os olhos e releu a carta. A avó morrera quando ela era adolescente, mais de uma década antes, e a visão de seu nome a fez estremecer. Adorava a avó, era uma das mulheres mais amáveis e gentis que já conhecera, mas Lily se deu conta, com certa culpa, de que muito tempo já havia se passado desde que pensara de verdade nela, em comparação com a frequência com que pensava no pai. Ela sorriu ao se lembrar das muitas vezes em que ia visitá-la, dos dias em que se sentavam ao sol para tomar chá enquanto Lily lhe contava todos os seus problemas de adolescente.

Pegou o celular e rapidamente enviou um e-mail para o advogado, pedindo mais informações. *Eles devem ter errado de pessoa. Eu saberia caso houvesse alguma coisa mal resolvida sobre o espólio dela, certo?*

2

Lily abriu os olhos. Levou algum tempo até entender onde estava. Não reconheceu imediatamente o teto alto e branco, então ergueu o corpo apoiando-se nos cotovelos.

Por fim, jogou as pernas para fora da cama e passou os dedos pelos cabelos numa tentativa de desembaraçá-los. O quarto estava escuro, a única luz provindo do saguão. Quando olhou de relance para o relógio ao lado da cama, viu que eram quase quatro da manhã, logo dormira o dia inteiro e parte da noite, mas não se sentia nem um pouco melhor por isso; estava ainda mais atordoada do que antes de pegar no sono.

Arrastou-se até o banheiro e jogou água no rosto, encarando seu reflexo no espelho redondo sobre a pia. Sem maquiagem, via que a ponte do nariz e parte das bochechas estavam levemente salpicadas com sardas, uma ode ao sol intenso da Nova Zelândia, onde havia morado e trabalhado. Tocou a pele com a ponta dos dedos e sorriu, satisfeita com o novo visual dourado de sol. Junto com seus cachos longos, escuros e indomados, dava a Lily ares mais praieiros do que urbanos. Ela gostava disso. Era uma versão mais descontraída de si mesma, que havia levado anos para encontrar, e não queria desistir da garota que via no espelho apenas por ter voltado para sua casa em Londres.

Lily prendeu o cabelo no alto da cabeça num coque improvisado, andando lentamente até a cozinha para procurar seu telefone. Encontrou-o na bancada e deu uma olhada nos e-mails. Um deles era de uma antiga colega, com uma foto anexada da vinícola onde ela havia trabalhado, as uvas protegidas por telas e a relva tingida do branco das geadas. Ela sorriu, imaginando-se ali outra vez, pegando seu café diário quando o restaurante abria, olhando fixamente para o lado de fora, onde vinhedos e mais vinhedos se estendiam muito além do horizonte. Lily suspirou. Talvez devesse ter continuado na Nova Zelândia em vez de assumir a vaga de verão para trabalhar na Itália, mas havia prometido a si mesma que precisava do máximo possível de experiências em regiões diferentes antes de se estabelecer definitivamente em algum lugar.

Ela voltou a olhar a caixa de entrada, procurando algo interessante, e viu que recebera a resposta do escritório de advocacia:

Prezada Sra. Mackenzie,

Obrigado por entrar em contato. Entendemos por que o conteúdo de nossa carta lhe parece misterioso, mas achamos que seria melhor discuti-lo pessoalmente com a senhora ou com outro membro da família. Queira, por gentileza, confirmar nosso compromisso na sexta--feira. Caso isso não seja possível, agendaremos outro horário para nossa reunião.

Atenciosamente,

*John Williamson,
em nome do espólio de Hope Berenson*

Hope Berenson? Lily franziu a testa, revirando o nome em sua mente. Tentava lembrar se o havia escutado antes. Não soava familiar, e queria muito que a mãe estivesse ali para perguntar a ela. Talvez fosse alguém do passado da avó, alguém que tivesse lhe deixado algo em seu testamento, sem saber que ela falecera havia anos. Lily apenas esperava que não fosse uma quinquilharia velha que tivesse que carregar para casa depois da reunião.

Ela colocou o celular na bancada e decidiu preparar um café, pois necessitava desesperadamente de cafeína para conseguir se manter acordada.

* * *

– Querida! É tão bom ouvir sua voz!

Lily riu, pressionando o telefone na orelha enquanto se esforçava para ouvir a voz rouca da mãe.

– Não acredito que você decidiu ir de repente para a Itália! – exclamou Lily. – Eu meio que estava esperando uma festinha de boas-vindas.

Tentou não parecer decepcionada por ter encontrado o apartamento vazio. Se sua mãe estava feliz, então ela também estava. Ainda não conhecia o novo companheiro da mãe, mas eles pareciam ter um estilo de vida maravilhoso.

– Querida, você detesta ser o centro das atenções, eu dificilmente daria uma festa para te receber.

Ela estava certa. Lily de fato não gostava, mas sua mãe adorava. Sempre se perguntou se a extravagância da mãe havia influenciado sua natureza mais tímida e introvertida.

– Quando você chega? – perguntou a mãe. – Vamos te ver no lago de Como?

– Daqui a algumas semanas. Estou ansiosa para ver você, mesmo que apenas por uma ou duas noites.

– Excelente! Agora preciso ir, querida, estamos prestes a embarcar num lindo iate para passar o dia. Tem certeza de que não consegue mudar seu voo e vir mais cedo, para passarmos mais tempo juntos?

Lily balançou a cabeça, ainda que a mãe não pudesse enxergá-la. Não via a hora de viajar pela Itália. Ela sempre quis visitar o país, mas não desejava ficar no meio dos turistas. Mal podia esperar para absorver toda aquela cultura e caminhar pelos vinhedos, sentir o ar fresco e conhecer as pessoas responsáveis pela colheita e pela produção do vinho. Ela queria descobrir pequenos restaurantes e esbarrar nos habitantes locais em feiras pitorescas, e não ser mais uma na multidão de fãs que lutavam para ver um relance de George Clooney no lago de Como. O engraçado é que esse era exatamente o tipo de coisa que sua mãe gostaria de fazer.

– Tenho que resolver umas pendências em Londres antes, não vou conseguir mudar o voo, mas mal posso esperar para encontrar você – respondeu Lily. – Ah, e antes de desligar, o nome Hope Berenson te diz algo?

– Não, por quê?

– É que tem uma carta aqui, de um advogado, endereçada ao espólio da vovó.

– Você sabe como sou distraída com a correspondência, querida. Devo ter me esquecido de abrir.

– Tudo bem. Vou descobrir do que se trata e te aviso.

– *Ciao, bella!* – cantarolou sua mãe antes de desligar.

Lily ficou segurando o telefone por alguns instantes, imaginando a mãe em um de seus cafetãs multicoloridos, as joias tilintando enquanto subia numa linda embarcação. Estava feliz de verdade por ela. Sua mãe sempre fora maravilhosa: priorizava a filha e dava conta de tudo sozinha mesmo depois que o pai de Lily morreu, concentrando-se nelas até que Lily tivesse idade para ingressar na universidade. Por mais agradecida que estivesse por sua mãe ter conhecido alguém, também se sentia apreensiva para conhecer o primeiro homem que havia conquistado o coração dela desde que o pai morrera.

– Divirta-se – disse ela para o telefone, deixando-o na bancada, e decidiu tomar um banho.

Abriu o chuveiro e esperou que a água esquentasse e o vapor preenchesse o ambiente. Depois, fechou os olhos e deixou que a água escorresse pelo corpo, ainda revirando o nome de Hope Berenson em sua mente.

Precisaria esperar dois dias até a reunião com o advogado e já estava morrendo de curiosidade.

3

Lily estava sentada na sala de espera do escritório de Williamson, Clark & Duncan fingindo ler uma revista. Ergueu o olhar quando uma jovem entrou e observou-a conversar com a recepcionista aos sussurros.

Antes que a mulher se virasse, Lily rapidamente voltou os olhos para a revista, sem querer ser flagrada encarando-a. Mas aquilo foi muito estranho! Havia apenas um homem ali, esperando, e as outras mulheres pareciam ter uma idade próxima à dela, todas caladas folheando revistas.

Ela consultou o relógio e se remexeu no assento, até que uma voz pediu atenção:

– Com licença, senhoritas, e peço desculpas por me dirigir a todas coletivamente, mas gostaria de pedir que Lily, Georgia, Claudia, Ella, Blake e Rose, por favor, me acompanhem.

Lily trocou olhares com algumas das outras mulheres, perguntando-se o que estava acontecendo ali.

– Você faz alguma ideia do que se trata? – sussurrou Lily para uma bela loura que caminhava ao lado dela.

A loura balançou a cabeça.

– Nenhuma ideia. Queria saber por que estou aqui.

– Acho que estávamos muito curiosas para deixar de vir – disse outra mulher, e Lily sorriu ao cruzarem olhares. – Talvez estejamos aqui para herdar milhões ou talvez sejamos sequestradas. De todo modo, estou convencida de que se trata de um golpe.

Lily riu. Tinha quase certeza de que elas não teriam um terrível fim num escritório de advocacia com sede em Paddington e fachada de vidro, mas sem dúvida compartilhava do ceticismo.

Quando enfim entraram em uma ampla sala de reuniões, foram conduzidas aos seus assentos. À mesa, estava um homem bem-vestido num terno cinza. À esquerda dele, uma mulher com cerca de 30 anos. De aparência impecável, blusa de seda e calça preta de cintura alta, ela tinha o cabelo puxado para trás num rabo de cavalo bem esticado. Apesar de refinada, a mulher parecia nervosa, os olhos arregalados.

Lily se sentou enquanto a assistente distribuía folhas de papel. Ninguém encostou nos bolinhos e no café que haviam sido colocados no centro da mesa, mesmo quando a assistente as convidou a se servir.

– Eu gostaria de dar as boas-vindas a todas e agradecer por terem comparecido – disse o homem, levantando-se e sorrindo para elas. Seu cabelo era grisalho, num tom mais claro do que o terno, e ele aparentou ser mais jovem quando se dirigiu a elas. – Embora eu saiba que é bastante incomum ser convidado para um inesperado encontro de grupo, neste caso fazia sentido reunir todas as seis hoje.

Lily o examinou, ainda sem entender o que estava acontecendo. Ela pigarreou, tentada a simplesmente se levantar e ir embora, mas sua curiosidade mais uma vez a dominou.

– Sou John Williamson, e esta é minha cliente, Mia Jones. Foi sugestão dela reunir as senhoritas aqui, uma vez que ela está cumprindo os desejos de sua tia, Hope Berenson. Nosso escritório também a representou muitos anos atrás.

Lily pegou a folha de papel à sua frente e começou a remexer nela.

– Mia, gostaria de tomar a palavra e prosseguir com as explicações?

Mia aquiesceu e se pôs de pé, parecendo nervosa, e Lily se endireitou na cadeira, atenta.

– Eu também gostaria de agradecer às senhoritas por terem vindo aqui hoje, e peço desculpas por meu rubor. Não estou acostumada a falar diante de tantas pessoas. – Ela abriu um sorrisinho tímido. – Devo confessar que fiquei aflita a manhã inteira.

Lily sorriu, e todas pareceram relaxar, o ambiente instantaneamente mais leve depois dessa confissão.

– Como acabaram de ouvir, minha tia era Hope Berenson, que por muitos anos dirigiu uma instituição privada aqui em Londres chamada Hope's House, para mulheres solteiras e seus bebês. Minha tia era muito conhecida por sua discrição, assim como por sua bondade, apesar dos tempos difíceis. – Mia riu, parecendo nervosa enquanto lançava um olhar rápido ao redor da sala. – Tenho certeza de que estão se perguntando por que estou contando tudo isso, mas, por favor, confiem em mim que logo fará sentido.

Lily inclinou o corpo para a frente. Que ligação haveria entre sua avó e essa Hope's House? Até onde sabia, ela tivera apenas um filho – seu pai. Haveria outra criança por aí, concebida quando a avó era nova? Ou a conexão seria ainda mais antiga?

– A casa ficou abandonada por muitos anos e será demolida em breve, abrindo espaço para a construção de um novo conjunto residencial, então voltei lá para dar uma última olhada antes que o lugar viesse abaixo.

Lily observou discretamente as outras mulheres, todas com o olhar fixo em Mia, a maioria franzindo a testa ou erguendo a sobrancelha, como se também tentassem decifrar em que ponto sua vida pessoal se conectava com aquela casa.

– O que exatamente essa casa velha tem a ver com a gente? – perguntou uma jovem de cabelo castanho, sentada diante de Lily.

– Desculpem, eu deveria ter começado por essa parte! – exclamou Mia, sem graça, levantando-se da cadeira e atravessando a sala. – Minha tia guardava um arquivo e coisas assim no escritório dessa casa e eu me lembrei de como minha mãe gostava do tapete que ficava lá. Assim, decidi ver se eu não poderia usá-lo em algum lugar, em vez de jogá-lo fora, mas, quando o levantei, vi algo entre duas tábuas do assoalho. Não consegui me conter e voltei com uma ferramenta para descobrir o que havia embaixo.

Lily sentiu um calafrio e engoliu em seco. Mia ergueu uma caixinha que estava numa mesa ao fundo da sala.

– Quando levantei a primeira tábua, vi duas caixinhas, e quando afastei a segunda, havia mais, todas com cartões escritos à mão. Não pude acreditar no que tinha descoberto, mas, assim que vi que havia um nome em cada cartão, soube que eu não poderia abri-las, mesmo que estivesse muito curiosa para saber o que havia ali dentro. – Ela sorriu ao erguer o olhar, encarando cada uma das mulheres antes de prosseguir: – Trouxe essas caixas comigo hoje para mostrá-las às senhoritas. Mal posso acreditar que minha curiosidade as trouxe até aqui.

Cuidadosamente, Mia colocou uma caixa ao lado da outra na mesa, e Lily esticou o pescoço para olhar melhor. Foi naquele momento que Lily viu o nome, claro como o dia: *Patricia Rhodes*. Ela olhou perplexa para Mia. *Por que o nome da minha avó está aí?*

O advogado recomeçou a falar:

– Mia trouxe as caixas aos meus cuidados e percorremos todos os antigos registros no escritório da tia dela. A documentação era meticulosa e, embora esses registros fossem confidenciais, decidimos ir atrás dos nomes, para ver se conseguiríamos restituí-las às devidas proprietárias. Eu me senti na obrigação de fazer o possível para alcançar esse objetivo.

– A senhora chegou a abrir alguma delas? – perguntou Lily, fitando Mia.

– Não. – O tom de voz de Mia era agora mais baixo e suave. – Foi por isso que pedi que todas viessem hoje. – Seus olhos se encheram de lágrimas, e ela rapidamente as enxugou. – Se permaneceram escondidas por todos esses anos, é porque deviam ser muito importantes para minha tia. O que não entendo é por que ela, em vida, nunca devolveu as caixas a suas proprietárias de direito. Senti que era meu dever pelo menos tentar, e agora cabe a cada uma das senhoritas a decisão de mantê-las lacradas ou não.

Lily sentiu uma urgência irresistível de se levantar e abraçar Mia, mas suas costas se enrijeceram e o instante de vulnerabilidade se dissipou.

– O que não sabemos – continuou o advogado, plantando as mãos sobre a mesa enquanto se levantava lentamente da cadeira – é se outras caixas foram distribuídas ao longo dos anos. Ou Hope escolheu não distribuir essas sete por algum motivo, ou elas não foram reivindicadas por suas donas.

– Ou talvez minha tia tenha decidido, mais uma vez por motivos que só cabiam a ela, que seria melhor mantê-las escondidas – concluiu Mia. – Nesse caso, posso ter descoberto algo que deveria ter ficado enterrado.

O advogado pigarreou.

– Sim, mas, a despeito do motivo, meu dever é transferi-las para as devidas proprietárias ou, neste caso, para o espólio de suas devidas proprietárias.

– E a senhora não sabe o que tem dentro delas? – perguntou outra mulher na sala.

– Não, não sabemos – respondeu Mia.

– Bem, por mais interessante que isso tudo pareça, preciso voltar para o meu trabalho – disse uma bela mulher de cabelos escuros, mais afastada. – Se a senhora puder, por favor, me entregar a caixa com o nome Cara Montano...

Lily se surpreendeu com o aparente desinteresse da mulher. Ela mesma sentia uma comichão para abrir a caixa de sua avó e saber o que continha.

– Obrigado por ter vindo – disse o advogado. – Se tiver qualquer outra pergunta, por gentileza, não hesite em entrar em contato.

A mulher assentiu, mas, por sua expressão, Lily duvidou muito que ela manteria contato. Ninguém mais se mexeu enquanto ela assinava um papel e mostrava sua identidade, jogando a caixinha em uma bolsa enorme e saindo da sala a passos largos. Lily viu que o nome dela era Georgia.

O advogado pigarreou.

– Se puderem dizer seu nome, uma de cada vez, e assinar a documentação à sua frente, por gentileza, entregarei as outras caixas. Imagino que algumas das senhoritas tenham outros compromissos.

Lily deu uma olhada na folha de papel diante de si e sorriu para Mia quando ela lhe ofereceu uma caneta.

– Obrigada. – Ela assinou e ergueu o olhar. – Isso é meio misterioso, não é?

Mia sorriu, e Lily percebeu como ela era bonita quando sua fisionomia se suavizava. Parecia que a mulher estivera usando uma máscara para inspirar confiança, talvez para discursar diante de todas elas.

– Sei que esta situação é estranha, mas, quando vi o cuidado com que minha tia havia identificado cada caixa, senti que era necessário encontrar as proprietárias. Eu não ficaria em paz comigo mesma se as caixas ainda estivessem na casa no momento da demolição.

Lily assentiu.

– É uma pena que tenham ficado escondidas por tantos anos.

Mia pegou os documentos de Lily e os passou para o advogado antes de dar a caixinha a ela. Era de madeira, amarrada com firmeza por uma corda. Lily leu o nome de sua avó. Escrito de forma inconfundível, a caligrafia perfeita, como em todos os demais cartões. Era evidente que a mesma pessoa havia identificado cada caixa.

Lily sentiu vontade de desamarrar a corda ali mesmo, naquele momento, mas, em vez disso, passou o polegar pela superfície da caixinha, dando asas à sua imaginação e perguntando-se o que haveria ali dentro.

– Não tenho nada mais a tratar com as senhoritas, então, a menos que tenham perguntas...

Lily balançou a cabeça e olhou nos olhos de Mia outra vez. Havia alguma coisa na moça que a afetava, talvez certa solidão, e quando a reunião foi concluída, ela se viu próxima à mulher.

– Estou tentada a abrir a minha agora mesmo – comentou Lily. – Nunca fui muito boa com surpresas.

– Antes de abrir, pense bem se de fato *quer* desenterrar o passado. Ele pode mudar suas perspectivas, principalmente sobre a sua família ou sobre o que você pensava saber a respeito da sua avó. Alguns segredos deveriam continuar guardados, e este foi meu único receio quando decidi ir atrás de todas vocês.

Lily assentiu.

– Eu entendo. Para ser sincera, é um pouco desconcertante saber que minha avó tem uma ligação com tudo isso.

Mia aquiesceu.

– Acredite, eu sei. Até recentemente, eu não sabia quase nada sobre vocês, mas encontrei um diário de minha tia escondido com as caixas. Na verdade, eu o venho lendo nessas últimas semanas. Dezenas de mulheres passaram por aquela casa, algumas *queriam* se desfazer de seus bebês, outras estavam com o coração partido por ter que desistir das crianças.

Ela fez uma pausa.

– Mas se tantas mulheres deram à luz ali, não deveria haver mais caixas? – perguntou Lily.

– Talvez. Mas é possível que as caixas já tivessem sido reivindicadas. Talvez as avós de vocês nunca tenham aparecido para buscar respostas.

– Ah, alguém esqueceu essa aqui? – indagou Lily, gesticulando na direção de uma caixa que estava sobrando, enquanto colocava a sua na bolsa, em segurança.

– Não, esta sétima não tem dona – disse Mia. – Nem sei por que eu a trouxe para cá, para ser sincera, porque não conseguimos encontrar a proprietária, mas não me pareceu certo abandoná-la.

Lily a olhou atentamente, lendo o nome desconhecido no cartão e se perguntando a quem ela poderia ter pertencido. O fato de que todas elas foram reivindicar as suas já era por si só inacreditável; as outras mulheres tinham ficado tão curiosas quanto ela.

– Mais uma vez, obrigada por ter feito isso – disse Lily.

– Espero que a caixa não contenha surpresas demais – comentou Mia, acenando.

Lily acenou de volta e partiu, sorrindo para outra mulher que saía junto com ela. Algumas horas antes, estava sentindo saudades de um país que não era seu lar de verdade, sentindo falta das pessoas com quem havia passado os últimos quatro anos e meio, inclinada a pegar um avião e voltar. Mas, de repente, Lily percebeu que Londres era exatamente onde deveria estar. E, se ela não tivesse voltado para casa, nunca teria recebido a estranha caixinha com o nome da avó.

Ela nunca havia acreditado em destino, mas talvez existisse algo assim, afinal.

4

ITÁLIA, 1937

Ela nunca esqueceria a primeira vez que o viu.
Estee estava se apresentando, o coração batendo tão forte que temeu que fosse saltar de seu peito. A multidão aplaudia e sorria enquanto ela os encarava, fazendo uma longa reverência antes de se erguer outra vez na ponta dos pés e lentamente sair do palco. Estee mantinha as costas eretas, os braços estendidos, os dentes rangendo num sorriso, mesmo que as costas, os braços e os pés estivessem doloridos.

– Muito bem – murmurou sua mãe, envolvendo Estee num abraço e dando beijos dramáticos em suas bochechas, ainda ao alcance dos olhares da multidão reunida. – Eles adoram você.

Ela sabia o que isso significava. Sua mãe queria que todos vissem – todos que tivessem alguma relevância, é claro –, e naquele dia o que importava era mostrar para todas as famílias afluentes do Piemonte e das redondezas como aquela menina era talentosa. Mais cedo, Estee também tinha visto alguém dar dinheiro para sua mãe, então sabia que a família estava sendo paga pela apresentação. Só estava recebendo o afeto da mãe porque as pessoas as observavam. Tentou não manter o corpo tão rígido, fingindo ser normal receber tanta afeição por parte dela.

A mãe costumava contar que Estee havia dançado antes mesmo de andar, embora ela soubesse que essa história era bem glamourizada. Mas a verdade é que Estee dançava desde pequena, e não demorou muito para que notassem seu talento quando ela começou as aulas de balé.

A mãe cumprimentava as famílias que iam embora, Estee de pé ao seu lado, a postura indefectível enquanto acenava. Estampou o sorriso no rosto, a cabeça levemente inclinada, tentando aparentar recato, temendo fazer algo errado e ser punida mais tarde.

Estee estava incumbida de ser aquela que mudaria o destino da família. O peso do universo familiar recaía sobre seus ombros, e às vezes isso fazia seu estômago se revirar, as dores certamente tão fortes quanto as que sentia à noite, quando seu corpo gritava em desespero por mais comida. Ela ensaiava o dia inteiro e ganhava apenas migalhas, muito pouco em comparação com a quantidade de alimento que suas irmãs recebiam.

Você precisa ficar magra como um passarinho, Estee. Ninguém gostaria de ver uma bailarina gorda, não é mesmo?

Ela observou suas pernas, sabendo quanto a mãe já se afligia com cada grama que Estee engordava, embora ainda nem tivesse completado 12 anos. Graças à dança, os músculos de suas panturrilhas se desenvolviam a cada mês. Segundo sua professora de balé, Estee deveria se orgulhar disso. Mas às vezes se perguntava se sua mãe confundia músculo com gordura, e quanto mais Estee dançasse, *menos comida lhe seria dada.*

Um menino se aproximou e ficou parado ali, ligeiramente afastado dos pais e irmãos. Quando seus olhares se cruzaram, Estee de repente se esqueceu da dor no estômago. Os olhos do menino eram brilhantes, e havia alguma coisa diferente na maneira como sorria. Todos abriam um sorriso forçado, para simular educação, mas o dele iluminava o rosto inteiro. Ele sorriu para ela, e Estee se viu sorrindo de volta, sua postura perfeita cedendo um pouco à medida que prestava atenção nele.

Enquanto a família do menino falava com as pessoas ao redor e a mãe de Estee estava entretida numa conversa com outra mulher, ela se aproximou dele, perguntando-se quem seria. Ela já não ia à escola, e eles não moravam no Piemonte havia muito tempo. Tinham se mudado recentemente por causa do trabalho do pai, e Estee não conhecia nenhuma criança da região. De toda forma, a mãe não teria permitido que se envolvesse com elas. Não a deixavam fazer nada que pudesse distraí-la do balé.

Quando o menino inclinou a cabeça e fez um sinal discreto para que ela o acompanhasse, Estee percebeu que não resistiria, seguindo com os olhos seus cabelos escuros enquanto ele desaparecia na multidão. Aonde estaria indo? E por que queria que ela o seguisse?

Estee lançou de novo um olhar de relance para a mãe e a viu ainda tão envolvida na conversa que duvidou que ela sequer notaria que sua pequena bailarina havia partido. Então, lentamente, começou a avançar pela multidão, sorrindo com educação para as pessoas por quem passava. E, a cada passo, sua coragem crescia, até que conseguiu desaparecer. Um calafrio a percorreu – a friagem do ar de outono arrepiava seus ombros despidos conforme ia para a parte externa à procura do menino impossível de ignorar.

Lá está ele.

Olhou para trás antes de se aproximar, de certo modo esperando que a mãe repentinamente tivesse notado sua ausência e ido atrás dela. Mas não havia ninguém em seu encalço. Estee engoliu em seco, hesitando, prevendo as consequências da sua decisão de segui-lo. Só podia imaginar o que diriam se fosse vista sozinha com um garoto. Às vezes ainda se sentia uma menininha, mas sabia a aparência que tinha. Estava no limiar de se tornar uma mulher, facilmente capaz de atrair a atenção de homens pelos quais passasse, portanto não deveria ficar sozinha com ninguém, fosse um homem *ou* um menino. Ainda assim, se viu andando na direção dele.

– Olá – cumprimentou ele, sentado na grama, lançando pedras num pequeno lago.

– Olá – respondeu ela, sentando-se com cuidado, sem querer se aproximar muito e tentando desesperadamente manter o recato mesmo vestindo um tutu.

Ficaram ali em silêncio por um instante, e ela o observou distraidamente puxar um pouco de grama antes de tirar algo do bolso. Estee ficou curiosa e o viu colocar um cigarro entre os lábios, riscando um fósforo e acendendo-o, antes de dar uma tragada. O menino tossiu um pouco, o que fez com que os dois rissem, e lhe ofereceu o cigarro. Por um momento, ele pareceu mais velho, mas então ela pôde ver que era apenas um menino com atitudes de adulto, da mesma maneira que Estee era apenas uma garota brincando de ser mulher. Sabia que o garoto tentava impressioná-la e se perguntou se ele havia roubado o cigarro do pai.

Estee hesitou, os dedos tensionados enquanto lutava contra o seu juízo.
Apenas pegue o cigarro.

Podia ouvir a voz da mãe em seus pensamentos, sabia que não deveria, mas algo nesse menino a impulsionava. E ela estava tão cansada de sempre seguir as ordens da mãe! Ele sorria para ela, mas de certa forma ela sabia que o garoto era diferente. Estee estava acostumada a ver os homens sussurrando e incentivando uns aos outros, fazendo-a se sentir desconfortável com seus elogios e suas insinuações, e também conhecia muito bem os meninos fanfarrões, que não paravam de contar bravatas como se gostassem muito do som da própria voz. Mas ele não. O garoto apenas parecia despertar sua curiosidade, uma quietude que a atraía.

Estee estendeu a mão e ele se arrastou para ficar mais perto dela, cuidadosamente lhe passando o cigarro. Seus dedos roçaram uns nos outros quando ela tentou segurá-lo como o menino havia feito. Já tinha visto estrelas de cinema fumando, parecendo muito elegantes na tela, e mulheres ricas em espetáculos de balé e em festas usando sofisticadas piteiras, que as deixavam ainda mais glamourosas, e tentou aparentar ser mais velha ao imitá-las. Só que na primeira tragada a fumaça se espiralou e ficou presa em sua garganta, provocando um ataque de tosse – não era exatamente a imagem glamourosa que pretendera representar.

O menino sorriu, mas não riu de sua ingenuidade. Em vez disso, se aproximou, tirando seu paletó e colocando-o sobre os ombros dela enquanto lhe dava tapinhas nas costas. Estee se envolveu no agasalho, agradecida pela proteção contra o vento frio, e ficou sem jeito com a maneira tranquila com que ele havia se inclinado na direção dela e a tocado.

– Por que todo mundo gosta tanto disso? – perguntou Estee, passando o cigarro de volta para ele. – É horrível.

O menino deu de ombros, dando outra tragada e exalando a fumaça.

– Você tem que começar com pequenas tragadas. Acaba se acostumando.

Mas ela não estava convencida de que ele gostava mesmo de fumar ou de que fazia isso com frequência, pois, assim que ela demonstrou seu descontentamento, o garoto jogou o cigarro no chão e o apagou com o sapato. Ou ele estava sendo apenas educado. De todo modo, o cigarro já era.

– Meu nome é Felix – disse o menino, estendendo a mão.

– Estee – cumprimentou ela, apertando e balançando ligeiramente a mão dele.

Os dois riram sem jeito enquanto largavam as mãos e fitavam o laguinho. Se fossem adultos, teriam beijado as bochechas um do outro, mas estavam numa idade em que não eram nem adultos nem crianças, e parecia que nenhum deles era muito bom em fingir.

– Você gosta de dançar? – perguntou ele, olhando-a de soslaio com um sorriso tímido.

– Eu amo dançar – enfatizou Estee, sabendo que sua resposta era ao mesmo tempo uma verdade profundamente sincera e uma mentira.

Tempos antes, ela de fato amara dançar, mas não tinha certeza se ainda gostava tanto.

– Então por que você parecia triste?

Surpresa com a pergunta, ela sentiu as sobrancelhas se arquearem.

– Quando? Eu não estava triste.

– Acho que você apenas finge que está feliz. Você estava sorrindo, mas seus olhos pareciam tristes.

Estee pensou consigo mesma que deveria mudar a maneira como se portava, como olhava, como piscava. Precisava parecer feliz o tempo todo, não apenas enquanto dançasse, mas também ao cumprimentar as pessoas. Cravou as unhas na palma das mãos, a raiva crescendo dentro dela. Se um menino havia percebido, como ela poderia enganar todo mundo?

Se eu não for perfeita, nunca vou alcançar o sucesso. Não tenho tempo para cigarros e conversas com meninos. O que estou fazendo aqui?

– Por que você está fazendo isso? – perguntou ele, tomando a mão dela enquanto ela forçava as unhas contra a pele, penando para não gritar. – Por que quer se machucar?

Ela puxou a mão, morrendo de vergonha por ter sido pega.

– Não estou fazendo nada.

Estee rapidamente se livrou do paletó dele, mas Felix o pegou antes que caísse na grama. Ela deveria ter ficado lá dentro – no que estava pensando?

– Eu não deveria estar aqui – disse, amassando a beirada do tutu rosa enquanto olhava para baixo.

– Você não pode se divertir? – perguntou ele, sem vestir o paletó, apenas segurando-o como se Estee talvez fosse pegá-lo de volta.

– Não – replicou ela, desta vez sem conseguir esconder a tristeza em seus olhos, por mais que tentasse. – Não tenho o direito de me divertir. Apenas de dançar.

– Me diga onde você mora. Às vezes saio escondido à noite e desço o rio. Você poderia vir, se quisesse.

Ela balançou a cabeça, sem querer dar seu endereço para um estranho. Sabia muito bem que não deveria andar por aí à noite com ninguém. E ele devia ter o quê, 13 ou 14 anos? Não seria certo. Se alguém os visse, sua reputação poderia ficar arruinada para sempre. Ele deveria saber muito bem disso.

– Preciso ir – disse ela, tentada a voltar a se sentar apesar de suas palavras.

Sabia de todos os motivos pelos quais deveria ir embora, mas sua mente ainda a estava convencendo a ficar um bocadinho mais.

Felix se levantou e gentilmente pôs o paletó ao redor dos ombros dela mais uma vez.

– Se mudar de ideia, venha me encontrar – pediu ele. – Vai estar segura ao meu lado, prometo. Às vezes saio à noite sozinho, outras vezes com amigos.

Estee o fitou, os olhos dele tão afetuosos, escuros e inocentes, e soube que ele estava dizendo a verdade. Nenhuma malícia irradiava de seu olhar, e ela se sentiu atraída pelo garoto de um jeito que nunca lhe acontecera. Dedicara toda a sua vida à dança, a ponto de acabar sozinha na maior parte do tempo. Ou estava na escola, ou dançando, e nunca havia sobrado espaço para amigos ou meninos. Houve um tempo em que dançara por amor à arte, mas essa época já passara. E agora até mesmo a escola haviam lhe tirado...

Felix se aproximou dela, e algo mudou entre eles. Estee notou que os olhos gentis baixaram para os lábios dela, depois voltaram a se lançar aos seus, como se para perguntar se estava tudo bem. Quando ele baixou os olhos outra vez, ela o segurou pela camisa, agarrando o tecido, enquanto o puxava com suavidade e pressionava seus lábios nos dele, da maneira como imaginou que uma versão mais velha de si mesma talvez fizesse. Os dentes deles colidiram e suas bocas se moveram desajeitadamente, mas, por um segundo, apenas um maravilhoso segundo, seus lábios se entreabriram e se moveram juntos, ao mesmo tempo. E pela primeira vez, alguma coisa que não era a dança emitiu uma vibração de expectativa pelo seu corpo.

– Estee! – chamaram ao longe.

– Preciso ir – sussurrou ela enquanto soltava Felix, as bochechas coradas ao sorrir para ele.

– Basta jogar uma pedrinha – disse ele, atrapalhando-se com as palavras conforme Estee se afastava. – Se algum dia você quiser me ver outra vez, basta jogar uma pedrinha na minha janela. Eu moro naquela casa grande com telhado de terracota, já quase saindo da cidade. Meu quarto é no andar de cima, o que fica mais próximo do pessegueiro.

Ela conhecia essa casa, havia passado por lá inúmeras vezes no caminho para as aulas de dança, e era com certeza a maior da região, então seria impossível não notá-la. Mas não importava quanto quisesse beijá-lo novamente, não faria promessas.

Estee abriu um grande sorriso ao girar o corpo, agarrando o paletó dele nos ombros enquanto corria para encontrar sua mãe. Deveria ter devolvido a roupa para ele, mas, ao mantê-la, teria um motivo para procurá-lo.

– Estee! – chamou Felix.

Ela se virou, seus olhos encontrando os dele.

– Espero te ver dançar de novo.

Estee abriu um sorriso, acenando depressa antes de dar meia-volta e ir embora, tomando cuidado para não escorregar e machucar seus tornozelos.

Embora sua mente estivesse num turbilhão, uma coisa era clara: ela decididamente atiraria uma pedrinha – mas antes precisaria descobrir um jeito de sair de fininho do seu quarto.

– Estee!

– Estou indo, mamãe!

Ela estava sem fôlego quando encontrou a mãe.

– O que há de errado com você? – perguntou a mãe no instante em que Estee parou na sua frente, olhando para baixo na esperança de que ela não visse o seu rosto.

Achava que sua mãe pudesse perceber, só de olhar para ela, que a filha havia sido beijada, que seus lábios talvez parecessem inchados ou suas bochechas muito rosadas.

Abruptamente, a mãe levantou seu queixo e girou a cabeça dela, estreitando os olhos.

– Você está corada. Está doente? – Ela encostou a mão na testa de Estee. – Você está quente. Onde estava? Não consegui encontrá-la em lugar nenhum.

Foi então que Estee se lembrou do paletó, e sentiu uma acidez no estômago que refluiu até a garganta ao encarar sua mãe de volta. Ela deveria tê-lo tirado antes de entrar no salão. A mãe descobriria.

– De quem é isso? – perguntou ela, dando um peteleco no ombro do paletó.

De forma possessiva, Estee apertou o paletó ainda mais contra o corpo.

– Fui tomar um pouco de ar fresco, não estava me sentindo bem, então um menino gentil me emprestou o paletó. Ele notou que eu estava com frio.

Sua mãe soltou um muxoxo, um som que ela conhecia muito bem.

– Que menino?

– Ele se chama Felix – respondeu ela, sem a intenção de mentir.

– Felix Barbieri?

Estee deu de ombros, surpresa ao ver que ela sabia quem ele era, e recebeu de sua mãe um forte tapa na mão por sua insolência. A mãe não tolerava atitudes que não demonstrassem respeito. Sua pele ardeu, mas Estee manteve o queixo erguido, recusando-se a demonstrar o quanto havia doído.

– Você ficou sozinha com ele?

Estee baixou o olhar, os olhos abatidos enquanto assentia, sabendo que não deveria desafiar sua mãe. Se tivesse mantido o queixo erguido, teria recebido um tapa bem no rosto, e não na mão.

– Você faz alguma ideia do que as pessoas diriam sobre nós se a vissem andando por aí com um menino? – rosnou ela. – Meninos querem apenas uma coisa de meninas como você, Estee. Está me ouvindo? Que futuro acha que teria se começassem a dizer que a bela e pequena bailarina fica saindo com garotos? Que você é depravada?

Estee engoliu em seco, enquanto os ombros, as mãos e os joelhos começavam a tremer.

– Você entende o que estou dizendo?

– Sim, mamãe – respondeu ela enquanto o paletó era arrancado dos seus ombros, sentindo frio no momento em que eles voltaram a ficar descobertos.

Não tinha ideia do que os meninos poderiam querer dela, não de verdade, mas se fosse um beijo, então a culpa era dela, não de Felix.

– Quando todos tiverem ido embora, quero ver você no palco, praticando. Quero que seu ritmo fique perfeito. – Sua mãe suspirou. – Hoje você poderia ter dançado melhor, Estee. Você *sempre* pode melhorar.

A apresentação de Estee fora perfeita. Ela conhecia a sequência como a palma de sua mão – podia dançar, e de fato *dançava*, até mesmo dormindo. Mas nada era bom o suficiente para sua mãe, nunca.

– Sim, mamãe – respondeu, sabendo que não deveria discutir, pois era mais fácil apenas fazer o que lhe era exigido.

Mas quando a mãe lhe deu as costas e se pôs a andar a passos largos, ela rapidamente se lançou para a frente e pegou de novo o paletó de Felix, dobrando-o até formar uma bola e disparando em direção à sua bolsa. Estee o levou ao nariz e inspirou, reconhecendo o cheiro de cigarro e algo mais – talvez o sabonete que ele usava, cítrico e fresco. *O mesmo odor que preencheu minhas narinas quando eu o puxei para perto.*

Estee guardou o paletó em sua bolsa e a fechou, andando até o palco para repassar a coreografia mais uma vez. A única diferença era que, naquele momento, não havia ninguém assistindo.

Quero beijar esse menino outra vez, e nada irá me impedir.

5

Dias atuais

Lily subiu correndo as escadas para entrar logo no apartamento depois do encontro com o advogado, enquanto lá fora os pingos da chuva começavam a engrossar.

Ela subia os degraus de dois em dois, resfolegando, até que abriu a porta e a bateu atrás de si. A caixinha de madeira parecia queimar ali dentro, implorando para ser aberta, então virou a bolsa na mesa, despejando todo seu conteúdo, e imediatamente começou a procurar por ela.

Ao pegar a caixinha, fitou-a e se perguntou o que ela conteria. Mia havia mencionado que provavelmente guardava alguma pista sobre o passado, mas Lily nunca soube, para começo de conversa, que havia um passado a ser descoberto, e não conseguia parar de pensar sobre o que Mia havia falado. *Vou me arrepender de abri-la e descobrir alguma coisa sobre a minha família que se manteve em segredo por todos esses anos?*

Correu os dedos pelo cartãozinho com o nome da avó e puxou a corda que mantinha a caixa bem fechada. O nó era apertado, no entanto, e ela acabou pegando uma tesoura quando suas unhas não conseguiram desfazê-lo. Ao cortá-lo, perguntou-se por quanto tempo o laço havia permanecido ali e imaginou essa misteriosa mulher chamada Hope guardando o que quer que fosse seu conteúdo antes de amarrar a caixinha.

Talvez essa Hope nunca tenha visto o conteúdo. Talvez apenas tenha escrito o nome e escondido a caixa para mantê-la a salvo.

Lily levantou a tampa, esperando ver uma carta bem dobrada ou então uma certidão de nascimento, mas, em vez disso, encontrou um pedaço de papel com palavras datilografadas. Dava para ver que havia sido rasgado de uma folha de papel maior, talvez algum documento oficial, e tudo o que ela conseguiu identificar foram as palavras *Teatro alla Scalla*, no canto. O resto estava escrito em outra língua. Lily vasculhou a bolsa para pegar seu celular e abriu o Google, digitando o nome e imediatamente vendo os resultados. Pelo visto, o La Scala era um teatro proeminente na Itália, famoso em Milão.

Mais tarde tentaria traduzir o restante do conteúdo, então pôs o papel de lado para voltar a olhar a caixa. Havia outro pedaço de papel, esse mais macio, como se tivesse sido tirado de um bloco de papel de cartas, e escrito à mão, o texto muito mais apagado do que o datilografado.

Lily ficou olhando fixamente para as palavras, mais uma vez sem ter certeza do que estava vendo, embora parecesse algum tipo de receita. Pôs esse papel de lado também, chateada por ter esperado tanto para descobrir o que havia naquela caixa e não encontrar nada que ao menos conseguisse ler.

Levantou a caixa e cuidadosamente a examinou, girando-a como se esperasse encontrar algo mais escondido ali, um compartimento secreto no fundo, talvez, mas não havia nada.

– Italiano, hein? – murmurou consigo mesma enquanto pegava os papéis e os dobrava de volta com cuidado.

Isso queria dizer que sua avó era italiana? Daí que vinham seu cabelo escuro e os belos traços do pai? Será que sua família tinha ancestrais italianos que nem sabiam que existiram? Lily ficou rememorando, tentando se lembrar se a avó já contara alguma coisa, se houve algo que ela pudesse ter deixado passar despercebido. Havia algum detalhe que sua avó sabia e manteve em segredo, de alguma forma envergonhada quanto ao seu passado?

De repente, Lily começou a rir enquanto guardava os papéis de volta dentro da caixa e a enfiava na bolsa. *E você sempre se perguntando por que sua mãe tinha um gênio tão forte, hein, pai!*

O celular fez um barulho de notificação e ela o pegou, repassando seus e-mails para ver quem havia mandado a mensagem. Os olhos de Lily se arregalaram ao ver o nome de Roberto Martinelli, o vinicultor da região do Como, para onde viajaria em apenas uma semana.

Lily,

Ciao, bella! Espero que você esteja bem. As uvas estão amadurecendo mais rápido do que o esperado nesta estação, então preciso que você venha antes do que havíamos planejado. Se puder, por favor mude seu voo para esta segunda-feira e eu a reembolsarei.
Peço desculpas pelo aviso de última hora.

R.M.

Lily abriu um largo sorriso. Talvez não precisasse mais do Google Tradutor, afinal. Se estaria na Itália na segunda-feira, poderia simplesmente pedir que um de seus novos colegas traduzisse os textos para ela.

Ela respondeu depressa para Roberto e então foi correndo para o quarto, avistando a enorme pilha de roupas para lavar que estava no chão. Tinha menos de 48 horas para cuidar de todos os preparativos e fazer as malas, e se tudo corresse como o planejado, ela ficaria lá no mínimo pelos próximos meses, então precisava pensar com cuidado no que levar.

No entanto, a última coisa que a preocupava naquele momento eram suas roupas. Lily não conseguia parar de pensar em Milão e nesse teatro La Scala, e se perguntava que conexão poderia haver entre sua avó e esse lugar tão famoso.

6

Lily respirou fundo o ar quente e úmido ao sair do aeroporto sob a luz do sol. *Itália*. Até que enfim. O voo lhe pareceu curto depois da longa viagem que havia feito logo antes. Levou um pouco mais de duas horas para ir de Londres ao aeroporto de Malpensa, próximo a Milão, embora ainda tivesse que pegar um trem para Como. Olhou ao redor, pensando que gostaria de ter tempo para explorar Milão. Era uma cidade que ela sempre sonhara em visitar.

Parada por um instante do lado de fora do aeroporto, ligou seu telefone e verificou em qual terminal deveria pegar o trem. Esperou para ver se chegava alguma mensagem e olhou mais uma vez à sua volta, satisfeita por ter escolhido um vestido bem leve e solto, pois fazia muito calor naquele dia. Sua nuca estava ligeiramente úmida de suor, e ela levantou os longos cabelos com uma das mãos, desejando ter se lembrado de prendê-los.

O celular apitou e ela soltou o cabelo, rapidamente verificando suas notificações. Havia uma de sua mãe e ela tocou na tela, surpresa ao ver que era uma mensagem de texto. As duas almoçariam juntas e Lily passaria a noite com ela antes de se dirigir à vinícola pela manhã, mas, quando viu a hora, se deu conta de que seria quase impossível chegar lá a tempo.

Lily viu um táxi passar não muito longe de onde estava e soltou um suspiro. Duvidou que levaria mais de 45 minutos para chegar a Como se fosse de táxi, mas seria ridiculamente caro.

Deixou seu telefone deslizar para dentro da bolsa, lançando um olhar de soslaio para a caixa, que havia guardado de forma segura ao lado da carteira. Estava difícil não pensar nela desde que a havia aberto, mas ainda não tinha conseguido descobrir nada de útil além de algumas entradas no Google sobre o Teatro La Scala.

Eu poderia pular o almoço e ir até lá dar uma espiada, só para ver com meus próprios olhos. Balançou a cabeça, se repreendendo internamente por ter chegado a formular esse pensamento. Fazia uma eternidade que não via sua mãe. Além disso, de que maneira ir até o teatro poderia ajudar? Tudo o que tinha era o pedaço de um velho programa, e ela não poderia simplesmente chegar lá e sair pedindo ajuda – nem ao menos sabia que tipo de ajuda estava buscando, e não falava italiano!

Voltou a pendurar a bolsa no ombro e foi andando para a estação de trem, na direção oposta. De repente, a ideia de uma viagem rápida com todo o banco traseiro só para ela lhe pareceu ser exatamente aquilo de que precisava, mesmo que custasse uma pequena fortuna.

Lily acenou para chamar um táxi, que não parou, mas logo outro apareceu, e ela se inclinou para falar com o motorista pela janela.

– Lago de Como?

– *Si* – respondeu ele com um largo sorriso, os olhos escuros lançando sobre ela um rápido olhar perscrutador, o que a fez corar.

Em poucos segundos ele já estava fora do carro, carregando as malas para ela, enquanto Lily se dirigia ao banco traseiro, olhando pela janela as pessoas atravessarem a rua e os carros que traziam e levavam os passageiros dali. Quando o motorista sentou novamente ao volante, Lily viu que ele olhou para ela de soslaio pelo retrovisor e sorriu para ele.

– O senhor fala inglês?

Ele assentiu.

– Um pouco.

– Mais do que eu falo italiano, com certeza.

Olhou pela janela, perguntando-se qual seria exatamente a distância entre o aeroporto e o teatro.

– Há quanto tempo o senhor mora em Milão?

– Morei aqui a vida toda – respondeu ele, com os olhos ora na estrada, ora no retrovisor.

– Sabe alguma coisa sobre o Teatro La Scala? – indagou, imediatamente se dando conta de como essa pergunta era estúpida.

Sem dúvida ele levava passageiros para o icônico teatro todos os dias!

– É bonito, a senhorita gostaria de ir até lá primeiro?

Ela balançou a cabeça.

– Não, não quero ir até lá, eu só… estava querendo saber mais sobre ele. – Lily nem mesmo sabia ao certo o que perguntar. – Acho que a minha avó, ou talvez minha bisavó, tiveram alguma ligação com ele. Não tenho certeza do que foi, nem de quando… talvez tenha sido depois da guerra…

O motorista sorriu, e ela presumiu que o deixara confuso, que o inglês dele pudesse não ser bom o suficiente para acompanhar as divagações dela.

– Talvez ela tenha sido uma artista de teatro, uma dançarina ou cantora – sugeriu ele, de repente.

Lily ergueu o olhar, surpresa.

– Talvez.

– Sua avó era italiana? A senhorita é muito bonita. Tem sangue italiano, *no*?

Ela riu.

– Acho que não, mas obrigada. É simpático da sua parte.

Italiana! Rá! Lily riu consigo mesma ao ouvir essas palavras. Ela decididamente não era italiana, embora isso tivesse passado por sua cabeça algumas vezes naqueles últimos dias. *Mas eu saberia caso fosse, certo?*

* * *

Lily endireitou a postura quando o carro começou a desacelerar, olhando pela janela e assimilando toda a vista. Como era diferente do que ela imaginara! Parecia mais agitado do que pitoresco.

– É tão cheio – comentou ela.

– *Si.* – O motorista suspirou, de repente parecendo entristecido. – Precisamos dos turistas pelo dinheiro, mas também os detestamos por isso.

Ela entendeu exatamente o que ele quis dizer: o lugar estava abarrotado de gente, e ainda era o início do verão.

– Eles começaram a comprar casas aqui e não pararam mais.

Lily apenas imaginava como os habitantes locais poderiam se sentir com todo esse dinheiro novo inundando seu pequeno pedaço do paraíso. Como se para comprovar seus pensamentos, ela viu lanchas velozes deslizarem pelo rio e, ao abrir a porta, ouviu o barulho ensurdecedor dos motores.

– *Santa Maria!* – praguejou o taxista, e Lily reclamou junto com ele, compartilhando a sua dor.

Ela pagou a corrida, saiu do carro e, enquanto o motorista tirava as malas do bagageiro, sentiu o dia ainda mais úmido do que uma hora antes. A temperatura estava perfeita, no entanto, e ela se deleitou com o calor e com os raios de sol incidindo em seus ombros. Estava prestes a comer a melhor comida da sua vida, a beber vinhos maravilhosos e a rodear-se de pessoas lindíssimas. A Nova Zelândia tinha sido ótima, mas a Itália seria incrível.

– *Grazie* – agradeceu, acenando para o motorista, enquanto ele lhe soprava um beijo.

Lily fez de conta que o pegava no ar e tocou sua bochecha com a palma da mão, o que o levou a sorrir.

Parecia que a Itália a deixava mais sedutora também. Quem poderia imaginar que um país fosse capaz de transformar com tanta facilidade o seu comportamento geralmente introvertido?

Depois de alguns minutos, ela estava parada na entrada do Villa d'Este, o hotel em que a mãe estava hospedada e onde insistiu que Lily ficasse. Ela estava grata que sua mãe estivesse pagando pela estadia, pois o preço era assustador, mas pelo menos o hotel era bonito como imaginava. Havia lido sobre ele no avião e sabia que era um daqueles hotéis de família discretos que irradiavam o antigo charme de fortunas ainda mais antigas, por isso não ficou surpresa quando entrou e viu lustres ornamentados pendendo do teto alto.

Era pura magia.

– Querida!

Antes que o *concierge* conseguisse pegar suas malas, Lily já desapareceu num abraço multicolorido, engolfada pelo vibrante cafetã de sua mãe, o perfume dela tão arrebatador quanto sua presença.

– É muito bom te ver também – disse Lily, sorrindo enquanto sua mãe dava um passo para trás, antes de abraçá-la com força outra vez.

– Olhe só para você! Está maravilhosa.

Lily olhou para si mesma, baixando o olhar.

– Jura? Você está exagerando.

– Não estou falando das suas roupas, mas de você, olhe para você! – A mãe balançava a cabeça. – Sua pele está incrível, seu cabelo. – Ela se aproximou e tocou no cabelo da filha. – Promete que não vai cortar? Está lindo, comprido assim. *Você* está incrível.

Instintivamente, Lily levou a mão ao cabelo, sentindo-se mais uma vez como uma menininha recebendo um elogio da mãe. Mas sua atenção logo se voltou para o homem para quem a mãe acenava, que até aquele momento apenas observava o reencontro, sentado numa cadeira com um jornal dobrado sobre os joelhos. Ela o reconheceu na mesma hora. Alan com frequência mandava um alô quando as duas conversavam por videochamada.

– Alan! Venha conhecer a Lily! – chamou sua mãe com um enorme sorriso.

– É um prazer conhecer você pessoalmente, Lily – disse Alan ao se aproximar.

– É um prazer conhecer você também – respondeu ela, de imediato se afeiçoando a ele.

Alan passou o braço pelos ombros da mãe dela. Eles pareciam felizes, e por mais que Lily tivesse gostado de passar algum tempo sozinha com a mãe, tudo o que sempre quis foi que ela encontrasse alguém para poder compartilhar o resto da vida.

– Vamos levar essas malas para o quarto, que tal? – perguntou sua mãe.

– Depois podemos sair para almoçar e aproveitar esse tempo lindo. Eu *amo* me sentir como uma verdadeira italiana.

Lily prendeu o riso. *Uma verdadeira italiana*? Tinha sérias dúvidas se uma mulher dali algum dia seria vista com as roupas de cores gritantes e espalhafatosas de sua mãe. Mas preferiu não comentar nada.

– Você tem alguma sugestão para o almoço? – perguntou Lily, enquanto a mãe pegava o braço dela e Alan orientava o *concierge* a levar a bagagem.

– Bem... – disse sua mãe, inclinando-se na direção dela. – Vi este restaurantezinho que o Leonardo DiCaprio aparentemente *adora* e achei que, se fôssemos até lá, poderíamos acabar esbarrando com alguma celebridade de Hollywood.

Lily riu. Sua mãe sussurrava de forma tão conspiratória que mais parecia revelar segredos de Estado.

– Tenho certeza de que vai ser fabuloso.

– Agora me conte, algum rapaz na sua vida? Você deixou algum coração partido na Nova Zelândia?

Lily suspirou.

– Não, não tem homem nenhum na minha vida, mãe. Juro que, se houvesse, eu teria te contado.

– Sei que você tem achado difícil se aproximar de alguém desde que seu pai morreu, mas não quero que um dia você acorde e fique triste de não ter dado uma oportunidade para o amor, só isso.

O que ela não contou para a mãe é que houvera muitos homens adoráveis em sua vida naqueles últimos anos, mas Lily acabara cultivando amigos, não namorados. Na maioria das vezes, a culpa era sua. Por mais que gostasse de ter alguém esquentando sua cama à noite, ela era sua pior inimiga quando se tratava de manter os homens por perto. O trabalho sempre havia sido a coisa mais importante da sua vida, o que honrava a memória de seu pai. E Lily não estava disposta a considerar a ideia de se apaixonar e não seguir seus sonhos por estar num relacionamento. Assim, quando as coisas pareciam ficar sérias ou seus sentimentos mais fortes, ela lançava mão da sua frase de efeito: "Acho que deveríamos ser amigos."

– Apenas me prometa uma coisa, Lily.

Ela se virou quando sua mãe parou de andar, preocupada com a expressão grave no rosto dela.

– É claro. O que é?

– Enquanto você estiver na Itália, pelo menos encontre alguém para fazer um sexo dos bons, está bem? Você vai se arrepender de não aproveitar ao máximo este lindo corpo jovem enquanto tem chance. Acredite em mim.

– Mãe!

– Ah, não seja pudica, você sabe que eu tenho razão. Se você não quer se comprometer, pelo menos se divirta um pouco.

Com a boca entreaberta e as bochechas em brasa, Lily ficou parada enquanto a mãe continuava a andar a passos largos numa mistura de seda e perfume.

Por que não fui direto para a vinícola?

Lily lançou um olhar através de uma janela pitoresca, na direção de uma vista ainda mais pitoresca, e imaginou os hectares de terra cobertos de uvas em vez de grama.

– Venha, querida, ou vamos nos atrasar para o almoço!

Ela parou de observar a vista e caminhou até uma imponente escadaria, que poderia facilmente estar em um palácio.

* * *

Horas mais tarde, Lily finalmente conseguiu ficar a sós com sua mãe. O sol começava a se pôr, as atividades no rio se acalmando e sendo substituídas por um burburinho de gente indo e vindo do restaurante. As duas estavam sentadas numa mesa do lado de fora, bebericando negronis e vendo a vida passar. Lily estava tão relaxada depois de seu almoço tardio e dos drinques, esparramada na cadeira jogando conversa fora com a mãe, que chegou a duvidar se conseguiria se mover dali, mesmo se quisesse.

Foi então que se deu conta de que ainda não havia tocado no assunto das pistas.

– Mãe, alguma vez o papai comentou qualquer coisa sobre a vovó ter sido adotada? Por acaso já falaram sobre isso?

– Nunca! Isso tem a ver com a carta enviada para o espólio dela? – Sua mãe balançou a cabeça. – Se sua avó tivesse sido adotada, seu pai teria dito.

– Bem, estou perguntando porque o advogado tinha a certidão de nascimento dela e alguns registros de adoção. No passado, o escritório de advocacia tratou de todas as adoções e da documentação para um lugar chamado Hope's House. Parece que eles abrigavam mães solo até que elas dessem à luz, e então providenciavam as adoções em Londres.

Sua mãe deu um gole no drinque antes de se ajeitar na cadeira.

– Não acredito nisso. Você acha mesmo que sua avó nasceu nessa casa?

– Acho que sim. E tem mais... – disse Lily, abaixando-se para pegar sua bolsa e tirando de dentro dela a caixinha de madeira. – Encorajavam algumas mães a deixar algo ali, caso os filhos um dia quisessem ir atrás de respostas, imagino. E isso foi deixado para a vovó pela mãe biológica dela.

Lily nunca tinha visto sua mãe tão surpresa; a notícia a deixou boquiaberta.

– E você tem certeza absoluta de que isso é verdade? Não é algum tipo de...

– Brincadeira? – Lily sorriu. – Acredite, foi exatamente o que pensei no início, mas não se trata disso. De fato, a sobrinha de Hope, a mulher que administrava o lugar, estava lá para nos encontrar. Foi ela quem descobriu as caixas, e tudo o que queria era devolvê-las a suas donas por direito, ou a seus descendentes.

– Bem, nem se você tivesse tentado conseguiria me surpreender mais! – Dessa vez, sua mãe tomou um grande gole do drinque. – Então, o que tem na caixa?

Lily suspirou.

– Esse é o problema, eu não consigo resolver o quebra-cabeça – disse, cuidadosamente tirando da caixa os dois pedaços de papel. – Aqui tem o fragmento de um programa do La Scala de Milão e o que parece ser uma receita escrita à mão.

Ela ficou olhando conforme sua mãe girava os papéis e examinava ambos, franzindo a testa enquanto olhava de um para outro repetidas vezes.

– Fascinante. Absolutamente fascinante. – Ela suspirou. – Se o seu pai pelo menos estivesse aqui para ver tudo isso...

Embora os dedos de Lily coçassem para pegar os papéis de volta e os guardar dentro da caixa de novo, ela se viu perguntando:

– Quer ficar com eles?

A mãe balançou a cabeça de forma resoluta.

– Não, guarde-os com você, Lily, são seus. Talvez possa perguntar por aí enquanto estiver na Itália, ver se alguma dessas coisas faz sentido, já que vai ficar aqui por um tempo. Eu adoraria saber mais sobre isso, mas gosto da ideia de você tentar montar este quebra-cabeça. Acho que sua avó gostaria disso também.

Ambas se entreolharam.

– E o seu pai. Acho que ele adoraria o fato de você estar fazendo isso.

– É uma coincidência estranha, não acha? – perguntou Lily, piscando, os olhos marejados como sempre que falava do pai.

Sua mãe ergueu as sobrancelhas de forma interrogativa.

– Estou me referindo ao fato de eu estar aqui, a menos de uma hora de carro do famoso teatro impresso no programa – acrescentou Lily. – Quais eram as chances de isso acontecer?

Sua mãe tocou na mão da filha, os dedos entrelaçando-se aos dela.

– Mais um motivo para você seguir o caminho que essas pistas estão mostrando, não importa qual seja.

Lily apertou os dedos da mãe.

– Você realmente acredita nisso?

Sua mãe se inclinou para a frente, e os olhos das duas se encontraram.

– Acredito. – Ela sorriu. – E, Lily, seu pai ficaria tão orgulhoso da mulher em quem você se transformou... *Eu* estou muito orgulhosa de você.

Lily sorriu de volta e seus olhos se encheram de lágrimas. Ficou segurando a mão de sua mãe com firmeza enquanto as duas se acomodavam nas cadeiras para apreciar a vista.

7

ITÁLIA, 1937

Estee nunca havia desobedecido à mãe, nada valera a pena. *Até agora.*
    Ela permaneceu de pé à sombra da grande árvore, sabendo que, assim que saísse da cobertura de sua copa, seria iluminada pelo luar. Trajava uma capa escura com um grande capuz, e o puxou sobre a cabeça para se esconder melhor quando finalmente reuniu coragem para se mover.

Ela levava nas mãos algumas pedrinhas, suas palmas úmidas apesar do frescor do ar noturno. Mas Estee sabia que, se não fosse naquela noite, nunca mais teria coragem de voltar. Ou, se sua mãe descobrisse que ela havia saído de casa, talvez nunca mais tivesse uma chance.

Estee andou corajosamente até o denso canteiro de lavandas e torceu para ter entendido Felix corretamente quando jogou o seixo o mais alto que pôde. Ele bateu na parte baixa do telhado, o barulho lhe parecendo mais forte do que o de um trovão no silêncio da noite, e a pedrinha rolou até o chão. Ao olhar para sua mão, Estee viu que haviam sobrado três.

Preciso jogar mais alto.

A segunda pedra quase alcançou a janela, mas outra vez desceu pelo telhado. Ela avançou um passo e jogou a seguinte com toda a sua força, prendendo a respiração quando a pedrinha acertou a janela. Nada. Nenhum som, nenhum movimento, *nada*.

Tentou novamente, se perguntando se ele não teria escutado, e mais uma vez a pedrinha bateu no vidro. Ela ficou parada por alguns instantes, esperando ver algo, qualquer coisa que mostrasse que ele estava lá em cima, mas ninguém apareceu.

Então Estee se virou, sentindo-se uma tola toda encapuzada, parada ali na grama minuciosamente aparada da propriedade dos Barbieris. Talvez ele nem mesmo tivesse falado sério quando disse que ela deveria jogar uma pedrinha se decidisse encontrá-lo. Mas bem no momento em que Estee escapulia para se esconder de novo sob a copa das árvores, escutou um ruído que a fez girar, seguido por um sussurro: alguém a estava chamando.

– Estee? Estee, é você?

Ela baixou o capuz quando Felix apareceu na janela, o vidro levantado para que o garoto pudesse se debruçar. De repente, todos os pensamentos em que se sentia uma tola desapareceram. Um estremecimento a percorreu quando se deu conta do tamanho da encrenca em que estaria metida se alguém descobrisse – se sua mãe descobrisse – que estava ali. Mas, ao ver Felix com o cabelo todo bagunçado pelo travesseiro e sorrindo para ela do segundo andar da casa, Estee teve a confirmação de que arriscaria tudo de novo se tivesse a chance.

Felix não disse mais nada, desaparecendo de vista, e ela ficou ali parada, começando a se sentir aquecida sob a capa enquanto esperava por ele. Estee recuou alguns passos, nervosa, como se alguém pudesse pensar que ela era uma invasora caso a visse, mas, justo quando começou a se afligir de novo, Felix reapareceu, saindo pela janela e se esgueirando pelo telhado. Ela se viu prendendo a respiração enquanto o garoto chegava à parte mais baixa, se agachava e, de algum jeito, conseguia alcançar a árvore, seu corpo balançando perigosamente antes de ele pousar num galho mais grosso, que possibilitou sua descida. O coração de Estee quase saiu pela boca enquanto observava, e então, de repente, ele foi correndo na direção dela, e seu coração se acelerou outra vez.

– Essa foi uma escapada e tanto – disse ela.

– Já tenho bastante prática – respondeu Felix, passando os dedos pelo cabelo desgrenhado. – Se meus pais descobrissem, eu seria castigado na hora.

Ela o encarou, arregalando os olhos.

– Eles te castigariam *fisicamente*?

– É claro que não!

— Ah, é claro, eu estava só brincando.

Estee tentou sorrir, contendo suas palavras, sem se dispor a confessar o que lhe aconteceria se fosse encontrada ali.

— Os seus a castigariam? — perguntou ele. — Quero dizer, no sentido de dar uma bronca. Não machucariam você de verdade, não é?

Ela aquiesceu, esperando que Felix não notasse sua respiração ofegante ou a batida acelerada do seu coração por causa da simples menção a sua mãe. As irmãs pareciam conseguir evitar a fúria materna, mas Estee não tinha essa sorte. Ela era a que mais se empenhava, treinava como se sua vida dependesse disso e, ainda assim, era a única que sucumbia à ira da mãe.

— Aonde estamos indo? — indagou ela.

— Vou levar você ao meu lugar preferido. Quando estou com meus amigos, costumamos ir até o lago, mas tenho um pressentimento de que você não vai querer se afastar tanto. Sem acompanhante, quero dizer.

Estee assentiu. Não fazia a menor ideia do lugar para onde gostaria de ir. Ela havia apenas sentido uma atração surpreendente por ele, e sabia que precisava vê-lo novamente.

— Acho que você vai gostar — disse Felix.

Caminharam em silêncio por um tempo, e ela ficou se perguntando se ele também não sabia o que dizer. Estee olhou para ele de soslaio, satisfeita porque o luar era forte o bastante para enxergarem muito bem o outro, lado a lado. Ela queria saber dos seus amigos, do motivo para ele querer conhecê-la naquele outro dia depois da apresentação, da família dele, mas, em vez disso, permaneceu calada, esperando que Felix puxasse conversa.

Mas, quando a mão dele sem querer tocou a sua, ela estendeu os dedos um pouco mais, o suficiente para que eles se tocassem por um tempo, até que o dedo mindinho de Felix enlaçou o dela. E assim caminharam, em silêncio, os dois sem saber o que dizer, seus dedos entrelaçados da maneira mais inocente possível.

Eles poderiam ser apenas crianças, amigos, caminhando de mãos dadas, mas Estee sabia que não. Havia alguma coisa de diferente em Felix — e quando ele a olhou, ela soube que o garoto sentia o mesmo. Esse pensamento a fez ofegar, seu coração ficou descompassado, os pés se moveram um pouco mais rápido — não era algo que ela tivesse experimentado antes, e Estee não tinha muita certeza do que isso significava.

– É aqui – disse Felix, rompendo o silêncio e puxando-a para descer uma pequena colina na direção de uma grande construção.

Estee pôde ver vasos de flores pendurados do lado de fora, o pátio perfeitamente calçado com imaculadas pedras arredondadas que conduziam ao prédio, mas levou um instante para se dar conta de onde estavam. Até que surgiu um focinho escuro por cima de uma meia-porta. Estavam num estábulo para cavalos.

Ela hesitou quando outra cabeça surgiu, dessa vez acinzentada, e Felix soltou a mão dela conforme caminhava confiante até os cavalos, acariciando um grande focinho, depois o outro. O segundo cavalo o fuçava como se fossem amigos que não se viam havia tempos.

– Não tenha medo, venha – chamou ele.

Estee se aproximou com certa timidez e deu um pulo quando o cavalo bufou, fazendo um barulho que soou absurdamente alto em contraste com o silêncio noturno sepulcral. Como se pudesse sentir que ela estava nervosa, Felix pegou na mão dela outra vez. O simples fato de pensar em dar as mãos para um menino que ela não conhecia deveria ter parecido estranho, mas de certa forma não havia nada de esquisito em estar com Felix. Ou talvez ela estivesse tão desesperada para ter contato com alguém da idade dela que se sentiria assim com qualquer um.

Mentira. Nunca senti tanto interesse em estar com alguém assim.

– Você está deixando os cavalos nervosos – disse Felix. – Se o seu coração ficar acelerado, os deles também vão ficar.

Os olhos dela se arregalaram e Estee deu mais um passo, hesitante, tentando controlar sua respiração e acalmar seu coração disparado. Então apertou a mão de Felix e corajosamente avançou em direção ao cavalo. Quando Estee se pôs a uma distância na qual poderia tocá-lo, o menino ergueu a mão dela e a colocou na bochecha do animal, pressionando a palma no pelo macio.

E foi assim que o coração de Estee desacelerou. Nada antes a fizera sentir-se tão calma, tão em paz, e ela soube que fizera a coisa certa quando saiu escondida para se encontrar com o garoto.

– Ele é lindo – sussurrou ela.

– *Ela* é linda – corrigiu Felix.

Estee riu.

– Para falar a verdade, nunca estive perto de um cavalo. Sempre tive medo.

– Eles são os animais mais pacíficos do planeta – disse ele. – Eu me escondo aqui toda vez que quero ficar sozinho.

Estee entendia por quê. Se ela tivesse um lugar como este, também se esconderia lá para fugir do mundo.

– Felix, por que você quis me conhecer naquela noite?

Ele deu de ombros, largando a mão dela enquanto limpava a sola das botas nas lajotas. Quando ele finalmente ergueu o olhar, ela soube o que Felix não conseguiu dizer, e quase se arrependeu de ter perguntado. *Quase*.

Mas lhe fez bem saber que alguém gostava dela.

– Alguma vez você já teve a sensação de que sua vida inteira foi decidida por alguém? – perguntou Felix.

– Sim – respondeu ela, enquanto seus olhos de repente se enchiam de lágrimas.

Estee piscou rapidamente, esperando que ele não tivesse visto.

Felix começou a andar, e ela o seguiu enquanto o garoto se dirigia para um estábulo vazio, onde havia duas caixas de madeira viradas. Ele se sentou e Estee se acomodou à sua frente, estranhando o odor ao redor, que achou ser uma combinação de esterco de cavalo e talvez da palha sob seus pés, que fazia cócegas em seus tornozelos.

– Acho que você e eu somos muito parecidos – disse Felix. – Meus pais já planejaram minha vida inteira, incluindo a pessoa com quem vou me casar. Esperam que eu assuma os negócios do meu pai, que eu me case com a garota certa, da família certa, e você…

– Tenho que ser a melhor bailarina que a Itália já conheceu. Devo viver para dançar, querendo ou não.

– Mas você não ama dançar? Você não *quer* ser a melhor bailarina que a Itália já conheceu?

– Quero – murmurou ela, pigarreando e cerrando os punhos.

Felix viu esse gesto e estendeu as mãos, sabendo que este era o único jeito de fazê-la parar de se machucar, como se tivesse se lembrado do que Estee fizera na última vez. Respirando fundo, ela o deixou abrir seus dedos, afastá-los das palmas das mãos e delicadamente segurá-los. Ele era a primeira pessoa que havia percebido o que ela estava fazendo a si mesma… ou talvez que se importava com isso.

– Eu quero dançar, mas também quero rir, ter amigos e... – Ela suspirou profundamente. Era a primeira vez que dizia essas coisas em voz alta. – Às vezes eu só queria ser uma garota.

Os dois ficaram sentados em silêncio por um momento, até que de repente Felix começou a rir.

– Mas você sabe que já é uma garota, né? Essa parte pode não ser tão difícil assim de resolver.

Estee riu também, pois, quando ele repetiu as palavras dela, pareceram tão absurdas... Mas, do jeito que Felix sorria, ela soube que ele as havia compreendido, apesar da provocação.

– Com quem você vai se casar? – perguntou Estee de repente.

Ela não deveria ter se surpreendido com isso, pois casamentos arranjados não eram muito incomuns, especialmente entre famílias proeminentes, mas, ainda assim, foi pega de surpresa.

– O nome dela é Emilie. Éramos amigos de infância, mas hoje eu não a vejo mais com muita frequência.

– Tenho certeza de que ela é adorável – disse Estee, enquanto uma onda de ciúme crescia dentro dela.

– Não viemos de famílias ricas tradicionais – explicou Felix, a voz mais baixa, como se estivesse preocupado que alguém os pudesse escutar. – Acho que é por isso que meus pais estão tão determinados a se certificar que eu case bem, para que possamos viver em uma casa respeitável. Eles querem fazer o possível para garantir que possam se misturar entre as pessoas que admiram.

– Também é por isso que a minha mãe me pressiona. Eles querem que conosco seja diferente. Querem que nossa vida mude para melhor.

Não havia sentido em questionar algo assim, ambos sabiam. O destino, o futuro, já havia sido decidido por suas famílias, e havia pouca coisa que um ou outro poderiam fazer para mudá-lo. O estômago de Estee de repente roncou, como se uma tempestade tivesse se formado dentro dela, o que levou Felix a esboçar um sorriso com o cantinho da boca.

– Você está com fome.

– Estou sempre com fome.

Ela não viu motivos para mentir para ele.

– Por quê?

Estee prendeu a respiração por um instante, sabendo que não poderia esconder a verdade, uma vez que acabara de confessá-la. Mas Felix apenas ficou aguardando, e ela se deu conta de quanto gostava da paciência que ele demonstrava.

– Porque tenho que ficar magra. Minha mãe contabiliza cada migalha que eu como.

– Você sabe o que a minha família faz? – perguntou Felix.

Ela assentiu.

– Vocês são donos de confeitarias.

– Na próxima vez que a gente se encontrar, vou trazer comida para você. – O garoto sorriu e ela se viu imediatamente sorrindo de volta. – Fazemos o melhor *saccottini al cioccolato* do mundo!

Estee corou e desviou o olhar, sem jeito por ele ter adivinhado que estava esfomeada. Ela podia apenas imaginar como devia ser boa a comida que a família dele preparava.

– Já provou um desses?

Como ela se manteve calada, ele se aproximou.

– E um *cornetto*?

Ela lentamente balançou a cabeça.

– Não tenho direito a nada disso. Minhas irmãs, bem... tenho certeza de que elas já provaram, mas...

– Você consegue vir amanhã? Ou depois de amanhã?

– Eu não sei. Se minha *mamma* descobre...

Ele aquiesceu, parecendo compreender os riscos que ela havia assumido. A simples menção à sua mãe a deixava nervosa, e Estee sabia que cada minuto ao lado de Felix aumentava a probabilidade de a mãe descobrir a sua fuga. Ela já havia permanecido ali tempo demais, já havia arriscado demais ficando fora de casa àquela hora da noite.

– Preciso ir – anunciou, levantando-se e andando atrapalhada, de repente desejando não ter ido até lá.

O passeio só servira para lhe mostrar as coisas que ela não tinha, tudo o que estava perdendo.

O cavalo que Estee havia afagado antes ainda estava parado ali, com a cabeça sobre a porta do estábulo, e ela ergueu a mão, corajosamente se aconchegando a ele. Fechou os olhos, aproximando-se ainda mais do animal, inclinando-se para a frente mais um pouquinho, até seu rosto quase tocar o dele.

Felix ficou parado em silêncio ao lado dela até Estee finalmente se mover. Eles caminharam lado a lado até a árvore diante da casa dele, e pararam meio sem jeito por um instante, até que ela se virou, não sabendo direito o que dizer ao menino com quem havia acabado de passear pela primeira vez e que, no entanto, sentia conhecer a vida inteira.

– Estee – sussurrou ele.

Ela se virou esperançosa, aguardando.

Felix pegou a mão dela, segurando-a por um momento, antes de, vagarosamente, a deixar partir. E tudo em que ela conseguiu pensar naquele instante foi que ele não iria beijá-la porque não valeria a pena, porque já estava comprometido, embora Felix mal tivesse completado 14 anos.

Desapontada, Estee se afastou, sentindo um frio cortante apesar da capa, enquanto se apressava para casa. Ela precisou se esgueirar para que ninguém a escutasse e se inquietou ao longo de todo o percurso, sem coragem para arriscar subir pela janela, com medo de cair e não poder dançar novamente.

A garota girou a maçaneta com cuidado, e então empurrou a porta até abri-la e deslizar para dentro da casa, tomando cuidado para não fazer barulho. Ela praticamente esperava que sua mãe estivesse sentada à mesa de jantar, os olhos semicerrados, uma colher de madeira a postos para bater em partes escondidas do corpo, de modo que ninguém visse os hematomas, mas, em vez disso, Estee foi recebida pela escuridão. E pelo silêncio.

Subiu na ponta dos pés até seu quarto, graciosa como a bailarina que era, despiu-se rapidamente e subiu na cama. Puxou as cobertas até o queixo, tentando acalmar as batidas de seu coração acelerado enquanto se esforçava para encontrar o sono, sabendo como estaria cansada pela manhã.

Já na tarde seguinte, contudo, Estee soube que o ardil e o cansaço haviam valido a pena. Pois ali, em cima de sua cama, como por um milagre, estava um embrulho de papel pardo. E quando ela o abriu, não sem antes ter certeza de que estava sozinha, encontrou algo que fez seu coração se aquecer.

Era o *saccottini al cioccolato* que Felix havia prometido, e só o aroma já foi suficiente para fazê-la se apaixonar.

Não apenas pela massa folhada, mas por Felix também. De algum jeito, ele entrara de fininho em seu quarto, sem ser visto, e lhe deixara algo que não poderia ter sido deixado por ninguém mais.

Ela desejou poder comer um todo dia.

Deitou-se na cama, saboreando cada pedacinho do folhado e lambendo os dedos, até que não tivesse sobrado muito mais do que um gostinho da massa. Fechou os olhos, sua barriga mais cheia do que estivera em anos, e pensou nele. Será que Felix se equilibrara no telhado e entrara por uma janela ou se esgueirara com petulância pela porta?

Ela sorriu ao pensar nele, em seu cabelo casualmente afastado da testa, seus olhos vivos, a curvinha da boca meio virada para cima quando abria um largo sorriso. Estee suspirou e amassou com cuidado o saco de papel no qual o doce havia sido embrulhado, escondendo-o debaixo da cama. Depois se levantou para olhar pela janela, torcendo para que o quarto não tivesse absorvido o cheiro da guloseima proibida que havia acabado de consumir.

– Estee! – chamou sua mãe.

Ela fechou os olhos e respirou fundo, e então outro grito ecoou pelas escadas e dentro de seu quarto.

– Estee!

– Estou indo, *mamma*! – gritou de volta, se abraçando por um momento, enquanto imaginava uma vida diferente, uma família diferente, expectativas diferentes.

No entanto, esperar uma coisa que não tinha como conseguir era perigoso, e Estee sabia muito bem disso. Felix era seu amigo, não fazia sentido sonhar com algo além disso. Um dia ela seria uma bailarina famosa, e ele estaria casado com sua Emilie, com quem teria um monte de filhos que preencheriam a enorme casa dos dois.

A vida os conduziria por caminhos diferentes, mas ela estava feliz por tê-lo como amigo. Sorriu para si mesma ao descer apressada as escadas, arrastando os dedos pelo corrimão estreito.

Meu amigo que deixa guloseimas dos deuses em minha cama.

8

Dias atuais

Lily saiu do hotel pensativa enquanto olhava para trás, de certa forma esperando que sua mãe estivesse ao pé da escadaria ornamentada, acenando em despedida. Mas, infelizmente, a escadaria estava vazia, e ela sorriu ao pensar na mãe lá em cima, se arrumando para aproveitar o dia.

– Lily?

Ela se virou e viu um homem de olhos escuros como cacau, a pele bronzeada num tom dourado.

– *Si* – respondeu ela. – O senhor deve ser...

– Antonio – apresentou-se ele, estendendo a mão.

Lily esperava que o homem fosse lhe dar um aperto de mão, mas, em vez disso, a puxou para perto, beijando-a primeiro numa bochecha e depois na outra.

– Seja bem-vinda.

Seus olhos eram calorosos, seu sorriso mais ainda, e ela se viu corar quando ele a encarou. Parecia que Lily cedia facilmente aos encantos dos homens italianos.

– Posso levar suas malas?

Lily agradeceu, pegando ela mesma a menor, enquanto ele carregava a outra. Antonio deu alguns passos, apontando com a cabeça na direção do carro.

– Este aqui – disse ele, indicando um 4x4 que parecia já ter visto dias melhores.

Ela o adorou. Era tão diferente dos carros europeus caríssimos que havia visto desde que chegara... E, com o belo italiano parado ao lado dele, com as mangas da camisa arregaçadas até a altura dos cotovelos e um jeans desbotado por anos de uso, Lily teve a confirmação de que estava se dirigindo para o lugar certo.

Ela pôs sua bolsa no banco traseiro enquanto ele suspendia a mala dela. Acomodou-se no assento do passageiro, ao mesmo tempo que Antonio abria a porta do motorista.

– Quanto tempo de viagem? – perguntou ela.

Antonio ligou o motor, murmurando alguma coisa quando precisou girar a chave duas vezes para o carro não morrer.

– Pouco menos de uma hora. O tempo perfeito para que eu possa conhecer você.

Sua piscadela imediatamente a fez rir. Ah, se sua mãe estivesse ali, teria aprovado Antonio com entusiasmo.

– Então, me conta – disse Lily, quando ele saiu do hotel e pegou a estrada. – O que você faz na vinícola?

– O que eu não faço? – retrucou ele, olhando para ela de relance enquanto dirigia.

Quando os olhos dele se voltaram para a estrada, ela correu o olhar pelo maxilar bem másculo e pelos cabelos pretos penteados para trás.

– Você trabalha lá há muito tempo?

– Meus pais são Roberto e Francesca Martinelli – contou Antonio, com uma das mãos ao volante. – Eles me puseram para trabalhar lá quando eu ainda era pequeno, e faço um pouco de tudo, de consertos da maquinaria a colheita de uvas. É assim que as coisas são em uma vinícola familiar, embora, tecnicamente, eu seja viticultor.

Lily pigarreou, sem graça por não ter percebido que ele era o filho de Roberto.

– Desculpe, eu não achei que...

– Que eles me mandariam pegar você no hotel?

O sorriso dele era contagiante.

– Eu estava esperando um funcionário subalterno – admitiu.

– Ah, *bella*, mas é exatamente quem eles mandaram.

Os dois riram, e a atmosfera era descontraída, embora Lily se sentisse um pouco intimidada por aquele belo homem sentado ao lado dela.

– Ouvi dizer que você trabalhou no exterior, certo? – perguntou ele.

Ela assentiu, virando-se ligeiramente em seu assento para que pudesse encará-lo.

– Trabalhei. Passei algum tempo na Califórnia e depois fui para a Nova Zelândia, para entender melhor a produção de espumantes.

– Ah... e agora você quer conhecer os segredos da nossa produção de Franciacorta?

– Exatamente. E me disseram, quer dizer, eu *sei* que a sua família produz um dos melhores espumantes da região.

– De acordo com o meu pai – gracejou Antonio.

– De acordo com muitos dos melhores vinicultores do mundo, na verdade. Mas, se você quiser, não preciso contar isso para o seu pai.

– *Penso già che tu mi piaccia.*

– Como?

– Eu disse que acho que já gostei de você. – Ele riu. – E tenho a sensação de que meu pai vai adorá-la.

Os dois viajaram num silêncio cúmplice por um tempo. Lily olhava pela janela e via a paisagem se transformar, absorvendo o máximo da vista. A parte preferida de seu trabalho como vinicultora era viajar para diversos países. Ela adorava tomar nas mãos o solo de outro país, conhecer as pessoas e observar o jeito como trabalhavam. Suas vinícolas preferidas eram sempre as familiares, pois seguiam tradições que passavam de geração em geração. Não havia lugar melhor para aprender, e era nessas vinícolas onde ela queria estar, mesmo que a fizessem lembrar de seu pai com frequência e do que ela havia perdido.

Quando seu pai morreu, Lily ficou determinada a seguir seus sonhos, a fazer as coisas sobre as quais os dois sempre haviam conversado, coisas que ele gostaria de ter feito. No entanto, um infarto o roubou dela para sempre. Ela quis se tornar vinicultora no momento em que, ainda menina, caminhou com o pai por entre os vinhedos, enquanto ele lhe explicava como saber se as uvas já estavam maduras para a colheita, como tocá-las, como pegá-las. Quando adolescente, Lily o viu provar o vinho, descrevendo os elementos que conseguia saborear antes de cuspi-lo, e ela fazia o mesmo, tentando não torcer o nariz ao sentir os gostos e se esforçando desesperadamente para detectar os sinais de carvalho ou o toque cítrico que ele descrevia.

E então, certo dia, seu pai se foi, sem qualquer aviso prévio. Ela chorou por dias, e depois decidiu que nunca mais pisaria num vinhedo, mas acabou cedendo e seguiu seu coração. Ainda hoje, Lily ouvia a voz calma e profunda dele quando ela provava um vinho. Era quase como se ele o estivesse compartilhando com a filha, falando sobre as suas percepções ou concordando com ela sobre a qualidade da safra.

– Você sempre quis trabalhar na vinícola? – perguntou a Antonio, deixando de lado os pensamentos sobre seu pai para se concentrar no homem ao seu lado.

– É nossa forma de viver – disse Antonio, dando de ombros. – Já era esperado que eu trabalhasse com a minha família, e, para a minha sorte, nunca teria feito algo diferente disso. Meu irmão sente o mesmo, assim como minha irmã.

Ela não lhe contou que havia lido extensivamente sobre a família dele. Era uma das razões pela qual devia ter sabido quem ele era. Vasculhou em seu cérebro, lembrando-se de Marco, Vittoria e... *Ant*. Foi por isso que não conectou os pontos logo de cara.

– Você prefere Antonio a Ant?

Ele pareceu surpreso.

– Ah, então ela *fez* uma boa pesquisa... – comentou ele, com um largo sorriso. – Todo mundo que me conhece desde criança me chama de Ant, mas, na verdade, detesto esse apelido. Eu era o mais baixinho da escola, minhas pernas eram as mais magrinhas possíveis e, comparado comigo, meu irmão era um gigante. Então eles zombavam de mim e me chamavam de *Ant*, uma das desvantagens de estudar inglês quando se é tão jovem e aprender que as primeiras letras do seu próprio nome formam a palavra "formiga".

Os olhos dela rapidamente percorreram o corpo dele. Com certeza ele agora já não era nenhuma formiguinha. Lily calculou que tinha pelo menos 1,80 metro e preenchia tranquilamente a camisa e o jeans.

– Bem, acho que você já não precisa mais se preocupar com o apelido – deixou escapar, corando quando Antonio a flagrou encarando-o.

– Eu não cresci até os meus 16 anos, agora sou mais alto do que todos na minha família. Mas o apelido... – Ele deu de ombros. – O apelido nunca me abandonou.

Ele então foi desacelerando, e ela se virou para olhar pela janela, notando que a paisagem havia se modificado de novo. Era linda, com videiras de repente se estendendo pelas encostas até onde a vista alcançava, sob um céu azul e ensolarado.

– Seja bem-vinda à nossa casa – disse ele, enquanto entrava num caminho de acesso à garagem ladeado por árvores, cujas folhas balançavam preguiçosamente na brisa. – Eu juro a você, é um paraíso.

Conforme subiam o acesso devagar, ela viu uma mulher em um cavalo acenando para eles, o longo cabelo preto esvoaçando atrás dela.

– Essa é a minha mãe – explicou Antonio.

Lily não deveria ter ficado tão surpresa, mas a ideia de que a bela mulher no cavalo fosse mãe de três filhos já crescidos lhe pareceu impossível. Tinha achado que a foto no site da família estava desatualizada, mas pelo jeito os homens Martinelli não eram os únicos deslumbrantes.

– Tenho a sensação de que vou amar este lugar – sussurrou ela.

A mão de Antonio inesperadamente roçou a dela enquanto avançavam pelo caminho, que se espichava numa subida suave e seguia em direção a uma casa ampla, com telhado de terracota e paredes com revestimento de gesso pontuadas por janelas altas.

– Eu também.

Lily teve a impressão de que ele não estava falando apenas das uvas, e mesmo que sempre se recusasse a misturar trabalho com lazer, as palavras ditas por sua mãe na despedida ecoaram nos seus ouvidos.

Divirta-se, Lily. Só se tem 30 anos uma vez, você precisa se soltar e se permitir viver uma paixão. Ou, no mínimo, se jogar na cama de um homem maravilhoso.

No fim das contas, Antonio a levara diretamente para a casa da família, que se empoleirava numa colina com vista para hectares de uvas e muito além da propriedade. Parecia que os pais dele haviam insistido para que ela fosse recebida de maneira informal pela família, antes de tratar de negócios.

– *Ciao*, Lily!

A voz alta e amigável veio de uma mesa do lado de fora, emoldurada por uma pérgola coberta por uma videira, e a surpreendeu, pois vinha de um homem que era uma versão mais madura e imponente do próprio filho, de cabelos grisalhos.

– Sr. Martinelli, é um enorme prazer conhecê-lo.

– O prazer é, como vocês costumam dizer, todo meu – disse ele, levantando-se e aproximando-se para cumprimentá-la, estendendo as mãos para envolver as dela e dando-lhe um beijo em cada bochecha. – Por favor, junte-se a nós, e me chame de Roberto. Você já tomou o café da manhã?

– Não, na verdade não tive tempo de comer nada antes que seu filho chegasse.

– Espero que ele tenha se comportado bem, *si*?

Ao falar inglês, seu sotaque era muito mais acentuado do que o de Antonio, e ela imediatamente notou quanto o homem era acolhedor. O chefe dela na Nova Zelândia havia jurado que Lily adoraria conviver com a família Martinelli quando ele a escolheu para o trabalho, e ela agora sentia que o instinto dele estava certo.

– *Si* – respondeu ela, olhando para Antonio e recebendo uma piscadela como resposta. – Ele se comportou muito bem.

– Café? – perguntou Roberto, segurando um bule. – E temos pães quentinhos, acabaram de sair do forno.

Antonio se sentou à mesa e pegou um dos pães, no qual logo foi passando manteiga e geleia. O estômago de Lily reagiu roncando, mas, no instante em que estava prestes a se sentar e aceitar a oferta de Roberto, a mulher que os dois tinham visto a cavalo juntou-se a eles – Francesca. De perto, ela era tão bonita quanto à distância, e o único indício de sua idade eram as rugas suaves na região dos olhos.

– *Ciao*, Lily! É tão bom ter você aqui com a gente.

Ela vestia calças de equitação, botas pretas altas e uma camisa justa sem mangas. Era a imagem da elegância quando se aproximou e beijou Lily nas bochechas.

– Obrigada, é um enorme prazer conhecê-la também – respondeu Lily. – Sua casa é muito bonita, mas eu não esperava ser convidada a vir aqui.

– Por que não? Você será tratada como se fizesse parte da família enquanto estiver conosco. Nós convidamos apenas um vinicultor assistente a cada temporada, às vezes nem mesmo isso, então você é muito especial para nós.

Ela passou por Lily, que viu que Roberto já estava segurando uma xícara de café para a esposa.

– Lily – chamou Antonio, apontando para uma xícara vazia sobre a mesa.

– Por favor, eu adoraria – respondeu ela, sentando-se quando a família começou a tomar o brunch.

Antonio e o pai imediatamente se puseram a conversar num italiano aceleradíssimo, que Lily não tinha a esperança de decifrar.

– Peço desculpas pelos dois – disse Francesca, inclinando-se na direção dela. – Todo dia eles discordam de pelo menos uma coisa. É exaustivo. – Ela riu. – É por isso que saio com meu cavalo cedo. Assim, na hora em que volto para casa, posso sentar aqui em paz. *Sozinha.*

As duas deram um grande sorriso, e Lily ficou olhando ao redor enquanto dava uma mordida no pão recém-assado, como Roberto havia prometido.

– É ainda pior quando meus dois meninos estão em casa. E com você aqui – Francesca suspirou –, eles ficariam como um par de galos, um tentando superar o outro.

Lily viu quando Antonio lançou os braços para o alto antes de passar suas mãos pelo cabelo, a conversa com o pai nitidamente mais acalorada.

– Sobre o que eles estão conversando, se não se importa que eu pergunte?

– É a mesma coisa toda manhã – disse Francesca, com um suspiro. – Antonio tem ideias novas, coisas que ele quer mudar, e meu marido quer fazer o que o pai dele fazia. As antigas gerações não gostam de mudanças.

– Acho que é por isso que me senti tão atraída por essa região, na verdade. Sou fascinada pela história e pela tradição no que diz respeito à sua produção de Franciacorta. Tanta coisa mudou no mundo em termos de produção de vinho e métodos de vinicultura, mas aqui estão vocês, tão puros, tão dedicados a preservar a maneira como isso sempre foi feito.

Antonio chiou, e ela se deu conta que não era apenas Francesca que a estava escutando.

– Acho que você não vai ser a lufada de ar fresco pela qual eu estava esperando – resmungou ele.

– E eu tenho a sensação de que Lily é exatamente o que precisávamos por aqui – discordou Roberto. – Alguém para lembrar por que temos que manter a tradição.

– Me desculpem. Não era a minha intenção me intrometer em uma discussão familiar.

– Você não fez nada disso. Agora, termine de comer. Leve seu café com você enquanto descemos – disse Francesca. – Quero mostrar uma parte da propriedade antes de você passear pelas videiras. Esta é uma época do ano muito especial, e você vai querer inspecionar as uvas. Prestamos muita atenção nelas. As condições precisam ser perfeitas, como bem sabe.

– E vocês ainda fazem a colheita manualmente?

Os homens pararam de conversar outra vez, e foi Antonio quem respondeu:

– Essa é uma parte da tradição que nunca deve ser mudada – afirmou ele, enquanto relaxava em sua cadeira, segurando sua xícara de café em uma das mãos. – Cada uva é colhida manualmente, é o único jeito. Máquinas não são permitidas, e transportamos cada cesto com cuidado quando ele já está cheio. Seguimos o método tradicional de forma rígida.

– Me parece que vocês seguiriam o método tradicional mesmo que ele não fosse exigido.

– Ela chegou há um único dia na Itália e já conhece todos os nossos segredos – gracejou Antonio.

– Reverenciamos o passado em cada produção, em cada uva, e honramos nossos ancestrais – disse Roberto. – Para mim, nada é mais importante do que o manejo delicado de cada uva e ver minha família trabalhando em conjunto.

– Chega de conversar sobre trabalho – disse Francesca, dispensando os homens. – Você sabe montar a cavalo?

O último pedaço de pão que Lily tinha comido desceu seco em sua garganta, e ela rapidamente tomou um gole de café para ajudar.

– Eu sei, mas já faz muito tempo que não monto.

Tanto tempo, de fato, que ela sentiu uma estranha ansiedade, embora tentasse não parecer tão apavorada.

– Ótimo, então vamos. Vou mostrar cada milímetro desta propriedade antes que você comece a trabalhar. Ant?

Ele acenou.

– Sim, *mamma*, vou selar um cavalo para Lily.

Lily se recostou na cadeira e terminou seu café, observando Antonio se levantar e beijar a bochecha de Francesca antes de desaparecer por uma porta aberta. Era o tipo de casa tradicional e elegante que costumava aparecer nas páginas de revistas, cheia de histórias e, ao mesmo tempo, moderna. A construção parecia ser fresca, como se mesmo no dia mais quente de verão continuasse amena, e ela adorou a maneira como a casa se abria para a grande área ao ar livre onde eles estavam sentados.

– Ele é um bom menino, meu Antonio – comentou Francesca. – Inquieto, às vezes, mas com um coração de leão.

Lily pensou na maneira como ele obedeceu à mãe de tão bom grado e a beijou – sua atitude pareceu tão diferente da que teria um homem inglês. Dava para ver que decididamente era Francesca quem controlava a família.

– Deve ser bom tê-lo por perto. Ele também mora aqui?

Lily esperava não estar sendo muito intrometida, mas queria juntar todas as peças do quebra-cabeça.

– Ele mora em uma casa a alguns minutos de carro daqui, no terreno da nossa família, mas sempre faz as refeições conosco. Era perfeito para ele antes, quando Antonio...

Lily se inclinou para a frente, aguardando para saber o que Francesca estava prestes a dizer.

– Enfim, ele gosta de estar por perto, quase tanto quanto nós – continuou Francesca. – Embora o irmão dele seja completamente diferente. Prefere ficar num apartamento em Milão e administrar os negócios à distância.

Lily assentiu, ainda curiosa sobre Antonio e se perguntando quanto tempo teria que aguardar para descobrir mais coisas sobre ele. Mas ela sabia que os italianos gostavam de falar e que rapidamente se entrosaria com os outros funcionários, ainda mais que todos ali eram incentivados a trabalhar bem próximos uns dos outros. Com certeza haveria linguarudos depois da primeira semana ou algo assim.

– Venha, vamos encontrar umas botas para você, e aí descemos até os estábulos. Há muita coisa para ser vista.

Lily a seguiu e, com os raios de sol aquecendo seus ombros e o vento batendo em seu rosto, pensou, não pela primeira vez, que não haveria nenhum outro lugar onde gostaria de estar naquele momento.

A Itália faz bem à alma: Lily havia lido esse slogan no avião e o guardou em sua mente. Precisava admitir que concordava de todo o coração.

9

— Você escolheu a época do ano perfeita para visitar a Itália – disse Francesca, enquanto as duas cavalgavam tranquilamente pelos vinhedos. Lily estava tão entretida com a paisagem, que quase se esqueceu de que estava sobre o dorso de um cavalo. – Estamos a apenas uma ou talvez duas semanas da colheita, de acordo com o meu marido.

– Isto aqui é incrivelmente lindo – elogiou Lily, desejando estar a pé.

Ela queria demorar-se em diferentes fileiras e inspecionar as uvas, embora soubesse que ainda haveria muito tempo para isso.

– Consigo ver a paixão em seus olhos – comentou Francesca, rindo. – É como se você estivesse olhando para o amor da sua vida.

Lily abriu um largo sorriso.

– Meu único caso de amor há anos tem sido com as uvas, então você não está errada.

Elas cavalgaram em silêncio por um tempo, até que Francesca parou, mirando o horizonte.

– O pai do meu marido tinha uma paixão tão grande pelas uvas que se comparava à que a maioria dos homens tem por carros de corrida e mulheres. Ele tinha tudo o que poderia desejar bem na palma da mão e, ainda assim, queria algo mais. E esse "algo mais" era uma vinícola que pudesse produzir um espumante capaz de rivalizar com a melhor champanhe da França.

– Bem, ele com certeza conseguiu – disse Lily, admirando a vista.

Os vinhedos se estendiam até onde os olhos alcançavam.

– Recentemente, no entanto, uma rixa dividiu a família. É por isso que meu marido fica tão frustrado quando Antonio fala em fazer mudanças. Ele não conversa com o irmão há anos.

– Li bastante sobre a família do seu marido, especialmente sobre o pai dele – admitiu Lily. – Ele foi a inspiração para todo o movimento, para os vinicultores desta região adotarem o método tradicional, certo?

– Foi mesmo. Contribuiu para tornar nosso Franciacorta tão famoso quanto o Prosecco.

Lily se perguntou qual teria sido o motivo da briga na família, lembrando que o irmão de Roberto costumava estar envolvido com a vinícola, mas não queria fazer mais perguntas.

Francesca fez o cavalo avançar, e Lily a seguiu, surpresa ao notar como se sentia à vontade com o animal. Ela havia aprendido a montar ainda menina, nos feriados que passava na casa de campo da tia, mas em sua última experiência fora lançada da sela sobre uma sebe cheia de espinhos, e desde então não cavalgara outra vez.

– Mas, me diga, o que você acha do espumante da Nova Zelândia em comparação com o nosso?

– A vinícola em que passei a maior parte do tempo pertencia a uma família, os irmãos administravam toda a produção. Eles tinham ideias novas, mas também uma paixão por permanecerem fiéis ao passado, o que acaba sendo meu tipo preferido de vinícola, onde mais gosto de estar – explicou Lily. – Eu adorava que eles ainda colhiam algumas de suas melhores uvas manualmente, como se isso fosse uma ode ao pai deles, que havia desenvolvido seu espumante para a falecida esposa e insistia em colher sozinho todas as uvas em seus primeiros estágios. Ele era, como vocês, um entusiasta do envolvimento de toda a família.

– Ah! Uma belíssima história! E eu adoraria continuar escutando, mas meu filho já vem aí para tirar você de mim.

Antonio apareceu em um cavalo baio, cavalgando entre elas e parecendo completamente à vontade sobre a sela. Lily imaginou que ele devia montar desde pequeno, sem falar que naquela época já devia vagar pelas vinhas e se perder em meio às folhagens. Ela sorriu ao pensar nisso.

– Desculpe interromper, mas está na hora de trabalhar.

Lily acenou para Francesca.

– Obrigada pela maravilhosa apresentação da propriedade.

– Vejo você logo mais – respondeu a mulher mais velha. – Acho que vamos desfrutar muito da companhia uma da outra.

Com isso, ela se foi, trotando e depois conduzindo o cavalo num gracioso galope, até desaparecer na direção oposta. Lily apertou as próprias rédeas, com medo de que seu cavalo pudesse tentar seguir o de Francesca, mas ele pareceu estar mais interessado em cochilar sob os raios de sol.

– Você parece tensa – disse Antonio. – Ela não vai derrubá-la, minha mãe escolheu nossa égua mais dócil para você.

Lily o ignorou, fazendo um esforço consciente para baixar seus ombros e parecer mais à vontade. Sabia que ele estava certo, mas não gostava que a criticassem.

– Qual é a nossa primeira missão do dia? – perguntou ela.

Antonio deu uma cutucada no seu cavalo para que ele começasse a se mover, e ela fez o mesmo.

– Vou te apresentar a todos e vamos inspecionar as uvas. Meu pai quer que a gente caminhe diariamente pelas videiras e mantenha registros meticulosos até a colheita. Eu também gosto de fazer isso.

Ela assentiu.

– É claro.

– E depois vou mostrar para você nossa área de produção, antes de acomodá-la em suas instalações.

– Maravilha. Mas, por favor, me ponha para trabalhar logo. Gosto de trabalhar o dia todo, estou acostumada a ter muitas horas de serviço.

– Esqueceu que está na Itália agora? – Ele deu uma risada profunda. – Temos muito tempo de horário de almoço e tiramos nosso *riposo*, nosso descanso da tarde.

– Entendi.

Os italianos deviam seguir o que a maioria das culturas mediterrâneas fazia: descansar nas horas mais quentes do dia. Já os neozelandeses mal paravam para almoçar.

– Mas e quanto à colheita? – perguntou ela.

– Nós não paramos. Até que a última das uvas seja colhida.

Um arrepio a percorreu. Era isso que ela queria escutar. A vida toda havia sido uma *workaholic*, e foi justamente por esse fato que decidira viajar para a Europa e fazer duas colheitas consecutivas.

Acabou pensando em sua mãe e se perguntou o que ela estaria fazendo. Lily sorriu ao imaginá-la ao lado de Alan, passeando pelo lago ou desfrutando juntos de mais um almoço tardio e demorado. Bem que ela poderia ter providenciado para que a mãe viajasse até a propriedade dos Martinellis antes que voltasse para Londres.

Talvez eu devesse fazer isso, ela iria adorar este lugar.

Antonio a apresentou a todos os funcionários cerca de uma hora mais tarde.

– Pessoal, esta é Lily. Nossa nova vinicultora assistente.

Todos ergueram o olhar e, quando Antonio bateu palmas, os outros o imitaram e a encararam com curiosidade. Lily ergueu a mão num aceno, sorrindo para eles e esperando que pelo menos alguns falassem inglês.

– *Ciao* – disse ela em voz alta. – Espero conhecer todo mundo em breve.

Antonio tocou seu cotovelo e a conduziu na direção do que ela logo percebeu se tratar do restaurante da vinícola. Eles entraram num lugar que se parecia com um túnel de teto côncavo, onde havia uma bancada em um dos lados e mesas baixas no restante do espaço. Era simples, mas elegante, com elementos de pedra e portas de vidro na outra ponta do restaurante, que dava para os hectares de terra.

Mas os dois não pararam ali. Atravessaram o restaurante e entraram na cozinha, que era um alvoroço de panelas escaldantes, pessoas se movendo e vapores subindo pelo ar. Esse tour guiado por ele certamente lhe pareceu um turbilhão.

– Vittoria! – chamou Antonio, agitando a mão no ar para afastar as espirais de fumaça que vinham na direção deles. – Venha conhecer Lily!

Uma chef largou sua frigideira no meio da cozinha e foi andando até os dois. Seus olhos tinham a mesma tonalidade escura dos de Antonio, e o sorriso era ainda mais largo.

– Ahhh, então é você que meu irmão acha que será capaz de mudar a cabeça do *papà*.

Elas deram um aperto de mãos enquanto Lily se virava lentamente para encarar Antonio, as sobrancelhas erguidas expressando surpresa.

– É isso que você acha que vim fazer aqui?

Ele deu de ombros.

– Digamos que eu só esperava que você me ajudasse a convencê-lo a colocar algumas mudanças em prática. Afinal, você trabalhou ao redor do mundo e deve ter ideias novas para nos apresentar.

Lily riu, balançando a cabeça.

– Sem chance. Estou aqui porque quero aprender os métodos tradicionais e trabalhar com um dos melhores vinicultores do mundo.

Vittoria lançou as mãos para o alto, como se falasse "desisto", antes de acenar e voltar correndo para o seu lugar na cozinha.

– Preciso preparar o almoço. Te vejo depois, Lily. – Ela soltou uma risada e voltou alguns passos. – Fique alerta, e não queira saber o que aconteceu com o último vinicultor assistente.

– O que aconteceu com o último vinicultor assistente? – perguntou Lily.

Antonio se virou e começou a sair da cozinha, murmurando alguma coisa para si mesmo. Lily não sabia se ficava chateada ou lisonjeada pelo que Vittoria havia falado, embora tentasse se convencer da última opção. Mas estava tão obcecada com o motivo da sua contratação que se esqueceu inteiramente daquele comentário final.

– Antonio, por que você acharia que eu…?

Ele se voltou para ela.

– Meu amigo na vinícola da Nova Zelândia me contou que você era uma das melhores vinicultoras jovens que ele já tinha conhecido. – Antonio suspirou. – Pensei que talvez trazendo você para cá poderia…

– Convencer seu pai a mudar os métodos dele? – Isso era quase cômico. – Seu pai é famoso pelo trabalho dele. É… bem, acho que não preciso explicar. Foi por causa dele que eu quis vir para cá, e cheguei a pensar que não teria nenhuma chance de conseguir o emprego, já que há tantos outros jovens vinicultores disputando para passar um tempo aqui com ele.

– Eu sei, mas receio que nossos concorrentes estejam tomando a nossa frente – disse Antonio. – Meu pai vive no passado, mas eu quero garantir um futuro para nós, e um futuro longevo.

Não é que Lily não estivesse entendendo o que Antonio queria dizer, mas simplesmente não conseguia acreditar que ela teria qualquer coisa para ensinar a Roberto Martinelli. Ela fora até lá para *aprender* com ele.

— Você é a razão pela qual me ofereceram o trabalho, não é? Achei que tivesse sido seu pai. Quando me disseram que o Sr. Martinelli queria me oferecer uma vaga temporária como vinicultora assistente, pensei...

— De tempos em tempos, convidamos um vinicultor de outra região para se juntar a nós... mas, sim, fui eu. – Antonio deu de ombros. – Eu me assegurei de que ele estivesse ciente de quem você era, pois meu pai reage melhor quando pensa que a ideia foi dele. Apenas o coloquei na direção certa.

Lily deveria ter se sentido ainda mais lisonjeada, mas, por algum motivo, sentiu-se enganada. Ou talvez tivesse sido apenas ego ferido.

— Bem, obrigada. É uma honra estar aqui, independentemente de qual Sr. Martinelli de fato me escolheu.

Eles continuaram caminhando, desta vez através de fileiras de enormes tonéis de aço inoxidável, de aspecto bem contemporâneo em meio à atmosfera provinciana do restante da propriedade. De repente, ela pensou na caixinha que havia recebido e nas pistas que continha e se perguntou, mais uma vez, como acabou indo parar no mesmo país com o qual sua avó tinha ligações tão misteriosas.

— Venha, quero mostrar nossas adegas – disse Antonio, avançando a passos largos. – Teremos uma reunião em meia hora, mas temos tempo suficiente para eu levar você à parte final do nosso tour.

Lily abaixou a cabeça ao passarem por um portal arqueado e, novamente, voltou no tempo. Quando estavam entrando nas adegas, os tonéis de aço inoxidável pareceram ter sido deixados em outra época e outro lugar. Estava ficando cada vez mais escuro, mas seus olhos logo se ajustaram à penumbra e, em alguns minutos, ela pôde ver fileira por fileira das safras dos anos anteriores.

— Ah, meu Deus... – sussurrou Lily, erguendo a mão para identificar as valiosas garrafas.

— Três anos – murmurou ele. – É o tempo que esperamos para que nosso Franciacorta amadureça.

— Todo esse tempo? Achei que fossem dois.

As luzes que pendiam do teto mal iluminavam o espaço, mas ela percebeu que conseguia enxergar bem, e podia facilmente ver o contorno dos traços de Antonio quando ele se aproximou dela.

– As coisas boas levam tempo – disse ele, sorrindo para ela. – E nosso Franciacorta demora muito mais do que os outros vinhos. Este é um de nossos segredos. Não apressamos nada por aqui.

Ela prendeu a respiração quando Antonio a encarou, antes de continuar a andar. Era quase uma impertinência no local de trabalho o jeito como os olhos dele fervilhavam diante dela, seu corpo buscando conforto próximo ao de Lily, mas ela descobriu que nada no comportamento dele a incomodava.

Lily pigarreou, lembrando a si mesma por que sempre mantinha distância, por que nunca misturava trabalho e lazer. Muito tempo antes, seu coração ficara despedaçado, e estivera muito perto de sacrificar seus sonhos para seguir outra pessoa, mas prometera a si mesma que nunca cometeria esse erro novamente. Foi uma das razões principais para partir de Londres.

Ela só teria que se assegurar de que, se algum dia *cruzasse* essa linha, seria por prazer e nada mais. Sem se apaixonar, apenas para aproveitar uma aventura de férias.

Antonio sorriu, fazendo sinal para que ela o seguisse.

Prometa para mim que, se um italiano maravilhoso quiser te levar para a cama, você vai dizer que sim.

Lily sorriu de volta. Talvez precisasse seguir os conselhos de sua mãe pelo menos uma vez na vida.

Ela estava num país incrível, na vinícola de seus sonhos, com um homem lindo lhe mostrando como o lugar funcionava – era simples assim. Mas sempre havia aquela vozinha, aquela lembrança na sua mente, que lhe dizia para se manter focada, para não deixar que nada a distraísse dos seus objetivos.

Foi assim que Lily acabou se mudando para o exterior, depois de se graduar na Plumpton. Ela havia trabalhado por um tempo no Reino Unido, logo depois de se formar e antes de mandar e-mails para os contatos de seu pai, até comprar uma passagem de avião que a levaria ao redor do mundo, primeiro para a Califórnia e depois para Marlborough, na Ilha Sul da Nova Zelândia. Foi quando ela soube que era a coisa certa a fazer: transformar os sonhos do pai nos dela. Lily encontrou a cura ao pegar a terra nas mãos, examinando o solo, ao caminhar com alguns dos melhores vinicultores da região, ao colher as uvas, ingeri-las e saboreá-las, aprendendo o ofício até se tornar vinicultora assistente. De certa forma, seu pai estivera com ela em cada passo do caminho, e estar na Itália era um dos últimos sonhos dele, que Lily precisava realizar. Um dos últimos sonhos *dos dois*.

Ela se lembrava dele dizendo que a maior parte de seus colegas havia sonhado em ir para a região de Champagne, na França, mas ele estava convencido de que deveriam ir para a Itália e ver o método tradicional na prática. Depois disso, o pai havia falado sobre desenvolverem seu próprio espumante na Inglaterra e sobre ele deixar seu trabalho como vinicultor-chefe em uma renomada vinícola em Oxfordshire. Também queria que Lily viajasse, para aprender sobre o cultivo das uvas na Nova Zelândia, onde os vinhedos ficam expostos a geadas, e sobre os métodos utilizados ali; e depois que fosse à Itália, a fim de aprender como criar o melhor espumante a partir das uvas Chardonnay e Pinot Noir. À luz do que havia descoberto recentemente, ela se perguntou se o pai teria uma conexão mais profunda com a Itália do que ele havia se dado conta.

– Você vem? – chamou Antonio.

Lily acelerou o passo, afastando as lembranças e sorrindo quando o alcançou.

– Aqui – disse ele – é onde conservamos as garrafas das nossas melhores safras. Sempre que temos uma boa colheita, celebramos abrindo uma delas.

– Bem, espero que este ano seja bom, porque quero muito provar.

Antonio olhou de relance para o relógio de pulso, batendo uma mão na outra quando percebeu que já estava tarde.

– Hora de ir embora – declarou ele, indicando que Lily deveria voltar pelo caminho pelo qual tinham vindo. – Meu pai é um defensor da pontualidade.

Eu também, pensou ela com um sorriso. *Não foi à toa que gostei tanto dele.*

Quando saíram e atravessaram outra construção, ela parou ao ver as portas de vidro que levavam a outro espaço.

– Vocês ainda usam barris de carvalho aqui? – perguntou Lily, surpresa.

Já não era comum utilizá-los e, ao se demorar ali, ela quase pôde sentir o aroma amadeirado, a fragrância do carvalho, que sabia que a envolveria se atravessasse a porta.

– Outra ode ao passado – respondeu Antonio, com uma risada.

– Um dia você vai olhar para trás e agradecer por seu pai ter sido tão leal aos métodos tradicionais. E não podemos nos esquecer, seu avô foi um dos primeiros vinicultores da região a produzir espumantes, então talvez ele tivesse mais visão do que você acha.

– Ah, bem, talvez você tenha razão. Embora passar de uma máquina de escrever para um computador não pareça tão despropositado, não é mesmo?

Lily riu.

– Você não está falando sério.

– *Si, bella* – disse ele, balançando a cabeça, tristemente. – Estou, sim.

10

ITÁLIA, 1938

Já haviam se passado meses desde que Estee conhecera Felix, e desde então eles se viam pelo menos uma vez por semana. Era verão, e os dois começaram a sair às escondidas com mais frequência, às vezes durante a tarde, quando ela podia fingir que suas aulas de dança se estenderiam mais do que o planejado. Era uma amizade que nunca devia ter começado, mas foi quase como se aquele primeiro encontro tivesse sido predestinado, seus caminhos se cruzando para reuni-los. Muitas vezes Estee se perguntava como teria sido diferente a vida no Piemonte sem a companhia dele, como teriam sido desesperadamente entediantes aqueles últimos meses se Felix não tivesse sugerido que saíssemos para tomar um pouco de ar fresco naquele dia, depois do recital dela.

Os dois estavam sentados sob o sol, as calças dele arregaçadas até os joelhos, a saia dela roçando as próprias coxas, enquanto balançavam as pernas na água. Era um dia perfeito, com o vento refrescando a pele enquanto o sol brilhava alto no céu.

– Você está incrivelmente quieta hoje – disse ele, recostando-se sobre os cotovelos enquanto a observava. – Está preocupada com alguma coisa?

Ela sabia a que ele estava se referindo. Até Estee, que não tinha muita instrução, entendia que o mundo estava mudando ao redor deles. Nem ela nem suas irmãs estavam autorizadas a se envolver em assuntos políticos à mesa de jantar – o pai delas explodiria de raiva se ao menos tentassem discutir o que estava acontecendo –, mas ela ouvira rumores sobre uma guerra. Contudo, naquele dia, não era o mundo que ocupava seus pensamentos. Havia algo que precisava contar a Felix, e ela não fazia ideia de como abordar o assunto.

O tempo que Estee estivera com ele passara a significar muito para ela – era a sua tábua de salvação, a única coisa em sua vida além da dança e da família. O mero pensamento de que isso pudesse estar chegando ao fim já era suficiente para despedaçar seu coração.

– Fui convidada para uma audição na companhia de balé do Teatro La Scala – contou ela, mantendo os olhos baixos, sem querer encará-lo, enquanto as palavras saíam atrapalhadas de sua boca.

– Em Milão? Você está indo para *Milão*?

Ela suspirou.

– Sim.

– Estee, que notícia maravilhosa! – exclamou Felix, seu rosto se iluminando com um largo sorriso. – Você deve estar muito animada!

Como ela não respondia, o rapaz se sentou, inclinando-se para a frente e jogando água nela.

– Pare com isso!

Ele pôs uma das mãos em concha e atirou água no vestido dela.

– Felix!

– Admita que são boas notícias, e eu paro – disse ele, dando um sorriso torto enquanto se inclinava para a frente outra vez. – Você está com uma cara de enterro!

– Eu deveria empurrar você dentro d'água – murmurou ela.

– *Estee* – advertiu ele, balançando os dedos na água, indicando que poderia de fato ensopá-la.

– Tudo bem – admitiu ela. – *São* boas notícias.

– Então por que você está tão triste? O que está acontecendo?

Estee olhou para a água ao longe, sem querer cruzar olhares. Ela mordiscou o lábio inferior, detestando estar tão emocionada e angustiada por pensar em partir. Estee havia se aperfeiçoado na arte de não colocar para fora sua tristeza, suas lágrimas, suas frustrações, e então Felix apareceu e virou sua vida de cabeça para baixo. Ela nunca havia deixado sua mãe perceber como estava se sentindo, nem suas irmãs mais novas, mas com Felix parecia que não era capaz de esconder nada.

– Estee?

– Tudo bem – desabafou ela, lançando as palavras na cara dele, como se tudo fosse culpa de Felix. – É porque eu não vou poder te ver de novo. O que temos aqui, o que quer que seja, simplesmente acabará.

Ele ficou em silêncio, e ela enfim teve coragem de se virar e olhar para o rapaz, seus olhos encontrando os dele devagar.

– É para isso que você vem treinando – disse Felix, mas ela pôde ver a compreensão no rosto dele. O tempo que os dois passaram juntos não fora especial apenas para Estee. – Não era o que você queria? Virar uma bailarina famosa, ter a oportunidade de se apresentar no La Scala?

– Nós dois sabemos que o que você ou eu queremos da vida nunca terá importância.

Só que ele estava certo: era o que Estee queria com cada fibra do seu ser. Ela apenas não queria ter que desistir dele para isso. Era quase impossível digerir a certeza de que ela só poderia ter uma das duas coisas.

– Vou sentir fome o tempo todo sem você – acrescentou, rindo, ainda que as lágrimas rolassem por suas bochechas.

– Eu sempre soube que, para você, o que importava era a comida. Se eu não levasse os doces, aposto que você nem arrumaria tempo para me ver – concordou Felix, encostando seu ombro no dela.

Mas a garota pôde ver lágrimas nos olhos dele também.

– Vou sentir tanto a sua falta.

Estee suspirou, contendo a emoção, detestando que o rapaz a estivesse vendo daquela maneira. Ela não queria se mostrar vulnerável para ninguém, nem mesmo para ele.

Felix se aproximou dela e eles ficaram sentados juntos, novamente reclinados, apoiando-se nos cotovelos. O ombro e o braço dela pressionavam os dele, e ela não ousou se mexer, precisando do seu toque mais do que nunca. Eles nunca mais se beijaram depois daquele primeiro dia. Não parecera correto, ou talvez nenhum dos dois soubera muito bem o que fazer, ou talvez porque ambos sabiam que o que quer que existisse entre eles não acabaria bem. Felix fora prometido a outra pessoa, e Estee nunca seria boa o suficiente aos olhos da família dele, mesmo que o casamento ainda não tivesse sido arranjado.

– Nunca me esquecerei de você, Felix – declarou ela, forçando as palavras a saírem.

– Não diga isso. Até parece que nunca mais nos veremos.

Talvez nunca mais nos vejamos mesmo.

Estee não respondeu, porque não confiava em sua própria voz, mas quando Felix pigarreou, ela criou coragem e o encarou quando ele olhava para sua boca.

– Estee – sussurrou ele.

Ela sorriu para Felix, de certa forma sabendo o que o rapaz estava prestes a dizer, o que estava prestes a perguntar, antes mesmo de ele ter pronunciado as palavras.

– *Sim* – sussurrou em resposta.

Felix se inclinou, e ela permaneceu inerte, para não estragar o momento. E enquanto os raios de sol os atingiam e a fragrância do verão os envolvia, a boca dele delicadamente tocou a dela, num beijo que com toda a certeza era uma despedida, não importava quanto ele quisesse fazer de conta que os dois se veriam outra vez. Pois como seus caminhos se cruzariam se a audição dela fosse bem-sucedida?

O beijo se intensificou, os lábios dele movendo-se sobre os dela sem aquele bater de dentes inexperiente da primeira vez. Mas Felix acabou recuando. Acariciou o cabelo dela de forma hesitante, como se fosse seda, e a tocou com tanta ternura que isso quase despedaçou o coração dela outra vez.

– Eles vão adorar você, Estee – murmurou ele. – Um dia você vai ser a bailarina mais linda do La Scala, eu sei disso.

Ela duvidava muito que seria a mais linda, mas, nos olhos de Felix, de repente se viu como ele a enxergava – pela maneira como o rapaz a olhava, Estee percebeu que ele realmente sentia o que acabara de dizer. Pela primeira vez, ela entendeu que Felix a amava tanto quanto ela o amava, mesmo que esse amor não pudesse levar a nada. Mesmo que nunca fossem corajosos o suficiente para revelar um ao outro o que sentiam.

– Eu queria que as coisas pudessem ser diferentes. Queria...

– Não vamos falar disso – interrompeu Estee, balançando a cabeça quando novas lágrimas encheram seus olhos. – Não podemos mudar nossas famílias nem nosso destino, então por que não aproveitamos este dia? Não podemos apenas fingir que esta não será a última vez?

Mesmo que eu continuasse aqui, nós nunca poderíamos ficar juntos. E se eu não for bem na minha audição, minha mãe não vai me deixar mais sair de casa.

Os dois sorriram, e Estee chegou perto dele e o empurrou, rindo quando ele a envolveu em seus braços. Ela se inclinou um pouco para a frente, novamente encontrando sua boca e suspirando encostada nele, quando seus lábios se abriram para receber os dela.

No dia seguinte, Estee viajaria para Milão, e talvez nunca mais retornasse ao Piemonte. Ela queria que Felix ficasse impresso em sua mente, para que, muito tempo depois que já tivesse ido embora e ele fosse casado, sempre pudesse se lembrar de seus beijos quentes sob o sol, diante do lago.

Talvez eles precisem durar uma vida inteira.

* * *

O dia seguinte passou como um borrão. Milão não era tão longe assim, mas Estee não tinha ideia de quanto tempo teria que permanecer na cidade. Uma tia que morava lá, irmã de seu pai, se oferecera para acolhê-la se fosse selecionada, e quando Estee se viu de pé no meio do seu quarto, se perguntou se voltaria a pisar ali novamente. Será que um dia viveria na sua casa outra vez ou a vida a levaria mais para longe do Piemonte? Antes de Felix, era com isto que havia sonhado: ir embora, finalmente poder sair da sombra de sua mãe dominadora. Mas tudo que quisera antes de Felix lhe parecia agora uma memória distante, porque, de repente, tudo o que ela passou a desejar foi ficar ali e viver mais momentos roubados com ele.

Era uma tolice – definitivamente alguma hora Estee acabaria voltando, mesmo que fosse escolhida, mas, quando se viu ali e girou ao redor do quarto, pensando em todos os acontecimentos, ela ainda se sentiu nostálgica. Suas duas irmãs compartilhavam um quarto, e embora fossem muito mais bem tratadas pela mãe do que ela, Estee tinha ganhado um cômodo só para si, para que pudesse dispor do tempo necessário para descansar sem ser importunada. Quando ela não estava dançando, estudava música. Sua mãe queria garantir que fosse talentosa em tudo relacionado à dança, e a música era um desses elementos.

Estee atravessou o quarto e olhou pela janela, desejando poder enxergar todo o caminho até o rio ou a casa de Felix. Não era possível, mas isso não a impediu de fechar os olhos e imaginar a si mesma imersa numa escuridão quase total, apressada pela rua que daria na casa dele, para um de seus encontros secretos. Se saísse agora, saberia exatamente quantos passos a levariam até o portão de Felix, em quantos minutos ela alcançaria a casa dele, depois de fazer a curva e entrar na rua.

– Estee?

A voz de sua mãe estava mais suave do que de costume, mas ela ainda sentiu seu corpo se enrijecer instintivamente, preparada para o golpe que poderia encontrá-la ou para uma ordem brusca. Para sua surpresa, isso não aconteceu.

– Devaneando? – perguntou a mãe.

– Não, *mamma*. Eu estava repassando o recital na cabeça.

Detestava o fato de que a mentira saía tão facilmente de sua boca, mas, quando se tratava da mãe, ela havia aprendido como evitar seu mau humor... na maioria das vezes.

– Ótimo.

Estee observou a mãe parar ao lado de sua cama estreita, examinando as roupas que a filha havia dobrado, mas que ainda guardaria na mala. Estee prendeu a respiração, mesmo sem se dar conta de que estava fazendo isso.

– Não preciso lembrar você de como esta oportunidade é importante para toda a família, preciso? – perguntou sua mãe, virando-se para encará-la. – Essa pode ser a sua única chance de impressionar, a única chance de entrar para a companhia de dança. Você terá que ser *brilhante*.

– Eu sei, *mamma* – respondeu Estee, mantendo a voz suave, tomando o cuidado para que seu olhar não parecesse muito direto. Sabia o que sua mãe queria ouvir, entendia exatamente como lidar com ela. – Dançarei como se minha vida, como se *todas* as nossas vidas, dependessem disso.

– Muito bem. – Sua mãe se virou e abanou a mão. – Agora se apresse. Quero que você esteja com as malas prontas antes do jantar e que depois descanse bem. Amanhã teremos um longo dia.

Estee sabia que não pregaria os olhos. Como poderia? Ela participaria de uma audição com as melhores jovens bailarinas da Europa e, se não impressionasse os professores, talvez nunca mais tivesse outra chance. Mesmo que não conseguisse uma das posições mais cobiçadas, precisava garantir que eles se lembrariam dela. *Preciso ser inesquecível.*

Para me afastar daqui, desta casa, de mamma. *Esta é a minha chance.*

Tenho que esquecer Felix. Uma vez que eu estiver lá, não poderei olhar para trás.

Às vezes ela detestava a pessoa em que havia se transformado, a pressão pela perfeição, a vida da qual havia sido obrigada a desistir pela dança, sua infância. Mas então se lembrava de que o balé era a única coisa que poderia libertá-la. E para isso, Estee faria qualquer coisa. Sua mãe achava que ela estava fazendo tudo pela família, mas a verdade é que estava fazendo por si mesma.

Estee pôs as coisas em sua mala cuidadosamente, depois a colocou no chão, antes de se deitar na cama e fechar bem os olhos. Queria apenas conseguir parar de pensar em Felix, pois isso tornaria a partida muito mais fácil.

Porque, por mais que ela continuasse a dizer para si mesma que deveria esquecê-lo, isso era impossível.

11

Dias atuais

— Então nos conte, Lily – pediu Francesca, depois do jantar, todos sentados em suas cadeiras ao redor da mesa ao ar livre, lâmpadas decorativas cintilando ao redor deles e o café sendo servido junto com uma pequena tigela com chocolates. – O que achou deste lugar, comparado à última vinícola em que trabalhou?

Lily sorriu enquanto pegava um chocolate.

– Achei que as semelhanças seriam maiores, já que também era uma propriedade familiar, mas, na verdade, é bastante diferente. A Itália de fato não se parece com nenhum outro lugar no mundo.

Antonio ergueu as sobrancelhas, do outro lado da mesa.

– A terra tem um perfume distinto aqui – explicou ela –, as pessoas, *vocês*, são todos muito diferentes. O jeito como se reúnem a cada refeição, a maneira como olham para as uvas... tem mais paixão. Os neozelandeses talvez sejam mais reservados, embora não pudessem ter sido mais acolhedores, e eles com certeza também levam *muito* a sério o vinho que produzem.

– Você vai ver que, nesta região, nossos vinicultores gostam de se envolver bastante em todo o processo, principalmente nas propriedades mais tradicionais.

– Já estou bem acostumada. Ouvi rumores de que vocês todos se juntam aos empregados no primeiro dia da colheita.

Roberto soltou uma risada estrondosa.

– É mais do que um rumor – disse ele. – Eu colho as uvas pessoalmente no primeiro dia, e começo todos os dias passeando por entre as videiras, para ter certeza de que foram colhidas direito, antes de voltar para nossas instalações conforme as primeiras uvas chegam para inspeção. Verifico tudo antes de serem transferidas para a prensagem.

Lily ouvia atentamente, surpresa pelo fato de ele se envolver em algumas das colheitas manuais.

– Meu pai é como um leão. Nós o chamamos de "o rei da selva" quando a época da colheita se aproxima, rondando os vinhedos e decidindo quando podemos começar o trabalho – disse Antonio.

– E todo mundo obedece? – perguntou Lily a Roberto, com um largo sorriso.

– É apenas nessa época que eu deixo que ele mande em mim – interrompeu Francesca, mandando um beijo para o marido. – Fazemos o que ele diz porque a colheita é a época de ele brilhar. Embora ele seja muito mandão.

– Seu pai... – disse Roberto, tirando a atenção de si mesmo. – A reputação dele a precede, Lily. As habilidades de que um vinicultor precisa são instintivas. Elas podem ser refinadas, é claro, mas ou se tem talento, ou não se tem. – Ele a observava através de sua taça de vinho, e seu sorriso era caloroso. – Fiquei sabendo que você tem os mesmos instintos que ele.

– Passei toda a minha infância pendurada no pescoço dele, então tudo o que sei de verdade aprendi com meu pai. – Lily pigarreou quando as memórias vieram à tona pela segunda vez naquele dia, não esperando que o pai fosse mencionado na conversa, mas ainda assim lisonjeada por alguém ter se lembrado do talento dele, especialmente depois de tanto tempo. – Mas hoje espero já poder provar minhas capacidades por conta própria, sem precisar lançar mão do nome dele.

– Pelo que sei, ele estudou na Califórnia, certo? – perguntou Roberto.

– Sim, embora meu pai sempre tenha dito para eu não passar muito tempo lá. Ele teria gostado de viajar diretamente para cá e para a Nova Zelândia. Ele achava que o clima frio era especialmente interessante, pois tinha paralelos com as condições da Inglaterra.

– Seu pai morreu? – indagou Antonio, agora com a voz mais suave.

– Sim. Um pouco antes do meu aniversário de 19 anos.

– Sinto muito – disse ele, as sobrancelhas franzidas enquanto a encarava.

Ela deu de ombros, como se não fosse nada, quando, na verdade, a dor às vezes ainda era tão intensa que chegava a dilacerá-la.

– A dor nunca passa – comentou Francesca, inclinando-se na direção de Lily e colocando sua mão na dela. – Ainda fico com lágrimas nos olhos quando penso na minha mãe. Que Deus a tenha.

Lily não moveu seus dedos, notando que gostava do peso reconfortante daquela mão sobre a sua. Parecia que se passara uma eternidade desde que ela tivera um maior contato físico com alguém, mesmo tendo estado com sua mãe no dia anterior. Tirando isso, já *fazia* certo tempo.

– Sua mãe também era vinicultora? – perguntou Lily a Francesca.

– Não! E eu mesma sou apenas esposa de um vinicultor, não tenho formação profissional – explicou Francesca. – Sou muito útil durante a colheita, e já me disseram que dou boas sugestões, mas o meu marido é que é o vinicultor.

– E seu filho – resmungou Antonio, fazendo a mãe rir junto com ele. – Não se esqueça do viticultor.

– Como eu poderia esquecer o meu querido filho mais velho? – indagou Francesca com um largo sorriso. – Na verdade, minha mãe era costureira e passou grande parte da vida fazendo figurinos lindos para as bailarinas de Milão, onde ela morou, então minha infância foi muito diferente da vida que levo hoje.

Lily estava a ponto de pegar sua xícara de café, mas, em vez disso, se virou novamente para a mãe de Antonio, paralisada por suas palavras.

– Ela trabalhou para algum teatro ou companhia de dança? – perguntou Lily, retomando o fôlego enquanto pensava na pista que lhe haviam deixado.

Seria muita coincidência se os Martinellis tivessem uma conexão com o mesmo teatro, não é?

– Ah, sim, ela trabalhou em muitos teatros, mas seu período mais memorável foi quando costurou para a companhia de balé do La Scala. Ela trabalhou lá até se aposentar.

De repente, Lily desejou estar com o recorte de papel para mostrá-lo a Francesca.

– Sei que parece uma grande coincidência, mas recentemente descobri que minha bisavó pode ter alguma conexão com o La Scala. Na verdade, eu estava esperando descobrir algumas pistas enquanto estivesse aqui na Itália.

– Bem, me deixe pensar em alguém com quem você possa entrar em contato. Que informações você tem? Como posso ajudar?

Lily balançou a cabeça tristemente.

– Sinto que estou no escuro, para ser sincera. Não tenho muitos detalhes para seguir em frente.

– De toda forma, vou procurar antigos contatos dela, talvez ajudem. Se você quiser, lógico.

– Eu gostaria muito, obrigada.

Ao pegar sua xícara de café, Lily notou que as mãos estavam tremendo. Quando ergueu o olhar, percebeu que isso não havia passado despercebido para Antonio. Felizmente, ele não disse uma palavra, e ela deu um gole no café e fingiu que estava tudo bem, embora sua mente e seu coração estivessem a mil.

As pistas pareciam queimar dentro da bolsa, insistindo para que Lily fizesse uso delas. Mas, com ou sem a ajuda de Francesca, encontrar algum elo com sua bisavó ainda era um tiro no escuro, embora talvez pudesse chegar à verdade se compartilhasse aquelas informações com cada italiano que conhecesse.

Lily terminou o café e observou uma última vez aquele ambiente idílico, antes de pedir licença para se retirar.

– Muito obrigada a todos pelo dia e pela noite incríveis. Agora acho que vou me deitar – disse, ainda sem saber bem onde dormiria. O dia fora longo: haviam começado a trabalhar e depois engataram direto no jantar ao ar livre. – Estou exausta.

– Antonio, mostre para Lily o quarto dela, sim? – pediu sua mãe. – Suas malas já estão lá.

Ele dobrou o guardanapo branco de tecido engomado e deixou a mesa, levantando-se e indicando que ela deveria entrar na casa.

– Onde ficam os quartos dos funcionários? – perguntou Lily, esperando ser abrigada em outra parte da propriedade.

Ela tinha visto algumas casinhas pitorescas espalhadas pela área de produção.

– Você vai ficar aqui – disse Antonio. – Parece que, assim que te viu, minha mãe decidiu que você ficaria na suíte de hóspedes.

Lily o encarou, esperando que Antonio desse uma risada e dissesse que estava brincando. Mas, pela maneira como colocou a mão dentro do bolso e seguiu em frente, conduzindo-a pelo corredor de pé-direito alto até a outra extremidade da casa, ficou óbvio que ele nem tinha pensado em algo assim.

– Achei que eu fosse...

– É aqui que você vai ficar – interrompeu ele, abrindo a porta para um dos quartos mais suntuosos que Lily já tinha visto.

Uma cama enorme, com dossel, ocupava o lugar de destaque no meio do quarto, que tinha portas duplas conduzindo para um pequeno pátio e lâmpadas decorativas penduradas ao redor da pérgola. Uma versão menor da área ao ar livre onde haviam jantado.

Antonio fechou as cortinas, embora ela tivesse toda a intenção de abri-las novamente quando estivesse sozinha.

– Indo por ali, você tem um banheiro privativo. – Ele gesticulou, apontando para o outro lado do quarto. – Queremos que você se sinta em casa, então, por favor, se precisar de alguma coisa, basta avisar qualquer um de nós. Trate nossa casa como se fosse sua.

Quem dera. É o lugar mais bonito em que já pus os pés.

– Muito obrigada, Antonio, é perfeito.

Ela esperava que ele a beijasse no rosto ou piscasse antes de ir embora, mas, em vez disso, tudo o que recebeu foi um breve sorriso com um desejo de boa-noite enquanto se afastava.

– Ah, antes que você vá – falou Lily.

Antonio parou, apoiando-se na porta quando seus olhos encontraram os dela.

– O que aconteceu com o último vinicultor assistente? – indagou ela, dando-se conta de que acabou não perguntando sobre isso depois que a irmã dele havia mencionado o assunto.

Antonio franziu a testa.

– Você está olhando para ele.

Lily estava prestes a abrir a boca, mas a expressão dele a interrompeu. Antonio não estava brincando.

– *Buona notte*, Lily.

Ela sorriu. *Boa noite*. Essa era uma frase que havia conseguido aprender em alguns podcasts de italiano que havia escutado antes do voo.

– *Buona notte* – respondeu ela, percebendo que o que quer que tivesse acontecido entre ele e o pai decididamente era história para outra noite.

Assim que ficou sozinha, Lily foi até as portas e reabriu as cortinas, como havia planejado. Olhando para as luzes que cintilavam suavemente lá fora e a faziam pensar nas estrelas, se perguntou se seu pai estaria olhando para ela lá do céu.

É maravilhoso, como você sempre disse que seria, papai. Só queria que você estivesse aqui comigo.

Lily enxugou as bochechas e se virou, livrando-se dos sapatos e se despindo, antes de vestir o pijama de seda e se enfiar sob as elegantes cobertas brancas, a cabeça apoiada no macio travesseiro de penas.

Ela mal havia se deitado, porém, quando se lembrou das pistas, e se arrastou para fora da cama para pegá-las. Girou-as nas mãos, examinando-as, ainda sem saber como decifrá-las.

Quando se recostou outra vez nos travesseiros, com os papéis, Lily se perguntou se sua bisavó iria querer mesmo ser descoberta ou se as pistas seriam capazes de fazê-la conhecer o legado de sua avó. Ou de seu pai.

Como algo que ela nunca soubera antes, do qual nunca tivera qualquer conhecimento, e que até então fora um mistério, parecia, de repente, tão importante a ponto de Lily senti-lo em seus ossos? Não havia nada que ela pudesse fazer para mudar o que tinha acontecido, nem mesmo para saber se sua avó tinha conhecimento da própria adoção, mas, *para Lily*, descobrir isso significava algo. Seria honrar a mulher que lhe fora tão importante na infância.

Com esses pensamentos, fechou os olhos, ainda segurando os papéis enquanto se rendia às penas macias e luxuosas sob seu corpo, e mergulhou no sono.

12

ITÁLIA, 1938

Estee manteve a postura, formando ângulos perfeitos com seu corpo, o queixo erguido, as costas bem eretas. Podia sentir o suor se acumulando na nuca, os braços prestes a tremer enquanto ela os mantinha esticados, tomando ar em pequenas e aceleradas inspirações, embora sentisse vontade de arfar para encher seus pulmões.

Quase todas as bailarinas haviam sido escolhidas, e Estee não estava entre elas. Manteve o sorriso, pois tinha muita experiência no que deveria fazer, como impressionar, como parecer serena mesmo desmoronando por dentro, mas as bailarinas ali eram diferentes. Faziam com que ela se sentisse incompetente, se questionando se merecia a vaga na audição, se teria sequer uma chance de competir com elas. Mas se tinha uma coisa que Estee nunca fazia era desistir. Se fracassasse, então aceitaria seu destino, mas, até lá, sabia muito bem que não deveria ceder antes que o último lugar fosse preenchido. Isso era uma das poucas coisas que podia agradecer à sua mãe.

Observou os quatro jurados inclinados, discutindo algo, e fechou os olhos por apenas um instante, vendo Felix em seus pensamentos, o lugar especial deles diante do lago, os raios de sol incidindo sobre os ombros dela enquanto mergulhava os pés na água.

Quando abriu os olhos, tudo mudou, tudo de certa forma pareceu mais iluminado. E quando ela foi convidada a dançar mais uma vez, Estee manteve o lago em seus pensamentos, recusando-se a desistir, sabendo que aquela era a última chance de lhes mostrar do que era capaz. Tudo que precisava era de uma chance.

Você vai ser a bailarina mais linda do La Scala.

Ela ouviu as palavras de Felix em sua mente enquanto se erguia ainda mais alto, forçando-se além dos seus limites, ao dançar como nunca, pousando sobre os dois pés num *assemblé* perfeito, sem qualquer ruído, e terminando no *grand jeté* mais longo que já havia conseguido fazer sobre o palco.

Quando Estee voltou a ficar de pé, a respiração acelerada enquanto se mantinha imóvel, a mais velha das mulheres que a estava avaliando assentiu. Ela não sorriu, mas também não franziu a testa.

– Por favor, venha para a frente – pediu ela, a voz tão rígida quanto a postura de Estee.

Ela acatou, certificando-se de que cada passo fosse gracioso, resoluto, como se fizesse parte da performance. Tinha um papel a desempenhar e permaneceria fiel à personagem até que o dia acabasse.

Os jurados ainda estavam confabulando, dizendo coisas que ela não conseguia ouvir, mas viu a maneira como os dois homens e as duas mulheres a analisaram de alto a baixo, como se considerassem seu corpo. Isso fazia parte de ser uma bailarina, o escrutínio, embora fosse algo a que Estee talvez nunca se acostumasse, e desejou muito poder ouvir o que estavam dizendo.

– Quantos anos você tem?

– Tenho 13 anos – respondeu ela, com mais coragem na voz do que havia esperado.

Na verdade, ela só completaria 13 algumas semanas depois, mas a mãe a aconselhara a mentir ou eles poderiam achar que Estee era jovem demais.

A avaliação crítica recomeçou, os olhares examinando detalhadamente o corpo dela, e de repente Estee desejou não ter comido todos aqueles folhados que Felix costumava levar. Será que ela havia se distraído tanto com ele a ponto de não estar magra o suficiente? Será que cedera vezes demais àquele prazer? Será que sua mãe sempre esteve certa quanto à necessidade de ela ser magra como um passarinho?

– Sua estrutura óssea é mais pesada do que a das outras meninas. Mas seu rosto...

Ela respirou. Era tudo o que podia fazer. As pequenas e aceleradas respirações recomeçaram. Era a mais jovem, o que significava que não deveria ser a mais pesada. Ela precisou de toda a sua resistência, de toda a força de vontade, para manter as mãos relaxadas e não cerrar os punhos, pressionando as unhas em sua pele.

– Seu rosto, no entanto, é singular – completou a outra mulher. – Aproxime-se, por favor.

Estee fez o que lhe haviam pedido, baixando os olhos recatadamente enquanto se movia, sabendo que chegava cada vez mais perto de ser mandada de volta para casa. *Ou talvez meu rosto possa me salvar. Talvez meu rosto faça com que eles mudem de opinião.*

Naquela manhã, ela havia repartido seu reluzente cabelo preto ao meio, tomando cuidado para ele não se soltar. Seus cílios eram pretos, os lábios tinham sido pintados com um rosa-claro que contrastava com seu rosto moreno, as maçãs proeminentes iluminadas pelo blush cor-de-rosa que sua mãe havia aplicado nela. Estee sabia que havia algo em sua aparência, algo no seu jeito, que a tornava atraente, mas daí a ouvir que seu rosto era singular? Isso lhe deu a confiança de que precisava, e ela se imaginou dali a dez anos, em cima do palco, a vida que teria se fosse bem-sucedida.

Você é leve como uma pena. Você é a melhor bailarina que o La Scala conhecerá.

Ela convocou seu corpo, os membros graciosos, recusando-se a ser intimidada pela maneira como os jurados agora cochichavam entre si. Se forçasse os ouvidos, talvez escutasse, mas ela não precisava disso. Não importava escutar ou não o que eles estavam dizendo. A única coisa que podia fazer era tentar deixá-los apaixonados por ela.

Estee resistiu ao desejo de olhar para trás, para as outras bailarinas esperançosas que estariam – todas – rezando para que ela errasse, prendendo a respiração enquanto esperavam que fosse dispensada. Ela pigarreou discretamente quando o pequeno júri olhou para cima, desejando romper o silêncio e lhes dizer por que ela merecia ser selecionada, mas Estee sabia que falar não fazia parte da audição e, se ousasse, poderia arruinar todas as suas chances. Eles não se importavam com o que ela teria a dizer, apenas com a aparência de seu corpo e como ele se movia no palco.

– Nossa última bailarina – anunciou um dos homens, alto o suficiente para que todas as que estavam reunidas no palco ouvissem, enquanto acenava para Estee.

Ela arquejou. *Eu?*

Eu!

Foi como se tivesse pronunciado a palavra em voz alta, pois a mulher mais jovem do comitê lhe abriu um pequeno sorriso, como que para confirmar a notícia – a primeira expressão calorosa que recebeu dos jurados que a haviam avaliado.

– Obrigada – disse ela, com um leve aceno e um sorriso, tentando a todo custo manter seu autocontrole. – Obrigada por essa incrível oportunidade.

Estou dentro. Consegui!

Estee quase entrou em colapso. A exaustão de um dia tão longo, no qual não parou de dançar, e a emoção que sentiu esperando para ouvir as escolhas finais foram quase insuportáveis, mas ela se forçou a dar meia-volta e a sair graciosamente do palco. Não haviam deixado sua mãe entrar, e estava grata por ter um momento para si, para absorver a novidade.

Outra menina passou por ela, provocando um esbarrão doloroso. Estee deu um passo para trás, vendo a expressão de escárnio no rosto da bailarina. Era óbvio que ambas haviam disputado a última vaga.

Estee ia abrir a boca, mas decidiu cuidar do ombro em silêncio. Não valia a pena. Ela conseguira entrar para a companhia, e isso era tudo o que importava.

– Ignore – comentou uma voz confiante atrás de Estee. – Depois que todas tiverem ido embora, o clima vai melhorar.

Virou-se e deu de cara com uma bela bailarina loura. Reconheceu-a imediatamente: fora a primeira das jovens a ser escolhida. Seus membros eram longos e ágeis, o corpo tão perfeito quanto o de uma dançarina poderia ser. Estee se sentiu intimidada, sabendo que estava na companhia de alguém tão excepcional.

– Você dançou muito bem hoje – disse a menina. – Sabia que seria escolhida.

– Eu já estava começando a perder as esperanças – admitiu Estee, surpresa por ter sido tão sincera. – Não achei que teria uma chance no final.

A outra menina deu de ombros.

– Talvez o tempo todo eles soubessem que iam escolher você. Não fique pensando nisso. Não importa a ordem em que fomos selecionadas, e sim que *fomos* escolhidas. Agora estamos todas juntas nisso. Ninguém lembrará quem foi a primeira ou a última.

Estee não havia pensado dessa forma. Talvez a loura estivesse certa: a única coisa que importava era ter sido selecionada, embora duvidasse que a primeira a ser escolhida se esquecesse disso.

– Meu nome é Estee.

– Sophia – respondeu a menina, estendendo a mão delicada, quente e macia ao toque. – Vamos, eles vão nos dar todas as informações sobre quando começamos e o que esperam de nós – chamou Sophia, dando a mão para ela quando começaram a andar, as palmas pressionadas firmemente uma na outra.

Estee não conseguia conter o sorriso. As outras bailarinas abriram passagem quando as duas apareceram, Sophia com as costas eretas e majestosa diante dela. De repente, Estee sentiu suas preocupações se esvaírem enquanto se deixava entusiasmar pelo futuro. Sua nova amiga devia ter pelo menos 15 anos, mas isso não importava. Ela a havia tomado sob sua proteção, e Estee nunca se sentira tão confiante conforme seguia seus passos.

Estou em Milão. Um dia vou dançar no La Scala. Fui aceita oficialmente na companhia de dança mais prestigiosa de toda a Itália.

Seu coração sempre sofreria por Felix e pelo que poderia ter acontecido entre eles, mas agora era hora de viver sua vida. Era hora de deixar para trás o punho de ferro de sua mãe, de sua meninice. Era hora de se tornar uma mulher.

Sophia olhou para ela de relance por cima do ombro, deslumbrando-a com seu sorriso.

Vai ficar tudo bem. Os próximos anos serão os mais maravilhosos da minha vida. Não tenho tempo de ficar olhando para trás e me perguntando o que poderia ter acontecido.

Estee nunca deixaria de pensar nele, em como a futura esposa dele era bonita, no que a família dele teria pensado dela se algum dia tivessem se conhecido ou se ela e Felix teriam conseguido permanecer amigos. Mas sua vida era o balé. Já não havia tempo a perder com distrações. Ela teria que dançar como se sua vida dependesse disso, porque de fato dependia.

– Consigo nos imaginar juntas no palco do La Scala – sussurrou Sophia em seu ouvido enquanto abria caminho até a frente do pequeno grupo. – Você consegue?

Estee fechou os olhos. Um sorriso dançava em seus lábios.

– Consigo – sussurrou ela de volta, vendo a si mesma ali, dançando, uma imagem que lhe tirava o fôlego. – Consigo também.

13

Dias atuais

As condições eram perfeitas. Todos estavam vibrando de empolgação, e a atmosfera na vinícola era muito diferente da que Lily experimentara no dia em que havia chegado. Agora já tinha visto aquele lado de rei da selva corajoso de Roberto por si mesma – a expressão grave que se desenhava em sua boca conforme ele rugia ordens, a intensidade de seu olhar enquanto examinava as uvas atentamente a cada manhã. Parecia uma pessoa bastante diferente do homem descontraído que ela conhecera.

– Venha dar um passeio comigo – convidou ele, uma semana depois da chegada dela.

Lily apoiou na mesa o caderno em que estava escrevendo, deixou o lápis ao lado e seguiu Roberto. Caminhou tranquilamente ao lado dele, sem se preocupar com a mudança em seu comportamento. Testemunhara a mesma mudança em seu pai a cada ano, quando ele aguardava até que as uvas tivessem alcançado a perfeição, e, em vez disso deixá-la ansiosa, apenas a enchia de expectativa. Era para *aquele momento* que os vinicultores viviam, quando todos olhavam para eles à espera de que tomassem a decisão final, que colocaria seu pessoal num alvoroço de tanta animação.

– Pedi que se juntasse a mim, Lily, porque quero saber o que você acha. Você inspecionou diariamente as uvas comigo, e as provou, mas hoje…

Roberto franziu a testa, depois olhou para o céu, e ela desejou saber o que ele estava pensando.

– Você acha que elas estão prontas, não é? – perguntou Lily.

– Minha intuição dizia que este ano seria mais cedo – explicou ele. – Foi por isso que pedi que você viesse antes. Tem estado mais quente do que de costume nesta temporada.

Eles continuaram caminhando, subindo a encosta, e Lily notou que seu pulso começou a acelerar, mas ainda assim estava grata por estarem a pé. Quando Roberto finalmente parou, ela o viu se agachar e pegar um punhado de terra, fechando a mão bronzeada por um momento antes de deixá-la correr por entre seus dedos.

– Sei de tudo que há para conhecer desta terra – disse ele. – Sua aparência, seu aroma, seu sabor...

Ele esfregou a mão na calça e deu mais alguns passos adiante, cuidadosamente pegando duas uvas, inspecionando as polpas, levando-as ao nariz e então finalmente provando-as. Ela quase pôde imaginar que estava passeando pelas uvas com seu pai. Roberto era muito caloroso e um verdadeiro especialista no assunto.

Lily se deixou conduzir por ele, seguindo os mesmos movimentos, os mesmos passos que ela mesma dera em cada temporada que já havia trabalhado como vinicultora. Mas justo no instante em que estava provando uma uva Chardonnay de sabor frutado, uma figura captou seu olhar. Para falar a verdade, ela mal vira Antonio desde a noite em que ele havia lhe mostrado o quarto, e sorriu quando o rapaz se aproximou. Ele ergueu uma das mãos, a boca retesada enquanto os olhos procuravam pelo pai, como se Lily nem estivesse ali. Ela aproveitou a oportunidade para observá-lo, desejando realizar a inspeção das uvas com ele, e não com seu pai.

Roberto olhou para o filho, avançando e pegando outra uva, e Lily se deu conta de que os dois se comunicavam sem falar nada. Antonio observava o pai, sabendo que uma decisão era iminente.

Mas o consentimento que ela estava esperando da parte de Roberto não veio. Percebeu, em vez disso, que ele estava se voltando para ela, e quando sua boca ficou seca, os olhos do homem encontraram os dela.

– Lily?

Antonio começou a se aproximar, e naquele momento ele lhe pareceu uma pessoa diferente do homem relaxado e sorridente que a havia buscado no hotel.

Em vez de responder, Lily se afastou, descendo o vinhedo e parando para examinar outro cacho de uvas. Pegou uma delas para provar e fechou os olhos enquanto se lembrava do que Roberto já havia lhe contado e das anotações que ela fizera.

– Amanhã.

Roberto assentiu.

– Concordo.

Ela olhou para o céu.

– E as condições?

Antes que Roberto pudesse responder, Antonio jogou as mãos para o alto e murmurou alguma coisa que só podia ter sido um xingamento, pois seu pai lhe lançou um olhar de repreensão. Mas Antonio não percebeu e continuou, voltando para as instalações.

– Ele está...

– Ele vai avisar todo mundo sobre amanhã de manhã – assegurou Roberto. – Antonio fica desse jeito todo ano, não ligue. Ele achou que hoje seria o dia. É impaciente, para dizer o mínimo.

Lily se manteve calada enquanto eles voltavam, descendo a colina, mas não pôde evitar o pensamento de que tê-la como vinicultora assistente poderia estar irritando Antonio.

– Seus instintos são bons, Lily – elogiou Roberto, ao se despedirem. – Depois do almoço, vamos de carro inspecionar as outras uvas. Acho que será uma semana agitada.

– Obrigada – respondeu ela, mas já se questionava se aquele deveria ter sido o dia.

Alguma coisa no brilho do olhar de Antonio deixou transparecer que ele havia sentido isso, o que significava que ela havia se intrometido na decisão.

Não pediram que você viesse aqui para dizer a todos o que eles querem ouvir. Foi como se seu pai estivesse ao lado dela, seus ombros ligeiramente abaixados conforme se inclinava na direção de Lily e mirava o campo. *Siga seus instintos, até hoje eles nunca falharam.*

Ele estava certo, nunca haviam falhado – ou, pelo menos, não quando se tratava do trabalho dela. Ela fechou os olhos por um momento, a brisa acariciando suas bochechas, refletindo sobre sua decisão. Fora acertada. Naquele dia teria sido bom, mas no seguinte seria melhor ainda.

– Lily!

Ao se virar, ela viu a irmã de Antonio saindo pela porta dos fundos do restaurante, um cigarro casualmente pendurado entre os lábios e uma taça na mão. Lily acenou e foi andando na direção dela, feliz por ter companhia e aliviada por não ficar reconsiderando sua decisão e repassando os acontecimentos da manhã em sua mente.

– Você está com cara de quem precisa de um desses mais do que eu – gracejou Vittoria, oferecendo o cigarro.

Lily riu.

– Eu não fumo, mas aceitaria uma bebida.

As duas riram e se sentaram nos degraus que contornavam os fundos do restaurante.

– Dia corrido? – perguntou Lily.

– Sempre é corrido na cozinha. E vocês? Já estamos perto da colheita?

Lily assentiu.

– Amanhã. Embora seu irmão não pareça concordar comigo.

– Ele disse isso?

– Bem, não com palavras, mas ele me lançou um olhar…

– Ah, eu conheço esse olhar. – Vittoria riu. – Não leve a sério, é só o jeito dele… Fica rondando por aí, esperando que tudo comece logo. Assim que a primeira uva tiver sido colhida, o sorriso dele voltará para o rosto e os ombros vão relaxar. Você vai ver.

Ela ficou observando enquanto Vittoria fumava, num gesto que parecia meio glamouroso, embora Lily abominasse cigarros. Tentou não tossir quando a fumaça se espiralou em sua direção.

– Ele disse algo, na outra noite, sobre ter sido o último vinicultor assistente.

Vittoria sorriu, e Lily aguardou, esperando que ela lhe contasse a história.

– Foi algo que já estava malfadado – contou Vittoria, por fim. – *Papà* tem suas manias e Ant também, mas meu irmão é bom em cuidar das videiras durante o ano inteiro, fazer a colheita e trabalhar com as máquinas.

– E o seu pai?

– Merece a reputação de melhor vinicultor da região – disse Vittoria, e era impossível não notar quanto ela se orgulhava dele. – Meu irmão poderia trabalhar em qualquer lugar do mundo, ele só precisava se dar conta no que ele é melhor.

– Compreendo.

– Antonio é um homem bom, mas a vida tem sido difícil para ele nestes últimos anos.

Lily prendeu a respiração. Era isso que ela havia esperado ouvir, a história à qual Francesca havia aludido, mas, justo quando Vittoria abriu a boca, largando o cigarro e apagando-o sob a bota, uma voz alta, animada e com um forte sotaque chamou.

– E aqui está o outro irmão – murmurou Vittoria.

– Quem nós temos aqui? – disse ele, abrindo os braços para a irmã, lhe dando um grande abraço e beijando suas bochechas, antes de estender a mão para Lily, com um olhar curioso.

– Você deve ser o infame Marco – comentou Lily, começando a se acostumar com as ostensivas boas-vindas italianas e acolhendo o hábito exuberante de beijar ambas as bochechas.

Sem dúvida era o irmão de Antonio. Era tão bonito quanto.

– Esta é Lily – apresentou Vittoria. – Ela é a vinicultora assistente.

– Ahhh, a assistente – disse ele, trocando olhares com a irmã. – Por que ninguém me contou como ela era bonita? Eu teria saído de Milão mais cedo!

Lily riu do elogio, enquanto Vittoria revirou os olhos.

– Preciso voltar para a cozinha. Foi bom conversar com você, Lily. Boa sorte amanhã.

– Então vai ser amanhã? – perguntou Marco.

– Sim – respondeu Lily. – E é melhor eu voltar ao trabalho. Temos muita coisa para preparar.

– Até amanhã, Lily.

Ela acenou para Marco e se afastou, embora tivesse sido tentador sentar-se ao sol por mais tempo e conhecer o irmão Martinelli mais novo. Ela teve a sensação de que ele levava a vida muito menos a sério do que o irmão mais velho.

Havia sido uma semana atribulada, aprendendo tudo o que deveria saber, e ela desejou ter tido mais tempo. Sua única esperança era que, se tudo corresse bem, talvez voltasse a ser convidada no ano seguinte, e assim ela poderia passar muitos outros meses naquela propriedade tão bonita.

Seu celular apitou no bolso traseiro do jeans, e Lily o pegou. Olhou a tela e viu que era uma mensagem de texto de sua mãe. Evidentemente, ela havia por fim aprendido a usar o aparelho – era a segunda mensagem que Lily recebia naquela semana.

Pensando em você. Espero que esteja encontrando tempo para se divertir.

Lily sorriu, começando a responder, a cabeça baixa.
Tum.
Lily ergueu os olhos e se deparou com um tórax largo muito familiar. Andara tão distraída com o celular, que se chocara com Antonio. A camisa branca dele quase não estava abotoada, e era impossível não notar o peito bronzeado.

– Desculpe – murmurou ele.

– Eu estava olhando para o telefone – desculpou-se ela. – Qual é a sua desculpa?

Antonio grunhiu.

– Eu estava muito ocupado olhando para o céu.

– O tempo? – perguntou ela, com um sorriso.

– O tempo – repetiu ele. – O vinicultor decide a hora perfeita para a colheita, e eu devo me preocupar com o tempo, se será oportuno ou não. Mal consegui dormir nessas últimas noites.

– Senti falta de te ver por aí – confessou Lily, arrependendo-se das palavras no instante em que saíram de sua boca.

– Amanhã trabalhamos juntos – disse Antonio, com um sorriso afetuoso. – Vou estar pronto caso meu pai resolva mudar de ideia, o que já aconteceu, bem quando eu estava com todos os trabalhadores a postos para começar. Quando ele pegar a primeira uva ao amanhecer, vou voltar a sorrir pelo resto do ano.

Ela não contou que estava desfrutando daquele belíssimo sorriso naquele exato instante. Podia ter tido apenas uma pausa, mas certamente já estava de volta.

– Acabei de conhecer seu irmão.

– Meus pêsames.

Agora era Lily quem estava sorrindo. A capacidade que ele tinha de conversar com ela e fazer gracinhas era impressionante, e ela se deu conta do quanto estivera esperando para passar um tempo com ele novamente.

– Antonio, eu preciso perguntar, você tem certeza de que minha presença não está te incomodando? Tem certeza de que não estou me intrometendo nos seus assuntos? Quero dizer...

Ele se aproximou e tocou o ombro dela, muito à vontade, os dedos roçando nela, como se fosse a coisa mais natural do mundo.

– Lily, não esqueça que eu quis você aqui. Meu papel é cuidar das uvas. O do meu pai, e o *seu*, é produzir o vinho. – Ele a soltou e começou a voltar. – Seremos uma excelente equipe, você vai ver.

Ela o observou por um momento antes de seguir em frente, respondendo sua mãe às pressas antes de guardar mais uma vez o celular no bolso e procurar Roberto. Eles teriam um grande dia pela frente e Lily queria saber qual era o plano.

14

—Está na hora.

Essas três palavras mudaram tudo. Lily estava de pé ao lado de Roberto desde que havia se levantado, às cinco da manhã, para se encontrar com ele, mal tendo sido capaz de dormir, ansiosa com o dia que os aguardava.

Ela assentiu e tentou conter o sorriso – o que foi impossível –, olhando para cima e sentindo-se agradecida pelo sol que brilhava sobre eles, oferecendo as melhores condições para a colheita que se desenrolaria ali embaixo. Roberto deu um passo à frente e pegou uma tesoura de poda afiada, cortando o primeiro cacho de uvas e depositando-o cuidadosamente em um cesto, o que levou todos os que estavam ali reunidos a aplaudirem.

– *Andare!* – invocou Antonio, seus olhos encontrando os de Lily por um instante antes de ele agitar as mãos no ar e acenar a todos para que o seguissem.

No momento em que ela o encarou, o olhar dele era de pura admiração, ou talvez simplesmente de alívio pelo lindo dia com que haviam sido contemplados. Era como um presente para o dia da colheita, assim como a brisa tão suave que soprava apenas o suficiente para levantar a franja dela, prometendo deixar todos confortáveis.

– É hora da colheita!

Lily sorriu quando Roberto lhe passou a tesoura.

– É a sua vez – disse ele. – Por favor, nos dê esta honra.

Ela tomou o instrumento e avançou, cortando alegremente os cachos de uvas e os colocando no mesmo cesto que ele. O próprio ato de cortar, de fazer parte de um dia tão especial, a encheu de felicidade, e ela sentiu vontade de seguir os outros.

– Vamos andar pelas fileiras e observar – chamou Roberto, como se ele tivesse lido seus pensamentos. – Até que os primeiros cestos estejam cheios, nos certificaremos de que eles serão cuidadosos com nossas belas uvas antes que entrem na prensa.

Francesca se aproximou para ficar ao lado do marido, um pequeno cesto sob o braço, e Lily se sentiu enternecida ao ver que mesmo a mulher dele estava preparada para arregaçar as mangas e ajudar. Em propriedades maiores, e até mesmo naquelas com outras uvas, era uma máquina que arrancava a fruta da videira, mas havia algo muito especial em colhê-las manualmente, com todos envolvidos no processo.

Lily teria preferido se juntar aos trabalhadores e ajudar nas primeiras horas, pelo menos, ainda mais quando notou Vittoria rindo ao lado de Antonio enquanto os dois colhiam as uvas juntos, mas ela sabia qual era o seu lugar. Deveria ficar ao lado do patriarca, supervisionando a colheita e então assegurando-se de que cada etapa depois disso fosse cumprida com perfeição.

Quase uma hora mais tarde, o primeiro carregamento era cuidadosamente transportado para a fábrica, e Lily e Roberto já haviam descido até lá para recebê-lo.

– Meu pai iria torcer o nariz para essas nossas prensas sofisticadas – comentou Roberto, enquanto Antonio acenava para eles, descendo a colina na direção dos dois. – O que ele mais gostava na colheita era ter a família inteira reunida, sorrindo, prensando as uvas com os pés.

Lily quase conseguia visualizar a cena: todas as mulheres segurando a barra de seus vestidos, os homens com as calças arregaçadas até os joelhos, amassando as uvas sob o sol enquanto conversavam e riam, celebrando a temporada. O que ela não daria para voltar no tempo e fazer parte disso, mesmo que por apenas um dia!

– Deve ter sido uma experiência e tanto.

– *Si, bella*, foi mesmo – disse Roberto com um suspiro. – Eu mantive quase todo o resto, mas essa parte era algo que precisava mudar.

– Está na hora – anunciou Lily, no momento em que Antonio parava a caminhonete para descarregar os cestos grandes. – Você parece feliz – comentou, quando ele passou por ela.

– Muito feliz – respondeu ele, sorrindo para Lily conforme voltava para pegar mais cestos. – Hoje está perfeito, como tinha que ser. Hoje é o dia que justifica estarmos todos aqui.

Ele estava vestindo short e uma camisa de linho, as mangas arregaçadas expondo os antebraços bronzeados e musculosos, e ela notou que o seguia com os olhos. Ele parecia se sentir como Lily: exultante com o trabalho. A única diferença era que Antonio estava trabalhando na vinícola da própria família, sua experiência ancorando-se na história, como parte de algo que continuaria a ser transmitido para as gerações futuras.

Lily piscou, afastando lágrimas inesperadas quando pensou no pai e no legado que ele teria adorado deixar. Às vezes, o sonho dela de ser dona de sua terra, para produzir o próprio vinho batizado em homenagem a seu pai, parecia ser uma ilusão, mas em momentos como aquele ela ansiava por ter algo para passar adiante.

Duvidava que, se não tivesse perdido o pai, entendesse de fato como era importante ter um verdadeiro legado.

– Lily.

Ela se virou, o nó na garganta se desfazendo quando viu a paixão nos olhos de Roberto.

– Venha comigo.

E assim, de repente, ela estava mais uma vez sob o feitiço do Martinelli mais velho, ouvindo cada palavra dele enquanto observavam o processo da prensagem se iniciar.

É a minha hora de brilhar, disse para si mesma. Aquele era o momento pelo qual havia esperado.

Agora somos só você e eu, filha. Um dia vamos fazer o melhor vinho do mundo, você vai ver.

E com as palavras do pai em seus pensamentos, Lily inalou a fragrância ácida e inconfundivelmente cítrica da fruta passando pelas máquinas e se preparou para fazer a única coisa na vida que de fato amava. Aquele seria o primeiro longo dia, de muitos ainda por vir, mas ela não faria nada diferente.

– Este vai ser um ano bom – anunciou Roberto, beijando uma pequena cruz de ouro em uma corrente pendurada no pescoço. – Consigo sentir isso dentro de mim.

– Acho que todo ano aqui é um ano bom– respondeu Lily, sorrindo enquanto observava a vagarosa e contínua prensagem de cada cacho de uvas.

Roberto atraiu seu olhar, e eles sorriram um para o outro, os ombros dele agora relaxados, a postura tranquila. Naquele segundo, ela também relaxou. *Eu sei o que estou fazendo. Sou boa no que faço.*

Ela se questionou se Roberto já havia duvidado de si mesmo e, se tivesse mais coragem, teria lhe perguntado.

* * *

Naquela noite, tão cansada que mal conseguia manter os olhos abertos, Lily se encaminhou para a casa. Havia sido um longo dia para todos, com o trabalho começando e terminando sob o céu escuro, mas por mais cansada que estivesse, também se sentia exultante, e sabia que se fosse direto para a cama provavelmente ficaria ali deitada, mas bem acordada, sem conseguir dormir.

Precisava era de um banho relaxante, seguido por uma bebida em seu pequeno pátio particular, onde poderia se acalmar aos poucos das emoções do dia.

– Lily! – ouviu alguém chamá-la quando entrou na casa.

Parou por um instante, inclinada a continuar andando e fingir não ter ouvido nada, mas, assim que teve esse pensamento, ela se sentiu culpada. Os Martinellis a estavam tratando como se fosse da família, e Lily nunca poderia ignorá-los.

Então Francesca surgiu na entrada, uma taça de vinho tinto em cada mão. Ela estendeu uma delas para Lily, a sobrancelha erguida de forma interrogativa.

– Aceita uma taça? Se você for como meu marido, não vai conseguir dormir, apesar da exaustão.

Lily se viu sorrindo e instintivamente se aproximou para pegar a taça.

– É bem assim que eu me sinto. É como se meu cérebro estivesse dissociado do corpo por completo, ignorando todo o cansaço.

– Venha. Sente um momento com a gente. Roberto voltou apenas alguns minutos antes de você.

Francesca fez um gesto para que ela a seguisse, dessa vez conduzindo-a não à área ao ar livre, mas à cozinha, com uma mesa de madeira grande o suficiente para acomodar dez pessoas. Os homens da família Martinelli estavam todos sentados, parecendo derrubados, assim como Vittoria, que estava entre os irmãos.

– Eu preciso jogar uma água no corpo antes – murmurou Lily.

– Que bobagem – retrucou Francesca, tomando o braço dela e a direcionando para a mesa. – Estamos todos precisando de um banho, mas isso pode ficar para depois. Sente conosco, por favor.

Ela voltou a sentir que experimentava um privilégio: estar com a família e ser tratada como um deles. Sua família sempre fora pequena, "os três mosqueteiros", como seu pai os chamava. Mas quando ele morreu e restaram apenas ela e a mãe, pareceu ser mais como uma parceria, o que significava que ficar ali sentada entre os Martinellis era ainda mais especial para Lily. Eles eram como a grande família que Lily sempre sonhara ter e, mesmo já adulta, às vezes se perguntava se deveria ter se concentrado mais em construir a família que queria e menos na carreira que sempre desejara.

– Lily?

Ela piscou e se deu conta de que Antonio estava falando com ela, e todos os outros à mesa haviam se calado.

– Desculpe, foi...

– Um dia longo? – sugeriu ele.

– Exatamente.

Ela suspirou e se sentou diante dele, dando um gole no suave e acetinado Pinot Noir que haviam lhe oferecido.

As conversas foram retomadas ao redor dos dois, e Lily se viu fascinada pelo burburinho entre os diferentes membros da família, mas foi Antonio que chamou sua atenção.

Parecia que era sempre ele que chamava a sua atenção.

– Você se divertiu hoje? – perguntou. – Ou "divertir" é a palavra errada?

– "Divertir" está certíssimo – respondeu ela, pegando um prato enquanto Francesca se aproximava com uma grande travessa de queijos.

Lily se serviu de um pedaço de pão e algumas fatias de frios, assim como algumas azeitonas e queijo, e seu estômago rugiu em resposta.

– Hoje foi um bom dia – disse Antonio, acomodando-se na cadeira e bebericando sua enorme taça de vinho. – E amanhã vai ser tão bom quanto hoje.

– Espero que sim – replicou ela, antes de dar uma mordida no queijo, não percebendo quanto estava faminta até que tivesse começado a comer.

Antonio se voltou para o irmão, e então Francesca atraiu a atenção de Lily enquanto ela se aproximava para pegar mais um pedaço de pão.

– Lily, estive pensando bastante nessas pistas de que você falou na sua primeira noite aqui.

Ela engoliu e se virou.

– Estive tão ocupada que mal pensei sobre isso nesses últimos dias.

– Bem, entrei em contato com algumas pessoas, e parece que uma velha conhecida minha pode ajudar você – disse Francesca. – Seria mais fácil se soubéssemos a data do programa que você tem, mas ela disse que daria uma olhada. Ela me deve um favor.

– Você tem certeza de que não é uma imposição da minha parte? – perguntou Lily. – Sei que provavelmente estou procurando algo que não está lá, mas...

– Que bobagem! É um prazer ajudar você. Devo confessar, no entanto, que eu adoraria ver o que você tem. Se não se importar, é claro.

– Vocês estão falando sobre as pistas da família de Lily? – perguntou Antonio.

Ela não havia percebido que ele se levantara e andara na direção delas, puxando uma cadeira ao lado de Lily e se sentando.

– Eu também adoraria dar uma olhada. Talvez pudéssemos viajar para Milão por um dia? Você vai ter tempo antes da segunda fermentação, não é?

Lily assentiu.

– Em teoria, sim, mas...

Antonio sorriu.

– Até mesmo o vinicultor pode tirar um dia de folga depois da colheita. Porque sei que é com isso que você está preocupada.

Ela deu de ombros, sem querer negar.

– O que posso dizer? Levo meu trabalho muito a sério.

As mãos de Roberto de repente estavam nos ombros dela, e ele beijou o topo de sua cabeça num gesto paternal.

– Essa é a razão de ela estar aqui, Antonio. Não vá conduzi-la ao erro.

– Então só meio dia – sugeriu Antonio. – A viagem de carro leva apenas uma hora, mais uma hora no teatro fazendo perguntas, e depois outra hora para voltar para casa.

Roberto havia se afastado, e Francesca se virou para falar com a filha, de modo que Lily de repente se viu numa conversa particular com Antonio. Os olhos dele cintilavam, seu sorriso fácil, como no dia em que ela chegou à vinícola. Ele passou o braço por cima do espaldar da cadeira, as pernas estiradas, o que de certa forma fazia com que o simples ato de se sentar parecesse sexy.

– Meio dia, então – concordou Lily, por fim, estendendo a mão para ele. – Mas você tem que prometer que vamos voltar depois de três horas.

Ele segurou sua mão e começou a balançá-la.

– Quatro.

A voz dele era tão sedutora que ela quase se deixou levar, mas, quando seus dedos se entrelaçaram nos dela, Lily balançou a cabeça.

– Três horas e meia – rebateu ela, detestando que o volume de sua voz houvesse se transformado num sussurro, quando estava tão determinada a vencer essa disputa.

Antonio apenas abriu um largo sorriso e finalizou seu aperto de mão, antes de se levantar.

– Vejo você pela manhã, *bella*.

Lily alcançou sua taça de vinho para se ocupar com alguma coisa e, sem pressa, tomou um longo gole, pensando em como seria fácil cair no feitiço de Antonio. Mas talvez ele fosse assim com todas as mulheres, um flerte e nada mais, o que significava que ela seria apenas mais uma conquista.

– Ele é impossível, não é? – murmurou Vittoria em seu ouvido, apertando seu ombro enquanto passava por ela.

– Digamos que sim – respondeu Lily, inclinando a cabeça para trás. – Você já está indo embora?

– Estou pronta para cair na cama – disse Vittoria, com um bocejo. – Até amanhã.

Lily também estava cansada, mas talvez ainda não pronta para dormir. No entanto, poderia se sentir diferente depois de tomar um longo banho quente. Ela ficou ali e começou a recolher alguns pratos da mesa, mas Francesca a interrompeu:

– Por favor, deixe tudo como está. Você é nossa hóspede.

– Mas...

– Sem "mas". Agora, me deixe levá-la até seu quarto e você pode me mostrar as pistas que tem. A menos que queira fazer isso numa outra hora.

– Agora é perfeito – disse Lily, apoiando o prato que estava segurando. – E obrigada de novo por essa hospitalidade incrível.

Elas passaram por Antonio, que conversava com o irmão. Marco piscou para Lily e recebeu de Antonio um tapinha na nuca. Ela apenas sorriu, mais uma vez pensando em como era fácil estar em meio a uma família tão unida.

– Meus meninos – murmurou Francesca. – Eles são o motivo de cada fio grisalho nos meus cabelos.

Lily olhou de relance, sem acreditar que aquela mulher de fato *tivesse* algum fio de cabelo grisalho. Ela abriu a porta do quarto quando as duas chegaram, e foi correndo na direção de sua bolsa, pegando a caixinha de madeira. Francesca se sentou na extremidade da cama e Lily juntou-se a ela, entregando-lhe a caixa.

– Foi assim que você a recebeu? – perguntou Francesca.

Lily assentiu.

– Sim, mas com o nome da minha avó num cartão. Ao que parece, foi deixada para ela no dia em que sua mãe biológica a entregou para adoção, se for mesmo verdade o que me contaram.

– E você acredita nessa história? – perguntou Francesca, parecendo examinar suas feições com atenção. – Acredita no que contaram?

Lily refletiu sobre a pergunta por um momento, mas em seu coração já sabia a verdade.

– Sim, acredito. Quer dizer, foi difícil compreender no início, mas não vejo motivo para não ser verdade. Por que alguém se daria ao trabalho de localizar os espólios dessas mulheres à toa?

Além disso, ela havia imediatamente se afeiçoado a Mia, e não duvidava das intenções daquela mulher.

– Posso?

– É claro.

Lily ficou olhando para a caixa enquanto Francesca a abria, como se estivesse esperando que algo diferente aparecesse. Mas infelizmente eram apenas os dois pedaços de papel, embora Francesca os segurasse com tanto cuidado quanto teria segurado joias valiosas.

– Você está certa, esse fragmento de programa é velho... de muitas décadas, na verdade.

– Eles parecem pistas tão incomuns, não acha? – perguntou Lily. – Quer dizer, como alguém encontraria uma pessoa apenas a partir disso? E a outra pista é uma espécie de receita.

Francesca examinou os papéis pelo que pareceu ter sido uma eternidade, virando-os antes de voltar a dobrá-los juntos.

– Lily – disse ela, encarando-a –, acho que não se trata de encontrar alguém a partir dessas pistas, e sim do que elas significam quando colocadas lado a lado.

– Você está dizendo que eu preciso encontrar alguém que estabeleça uma ligação entre elas?

– Estou dizendo que, por algum motivo, essa receita tem uma conexão com o teatro, e o que você tem que fazer é descobrir o porquê. Acho que as pistas precisam mesmo ser consideradas em conjunto, e a pessoa certa poderia compreender essa conexão com mais facilidade do que nós duas. – Francesca desdobrou a receita outra vez, as sobrancelhas escuras franzidas. – Sabe, isso me faz pensar em algo de que minha própria mãe costumava falar. Uma guloseima feita com avelã e chocolate que se tornou famosa em muitas regiões da Itália.

O coração de Lily começou a bater um pouco mais rápido.

– Você acha que talvez a esteja reconhecendo?

– Deixa eu pensar mais sobre isso, fazer umas perguntas a alguns velhos amigos – disse Francesca, guardando os papéis de volta na caixa e a entregando para Lily. – Por ora, você precisa tomar um banho e dormir. Amanhã será outro dia longo.

Lily assentiu, embora o que quisesse mesmo era continuar conversando sobre a receita da tal guloseima famosa.

Francesca se inclinou e a beijou nas bochechas antes de se levantar.

– Bons sonhos, Lily. E não fique aí se preocupando com essas pistas. Prometo que de alguma forma vamos encontrar esse elo perdido.

As duas desejaram boa-noite uma à outra e Lily por fim se levantou, tirou as roupas de trabalho sujas e empoeiradas, foi andando nua para o banheiro, girou a torneira e esperou até que água esquentasse. Ela tomou um banho demorado, embora não tanto quanto gostaria, pois de repente suas pernas começaram a pedir para ir para a cama. Mas alguém bateu à porta. Lily se enrolou na toalha, saiu do vapor e foi para o quarto.

Quando abriu a porta, ela se deparou não com uma pessoa, mas com uma taça, que continha um líquido âmbar escuro. Lily se abaixou para pegá-la e olhou para o saguão, vendo Antonio se distanciar, sua grande estatura e seu cabelo escuro quase longo demais impossíveis de serem confundidos.

– Para te ajudar a pegar no sono! – gritou ele por cima do ombro.

Lily aproximou a taça de seu peito e o observou desaparecer, desejando que Antonio a tivesse lhe entregado em mãos, em vez de abandoná-la ali na soleira da porta. Ela gostaria de ter sido o objeto do seu sorriso apenas mais uma vez antes que o dia terminasse.

15

ITÁLIA, 1938

Ela sabia que não devia ter ido, mas foi como se seus pés tivessem vontade própria, levando-a para cada vez mais perto da confeitaria da família Barbieri.

Pela primeira vez na vida, a mãe havia deixado uma nota na palma de sua mão e lhe falado para comprar alguma gostosura para a família. Parecia até que seu recente sucesso havia mudado a atitude da mãe em relação a ela. Estee não era ingênua e sabia que seus pais haviam criado expectativas, sabia que eles queriam que se tornasse famosa por seus próprios motivos egocêntricos, mas nada disso importou quando ela saiu correndo pela rua de paralelepípedos envolvida em sua capa.

Estee entrou na confeitaria e tirou o capuz, a respiração ofegante depois da leve corrida até ali. Levou um momento para que se localizasse, olhando pela vitrine tomada por uma variedade de gostosuras doces, além de pães dispostos na parede dos fundos. O aroma preencheu seus sentidos, dando-lhe água na boca, mas era Felix que Estee buscava. Era Felix que a fazia ofegar enquanto se mantinha ali parada, o olhar fixo.

Ela apertou o dinheiro nas mãos, nervosa diante do balcão, esperando pela sua vez. Estee avançou e, quando viu o *saccottini al cioccolato* que Felix tantas vezes levara para ela, soube que esse seria o doce que compraria para a família. Seria estranho comê-lo na companhia deles, em vez de saboreá-lo em segredo.

As duas mulheres na frente dela finalmente foram embora com seus pedidos, e Estee se viu parada diante do balcão, paralisada enquanto encarava o atendente que lhe perguntou do que ela gostaria.

– Estee?

Felix. Ela ergueu os olhos e o viu postado ali. Apesar dos anos de prática controlando sua expressão no palco, ela não pôde evitar o sorriso que se abriu em seu rosto.

– Felix!

Estee se esqueceu completamente do atendente quando Felix começou a andar na direção dela, acenando para que o seguisse até a porta. Os dois saíram da confeitaria, a mão dele nas costas dela conduzindo-a para ir na frente. Havia duas mesinhas ali, e eles se sentaram, seus joelhos se encostando, as mãos sobre a mesa, não chegando a se tocar. Estee esticou os dedos até encostar de leve nos dele, e Felix não precisou de nenhum outro estímulo. Seus dedos cobriram os dela enquanto ele buscava seus olhos.

– O que você está fazendo aqui? – perguntou ele. – Achei que não te veria outra vez.

Estee sorriu.

– Eu consegui – sussurrou ela. – Fui a última bailarina a ser escolhida, mas consegui. Sou oficialmente parte da companhia de dança do La Scala.

Com os dedos pressionando os dela, ele abriu um sorriso.

– Sempre soube que você seria escolhida, Estee. Estou tão orgulhoso de você!

– Acredita que minha mãe, de tão feliz que está, me pediu que viesse à cidade comprar alguma coisa para celebrarmos?

– Ah, então ela finalmente está satisfeita com sua pequena passarinha, não é?

Estee riu, sentindo o calor subir para o rosto enquanto eles sorriam um para o outro. Como sempre muito à vontade com Felix, ela também experimentava algo que fazia sua pele se arrepiar.

– Estou aqui apenas por uns dias, mas eu tive que...

– Felix? – chamou uma voz rude.

Ela recolheu suas mãos tão rapidamente que bateu os cotovelos na cadeira atrás dela. Felix fez o mesmo, reclinando-se na cadeira quando um homem de bigode espesso apareceu na rua.

Era o pai de Felix.

– Felix? – repetiu o homem.

Estee olhou para baixo, sem graça por ter sido pega no flagra, ainda que não tivessem feito nada de errado.

– Pai, esta é Estee, uma velha amiga – apresentou ele, levantando-se e passando os dedos pelo cabelo. – Estee logo partirá para morar em Milão.

Seu pai deu um rápido aceno e um sorriso, mas, quando estava prestes a se virar, hesitou, como se talvez a tivesse reconhecido. Ela baixou o olhar, cruzando as mãos firmemente em seu colo.

– Estee é bailarina e logo estará dançando no La Scala – informou Felix, e quando ela voltou a erguer a cabeça, os olhos deles se cruzaram.

– Parabéns, essa é uma grande conquista – disse o pai de Felix, antes de se virar para o filho e acenar para que este o seguisse.

Ela ficou de pé, engolindo em seco, olhando dentro dos olhos de Felix pelo que pareceu ser o momento mais longo do mundo, mas que provavelmente durou apenas alguns segundos.

Felix se reaproximou dela assim que o pai desapareceu, estendendo a mão devagar e segurando seu dedinho com o dele. Naquele momento, Estee mal conseguiu respirar e odiou as lágrimas que encheram seus olhos.

– Você terá uma vida incrível, Estee – sussurrou Felix. – Um dia, o mundo todo conhecerá seu nome.

Ela ergueu o queixo e sorriu para ele, se recusando a ficar triste.

Os dois já haviam se despedido antes da audição dela, e agora ela precisava saborear esse momento extra.

– Adeus, Felix.

– Adeus, Estee – sussurrou ele contra a pele dela quando se inclinou para dar um beijo inesperado em sua bochecha.

Ela inalou o odor que Felix exalava, a água-de-colônia familiar substituída pelo aroma do pão fresquinho, e ficou olhando para seus olhos escuros, hipnotizantes, uma última vez.

Quando ele recolheu sua mão, Estee sentiu uma solidão esmagadora, mas manteve a postura apesar da tristeza, voltando a ser a bailarina que era e que sempre seria.

Estee se virou e começou a se afastar, as lágrimas rolando pelas bochechas enquanto pensava em Felix, no fato de que nunca mais o veria novamente e na vida que ele teria sem ela.

Apenas quando já estava no meio do caminho é que se deu conta de que havia partido sem comprar o *saccottini al cioccolato*.

16

Dias atuais

Teria sido muito mais fácil ficar na cama. Lily estava tão cansada que precisou de toda a sua força de vontade para sair de baixo das cobertas e se arrastar até o chuveiro, mas agora que ela havia lavado o cabelo, aplicado um pouco de maquiagem e colocado seu vestido de verão preferido, estava quase pronta para sair.

Olhou de relance para o relógio e viu que já estava quase na hora. Ignorando o ronco no estômago enquanto deslizava o celular para dentro da bolsa, verificou se estava levando a caixa de madeira e saiu para encontrar Antonio. Em apenas alguns instantes, deparou-se com ele de pé na ampla cozinha, as mãos espalmadas no enorme balcão de madeira. Ela sempre ficava maravilhada com aquele cômodo deslumbrante, com seu teto côncavo, os tijolos expostos e as panelas de latão penduradas na parede acima do forno. Mas, naquele dia, o que atraiu seu olhar foi o homem parado ali. Antonio vestia camisa branca e jeans, e tinha um bule de café na frente dele.

Ele a cumprimentou com um sorriso.

– Como está se sentindo hoje?

Ela se sentou num dos bancos de bar forrados que ficavam encostados à bancada.

– Melhor do que eu estava há uma hora – confessou ela. – Mas ainda estou exausta.

– É exatamente por isso que você merece tirar o dia de folga. Estamos trabalhando muito.

Era assim a cada colheita, não importava o lugar no mundo onde ela estivesse – o ano inteiro levava ao momento em que as uvas eram colhidas e prensadas –, mas Lily achava que nunca se acostumaria com isso. E ele estava certo, ela realmente precisava de um dia de folga. Haviam se passado apenas alguns meses desde que atravessara o mesmo processo rigoroso na Nova Zelândia.

– Vamos passar apenas a metade do dia lá, certo? – confirmou ela. – Exatamente como combinamos.

Antonio apenas sorriu e abriu o armário, tirando dali dois copos de café reutilizáveis e despejando o líquido preto dentro de cada um.

– Açúcar? Creme?

Lily assentiu.

– Ambos.

Ela se inclinou para pegar o copo no instante em que ele pressionou a tampa, inalando o aroma do café.

– O cheiro está divino.

– Você gostaria de um pãozinho que acabou de sair do forno?

O estômago dela respondeu, e Antonio riu.

– É uma hora de viagem, e não vamos parar tão cedo para almoçar – disse ele, se virando para pegar um dos pãezinhos que estavam esfriando em cima de uma prateleira. – Geleia?

Ela assentiu outra vez.

– Pode ser que eu me acostume a este tipo de serviço.

– Muito engraçadinha – disse ele, as sobrancelhas se erguendo. – Simplesmente *não* se acostume com isso. Você tem sorte que eu estava com fome e precisava de um café da manhã tanto quanto você.

Lily deu um gole no café e se sentiu relaxar, os ombros pendendo ligeiramente enquanto permanecia ali sentada, observando-o passar a manteiga e depois a geleia. Ela alongou as costas e o pescoço, tensos depois de tantas horas de trabalho.

– Vamos então – chamou ele, lambendo os dedos para limpar a geleia e apontando para os pães diante dele.

Ela pegou o maior dos dois, abrindo um grande sorriso quando Antonio balançou a cabeça.

– Obrigada pelo café da manhã.

– O prazer foi meu.

A casa estava quieta, e Lily se perguntou se alguém mais estaria acordado ou se já haviam saído. Talvez Francesca estivesse aproveitando a manhã em seu cavalo, e Roberto ainda dormindo em seu quarto ou então caminhando pela propriedade como ela costumava vê-lo fazer àquela hora do dia, se movendo vagarosamente por entre as videiras.

Antonio foi andando depressa à frente dela e, quando ele olhou para trás, Lily sentiu um frio na barriga, inevitavelmente sorrindo de volta. Seu celular apitou dentro da bolsa, e ela segurou o pão entre os dentes enquanto o alcançava, olhando de relance para a tela. Era sua mãe.

Espero que você esteja aproveitando a Itália ao máximo. Alguma novidade?

Lily colocou o telefone de volta na bolsa enquanto saía da casa atrás de Antonio, sorrindo para si mesma ao pensar na mãe. Sentou-se no banco do passageiro e enviou uma mensagem de texto para ela: *Decididamente, hoje estou aproveitando a Itália ao máximo. Você ficaria orgulhosa de mim, mãe. Prometo ligar em breve.*

– Relaxe e aproveite a viagem – disse Antonio, ligando o motor, acomodando o braço esquerdo na janela enquanto segurava o volante com a outra mão. – Logo estaremos em Milão.

* * *

– Ah, meu Deus, é incrível.

Lily ficou ali em pé, encarando o enorme teatro, sem acreditar no que via.

– Espere para vê-lo por dentro – disse Antonio, tomando o braço dela e guiando-a pelo lado esquerdo até a entrada.

– É permitido entrar direto? – perguntou ela, olhando ao redor conforme ele a conduzia com gentileza.

– É uma sorte não estarmos no meio do verão. Este lugar fica tão cheio de turistas nessa época que é preciso fazer reserva apenas para ver o teatro e o museu.

Lily deixou que ele a levasse, tentando evitar ficar boquiaberta como provavelmente todo turista que estivera lá antes dela. Havia muita gente perambulando ao redor, já que o início do outono ainda era uma época popular entre os visitantes, mas ela estava grata por conseguirem aproveitar a visita sem ficar esbarrando nos outros. Os dois entraram no teatro, e um sorriso se abriu quando Lily absorveu tudo o que via. O foyer era magnífico.

– Posso ajudar? – perguntou em italiano um homem trajando um terno escuro impecável, dando um passo à frente.

– Sim, estamos aqui para ver a *signora* Rossi – respondeu Antonio. – Ela está nos esperando.

– Antonio Martinelli? – indagou o homem, parecendo ter ficado muito mais caloroso e menos formal quando se deu conta de que alguém os aguardava.

– *Si.*

– Venham por aqui. Neste momento, a *signora* Rossi está ensaiando, mas disse que poderiam entrar. Ela atenderá vocês quando estiver disponível.

Antonio ainda falou mais algumas palavras em italiano que Lily nem mesmo tentou compreender, mais preocupada em absorver a cena ao redor, até que a mão dele inesperadamente pegou a dela.

– Venha – murmurou ele. – Você vai amar o que tem lá.

Lily foi andando apressada ao lado dele, parando apenas quando a grande porta que levava ao interior do teatro foi aberta para eles. As portas se moveram com um ruído, e de repente os dois estavam no maior e mais incrível teatro que ela já tinha visto.

– Ah, meu Deus – sussurrou Lily, aproximando-se de Antonio à meia-luz, enquanto apertava os dedos dele. – Eu nunca vi nada assim. É... é...

– Mágico – concluiu ele. – Eu sei, senti a mesma coisa quando vim aqui ainda menino e me sentei bem ali em cima, com meus pais, vendo tudo isso pela primeira vez. – Ele apontou para o alto, o teto parecendo estar a quilômetros de distância. Lily esticou o pescoço e viu todos os camarotes acima deles. – Acho que não consegui dormir nem um minuto naquela noite. Não parava de pensar em toda a magia.

Ambos estavam sussurrando, num mundo só dos dois, até que Antonio a moveu ligeiramente para a frente do corpo dele, colocando as mãos nos ombros dela, enquadrando-a na cena. Foi neste momento que ela arquejou: as luzes cruzaram o palco e uma bailarina surgiu, seu corpo parecendo o de um cisne, se movendo com tanta graciosidade que fez Lily ficar paralisada.

– É como um espetáculo privado – murmurou ele em seu ouvido.

Lily se reclinou um pouco, aproximando-se dele, fascinada pelo palco. Sentia as mãos quentes de Antonio em seus ombros, porém rapidamente deslocou seu peso para a frente quando se deu conta de como estavam próximos. Ele pigarreou e passou por ela devagar, sem pegar sua mão, Lily percebeu, embora desejasse que tivesse feito isso. Eles desceram pelo corredor até chegar aos assentos da frente, atrás da orquestra, e Lily sentou-se ao lado dele.

Ela soltou um gemido quando a iluminação se alterou e alguém deu uma ordem, no que a bailarina a que estiveram assistindo saiu graciosamente do palco. Lily achou que seu espetáculo particular havia chegado ao fim, mas de repente a bailarina ressurgiu, recomeçando toda a sequência acompanhada pelas outras no trecho final.

E então acabou tão de repente quanto havia começado, as luzes subindo e as bailarinas reunidas em pequenos grupos para conversar, enquanto a principal se sentava e alongava uma de suas pernas. Mas era a mulher formidável andando na direção deles que agora chamava a atenção de Lily. Ela mancava um pouco, mas mantinha suas costas eretas como uma vareta, e Lily soube, instintivamente, que ela também costumara ser uma bailarina.

A mulher estendeu a mão e na mesma hora uma pessoa apareceu para ajudá-la a sair do palco, para que pudesse se aproximar deles. Lily teve uma fortíssima sensação do privilégio que era estar ali naquele teatro ornamentado, com décadas de história, e também pensou que aquela mulher não devia conversar com qualquer um durante um ensaio de tamanha importância. Francesca Martinelli obviamente havia lançado mão de sua autoridade para que esse encontro se realizasse.

– Você deve ser Antonio – comentou a mulher, ao se aproximar.

Ele avançou, estendendo a mão para pegar a dela, antes de beijá-la com delicadeza nas bochechas.

– Obrigada por reservar seu tempo para nos ver hoje. Sei quanto a senhora é ocupada.

– Bem, às vezes sua mãe consegue ser bastante persuasiva, e ao longo dos anos ela contribuiu generosamente com a nossa companhia de balé, então... – Ela deu de ombros. – O que mais eu poderia dizer?

– Olá, *signora* Rossi. Meu nome é Lily. Foi por minha causa que Francesca entrou em contato com a senhora.

A mulher assentiu e estendeu a mão, confortavelmente mudando o idioma para o inglês, como se fosse natural para ela.

– Me deixe ver o programa que você tem. Francesca me contou que ele é muito antigo e que você está em busca de informações.

A *signora* Rossi aparentava ter pelo menos 70 anos, a voz era rouca e a pele vincada por rugas, contrastando com sua figura esbelta, que causaria inveja a alguém trinta anos mais novo. Quando ela estendeu a mão, Lily ficou surpresa ao sentir um leve tremor que não combinava com as costas eretas e os ombros alinhados nem com a força de seu tom.

– Francesca me disse que era algo relacionado a sua bisavó...

– Acredito que sim – disse Lily. – Infelizmente, não sei qual é a conexão, e é por isso que estou aqui.

Ela observou a outra examinar o pedaço de papel, pegando os óculos no bolso e virando-o em suas mãos. Olhou de soslaio para Antonio, que apenas deu de ombros discretamente quando seus olhares se encontraram, como se dissesse "Eu não sei muito mais do que ela".

– Isso faz algum sentido para a senhora? – perguntou Lily, incapaz de se manter em silêncio por mais tempo. – Reconhece alguma coisa nesse programa? Ou talvez algo a que ele possa estar relacionado?

A mulher ficou um tempo sem responder, mas parecia estar examinando o programa atenciosamente.

– Isso é de 1946 – respondeu ela, com um brilho no olhar quando enfim a encarou.

– A senhora teria alguma ideia do que isso significa? Se esse ano tem alguma relevância?

– Bem, eu o reconheço porque foi quando o La Scala reabriu depois da guerra. Isso tem um significado muito especial para o teatro, mas houve muita gente envolvida na reabertura. Embora possa datá-lo, não sei se sou capaz de ajudar além disso.

Lily deixou escapar um suspiro que nem mesmo sabia que estivera segurando. Não era um grande avanço, mas pelo menos agora tinha uma data – *1946, um ano depois do fim da guerra.*

– E você não tem outras pistas? – perguntou a *signora* Rossi. – Isso é tudo o que tem para se guiar?

– Tenho uma receita – acrescentou Lily, desdobrando o outro pedaço de papel e entregando-o para ela, só para o caso de a mulher conseguir extrair algum sentido dele. – Mas não sei como essas duas coisas se conectam.

– Acho que eu conheço essa receita – disse a *signora* Rossi, sorrindo enquanto examinava o papel. – Foi uma famosa... "guloseima", digamos? Durante a guerra e depois dela, era algo delicioso, que se podia comprar numa confeitaria a apenas algumas horas de carro daqui, de fato. E se eu me recordo bem, eles a vendiam em um pote, como uma espécie de pasta doce. Acho que ainda vendem hoje em dia. – Ela suspirou. – E antes que você me pergunte, não, não sou tão velha assim, mas minha mãe amava essa guloseima quando era mais jovem, e em casa costumava preparar algo parecido para nós. Ela contava histórias sobre a falta de chocolate durante a guerra e sobre como esse doce se tornou um substituto perfeito.

Lily sentiu o coração bater mais rápido.

– A senhora tem alguma ideia de qual poderia ser a ligação entre as duas pistas? Por que teriam sido entregues juntas a mim?

Francesca também tinha achado que a receita poderia ser daquela época, então Lily estava começando a pensar que ambas as mulheres teriam alguma ideia ou informação que levasse a uma descoberta. Mas, embora isso lhe fornecesse uma ligação, não ajudava a apontar para uma direção específica.

A *signora* Rossi dobrou os papéis e os devolveu a ela, então consultou seu relógio.

– Me desculpem, preciso voltar ao ensaio. Se eu fosse você, iria ao Piemonte. Se não me falha a memória, pode ter sido na cidade de Alba... Eu tentaria descobrir ali se existe alguma conexão com a confeitaria que costumava preparar o doce – sugeriu ela. – Talvez eles possam ajudar você nisso. Muitos daqueles estabelecimentos eram familiares e assim permaneceram ao longo das gerações, então sua busca pode muito bem acabar sendo mais fácil do que você imagina.

– Obrigada – disse Lily. – Agradeço muito pelo tempo que nos concedeu.

A *signora* Rossi sorriu e deu um beijo de despedida em Antonio, pedindo que mandasse lembranças à mãe dele, antes de se virar num movimento tão gracioso que Lily visualizou a bailarina que ela devia ter sido.

– Se tivesse que adivinhar, depois de ter visto o programa – perguntou Antonio, detendo-a um pouco mais –, quem a senhora acha que estamos procurando? Quem deve ter sido a bisavó de Lily?

A *signora* Rossi sorriu.

– Uma bailarina ou outra pessoa relacionada à companhia de balé do Teatro La Scala em 1946. A volta da companhia ao palco naquele ano foi inesquecível. Foi espetacular. – Ela suspirou. – Mas, bem, talvez eu seja suspeita para falar. Outros poderiam muito bem dizer que a ópera ou a orquestra é que foram responsáveis por tornar o teatro famoso outra vez, depois da reabertura.

Ela os deixou, e Antonio se virou, a mão estendida para Lily enquanto retornavam pelo corredor em direção à saída. Se estar no teatro vazio era uma sensação surreal, Lily conseguia apenas imaginar como seria a atmosfera ali quando estivesse lotado, com pessoas lindamente vestidas e fascinadas pelas bailarinas no palco.

Lily olhou para trás mais uma vez, absorvendo a história e a elegância do teatro antes de voltar ao foyer. Ela precisou de algum tempo para organizar os pensamentos, e foi apenas quando Antonio soltou sua mão, os dedos dele roçando nos dela, que ela voltou a falar.

– Não consigo acreditar – disse Lily, balançando a cabeça. – Achei que eu nunca seria capaz de dar algum sentido às pistas, mas de repente tenho um ano e um lugar para visitar, mesmo que ainda não entenda como vou conseguir encontrar as respostas que estou buscando.

– Podemos almoçar agora? – perguntou Antonio. – Toda essa busca por pistas me deixou com fome.

– Sim – concordou ela, sorrindo quando ele ofereceu seu braço, e enganchando ali o dela. – Decididamente. E enquanto esperamos, você poderia me mostrar no Google Maps como vamos chegar a esse vilarejo que a *signora* Rossi mencionou? Acho que é o mais próximo que já cheguei de ter uma pista verdadeira.

– *Vamos*? Você está me convidando para esta próxima aventura com você?

Dessa vez, Lily não corou quando Antonio olhou para ela. Corajosamente, o encarou de volta, olhando dentro dos olhos dele.

– Bem, você viria comigo?

– É claro que sim. Mas esteja avisada: esse vilarejo não fica a apenas uma hora de carro de casa. Se formos até lá, vamos precisar pernoitar.

– Logo, teremos que esperar algumas semanas, talvez mais, antes de podermos ir – concluiu ela, tentando não se sentir desapontada.

Eles tinham muito trabalho na vinícola para que ela pudesse desaparecer por dias; já se sentia culpada até mesmo por tirar meio dia de folga para ir ao teatro.

– Seu mistério está esperando para ser solucionado há décadas, Lily – argumentou Antonio, afastando o cabelo dela do rosto. – Algumas semanas ou mesmo meses não vão mudar nada. O vilarejo ainda estará lá, a família ainda estará lá. Você não precisa se apressar, tem todo o tempo do mundo.

– Obrigada – disse ela, quando eles pararam de andar e ficaram olhando um para o outro.

Alguma coisa fervilhava entre os dois, era inegável, um sentimento que Lily tentara ignorar por mais tempo do que conseguia se lembrar. Só que, com Antonio, esse sentimento parecia inevitável.

– Pelo quê? – perguntou ele, a voz meio rouca.

– Em primeiro lugar, por ter me convencido a vir ao La Scala. Significou muito para mim você me trazer até aqui e estar aqui comigo.

Ele sorriu para Lily, os olhos mirando os lábios dela, mas seu corpo não se moveu. Antonio voltou a erguer o olhar, e ela engoliu em seco, aproximando-se um pouco mais dele enquanto ele acariciava a bochecha dela. Teria sido tão fácil virar o rosto, dar um passo para trás, mas ela não fez isso. Não conseguiu. Ele esperou, como se estivesse lhe dando uma última chance para mudar de opinião, antes de encurtar a distância entre os dois e encostar sua boca na de Lily.

– O prazer foi meu – murmurou Antonio depois do beijo, roçando os lábios dela mais uma vez antes de se aprumar e abraçá-la pela cintura. – Agora, vamos encontrar um restaurante, estou doido para comer alguma coisa deliciosa.

Lily se aninhou contra ele, resistindo ao desejo de tocar seus lábios com os dedos. Todos aqueles anos recusando-se a misturar trabalho com prazer... Só que ninguém jamais a havia beijado daquela maneira. Ninguém jamais chegara aos pés de Antonio Martinelli, e ela não fazia ideia de como eles tinham se transformado tão rapidamente de colegas de trabalho em algo mais.

– Você está bem? – perguntou ele, beijando a cabeça dela enquanto caminhavam.

Ela assentiu e se aconchegou mais no corpo de Antonio, pois assim não precisaria responder. A única coisa que Lily sabia com certeza era que definitivamente *não* estava bem.

17

MILÃO, 1946

Estee inspirou lenta e longamente. Havia muito tempo que ela não se apresentava diante do público, e nunca sentira tamanha ansiedade quanto naquele momento, nem mesmo na primeira vez em que pisara no palco do La Scala, quando ainda era uma adolescente. Parecia que seu estômago tinha dado um nó e que ela ia vomitar, embora não houvesse comido nada.

Ela fechou os olhos e rezou em silêncio, então os abriu e transformou o rosto na máscara que queria que o mundo visse, na máscara que havia passado a vida toda aperfeiçoando.

Aquele era o dia da gloriosa reabertura do La Scala, e ela seria a primeira bailarina a subir no palco.

A prima ballerina. Ela deixou um sorriso esmaecido se dissipar antes de reassumir o controle de suas feições, e quando as cortinas foram erguidas, Estee mostrou aos italianos ali reunidos exatamente aquilo pelo qual haviam esperado todos aqueles anos. O público aguardava em completo silêncio – ela poderia ouvir um alfinete cair no chão –, até que a orquestra começou a tocar e Estee se preparou para entrar no palco.

Estou de volta ao lugar ao qual pertenço.

Apesar de tudo o que aconteceu, aqui é exatamente onde eu deveria estar.

* * *

Duas horas depois, Estee estava sentada no camarim, encarando seu reflexo no espelho redondo. Ela não conseguia evitar olhar de soslaio para o espaço ao lado dela, para a cadeira vazia onde Sophia deveria estar. Elas tiveram direito a seus próprios camarins individuais, Sophia bem antes, mas, ao longo dos anos, sua amiga sempre insistira em ficar junto dela, festejando os sucessos de cada uma e se recusando a entrar numa disputa, apesar da competição ferrenha que se via entre as outras bailarinas da companhia.

Estee reuniu coragem para lidar com a dor da perda de sua melhor amiga. Por anos, elas haviam competido pelos melhores papéis, rivalizado a cada passo, pressionando-se para darem o melhor de si mesmas, mas a amizade entre as duas resistia bravamente. Fora do palco, deixavam tudo isso de lado. Desde o dia em que se conheceram, ninguém nem nada havia sido capaz de se intrometer na amizade delas. Mas agora Sophia se fora, e Estee estava sozinha no camarim. Durante a guerra, todos haviam perdido um ente querido, mas essa certeza não tornava sua perda mais fácil de suportar.

O silêncio era ensurdecedor.

Elas costumavam se sentar sossegadas, sem precisar dizer nada. Mas a presença de Sophia havia sido bem importante. Ela preenchera o espaço ao lado de Estee com muito entusiasmo e talento. Agora, sem a amiga, a vida parecia uma mera sombra do que havia sido. Estee sempre soube que era talentosa, mas Sophia fora excepcional.

Uma batida à porta surpreendeu Estee, e ela pegou seu robe, cobrindo os ombros e o amarrando delicadamente. No palco, ela nunca pensara em pudor, mas sozinha no camarim tinha bastante consciência de quanto estava despida.

– Entre.

Uma jovem bailarina apareceu, segurando um grande buquê de flores.

– Deixaram estas flores para você – disse a menina, o rosto rosado enquanto permanecia ali de pé, com os olhos arregalados.

Estee se levantou e sorriu para a garota. Não recebia flores havia bastante tempo – alguns anos tinham se passado desde sua última apresentação em público –, e ficou admirando o buquê ao pegá-lo.

Ela conhecia a reação da menina ao vê-la – não fazia tanto tempo assim que a própria Estee ficara de olhos arregalados ao se encontrar com a bailarina principal do La Scala. Depois de inalar a fragrância das rosas, ela tirou um longo caule do buquê e o entregou à menina.

– Esta é para você – disse Estee, tocando-a delicadamente na cabeça e afagando seu cabelo. – Obrigada por ter trazido as flores.

A menina corou mais uma vez antes de sair em disparada, e Estee riu quando a porta se fechou atrás dela, deixando-a sozinha no camarim outra vez. Ela apoiou o buquê na mesa, prestes a lhe dar as costas, quando percebeu um cartãozinho branco despontando por entre os ramos.

Curiosa, Estee o abriu. Algo na caligrafia ilegível lhe pareceu familiar, e seu coração quase parou quando ela leu as palavras.

Não pode ser.

Estee deu alguns passos para trás no pequeno camarim e caiu na cadeira. Leu o cartão novamente, achando que estava enganada, exausta ou...

Querida Estee,

Eu não dizia sempre que um dia você seria a bailarina mais linda do La Scala? Eu estava certo.

Estee segurou o cartão na mão trêmula e ergueu os olhos, observando sua reação no espelho. Oito anos. Oito anos haviam se passado desde que ela o vira pela última vez, desde que partira do Piemonte como uma adolescente ingênua. Havia oito anos que Estee o guardava em seu coração, lembrando-se dele, se perguntando se a vida dele fora ceifada pela guerra ou se ele se casara com a mulher a quem havia sido prometido. Oito anos sem tê-lo esquecido nem um dia sequer, apesar de ter tentado desesperadamente parar de pensar nele e deixar as memórias para trás. Oito anos desde que ele lhe dissera aquelas mesmas palavras pessoalmente.

Por um momento, um segundo de indecisão, ela encarou o próprio rosto no espelho, até que se pôs de pé num salto e escancarou a porta, saindo apressada do camarim em direção à porta dos fundos. Gio, o velho senhor que sempre ficava lá para se certificar de que pessoas indesejadas ou patronos enamorados não teriam acesso às bailarinas, às cantoras ou aos musicistas, estava sentado numa cadeira baixinha. Ele trabalhara ali antes da guerra e, de certa maneira, havia sobrevivido para retomar seu cargo quando os tempos de paz voltaram.

– Gio! – chamou Estee. – Há quanto tempo minhas flores chegaram?

Ele ergueu os olhos sonolentos, e ela se perguntou com que eficácia o velho estaria de fato cuidando de manter afastadas as pessoas indesejadas. Gio deu de ombros.

– Cinco, dez minutos? – insistiu ela.

O velho assentiu.

Estee passou por ele apressada, abrindo a porta, o vento noturno atingindo-a com uma rajada enquanto ela encarava fixamente a escuridão. Não havia ninguém ali.

Ela se virou devagar, procurando por ele, por algum indício de que de fato havia sido ele e não a imaginação dela. No instante em que estava prestes a retornar para o teatro, para seu camarim, segurando o robe leve ao redor do corpo para tentar afugentar o frio e sentindo-se uma tola por estar ali sozinha no escuro, um movimento chamou sua atenção.

Não pode ser. Meus olhos estão me enganando.

Um homem avançou na escuridão, vestido com um terno elegante e um sobretudo. Estee perdeu o ar, seus olhos se umedecendo com lágrimas que ela nem mesmo sabia ser capaz de verter, não depois de tudo pelo que havia passado, não depois de oito anos aprimorando a fachada que era sua vida.

Ela se lembrava dele como um menino, mas naquele momento era um homem que andava em sua direção. Ele não era nada parecido com o que Estee se recordava e, no entanto, de certa maneira, ainda era exatamente igual.

– Olá, Estee – disse ele, a voz mais grave, o cabelo mais curto.

Apenas um homem no mundo poderia olhar para ela daquele jeito, com uma curiosidade tão cândida, tão genuína. Apenas um homem poderia fazê-la se sentir daquela maneira, com suas palavras delicadas, gentis.

– Felix?

Estee arquejou, mal conseguindo pronunciar o nome dele, com medo de que ele não fosse real e desaparecesse.

– Eu sempre soube que nos veríamos de novo, mas com você como a principal bailarina do La Scala? – Felix soltou um assovio que a fez ri, que a impeliu a correr para os braços abertos dele. – Sua performance foi fora de série, embora, para ser sincero, eu prefira você como Coppélia.

Ele a abraçou tão forte que ela mal conseguiu respirar, e Estee retribuiu o abraço com o mesmo fervor, inalando a fragrância da colônia dele, que era inteiramente desconhecida para Estee, como eram agora a largura dos ombros e a grande estatura de Felix.

– Você mudou – disse ela, dando um passo para trás ainda nos braços dele, agradecida por Felix ter segurado os cotovelos dela para mantê-la próximo. – E quando foi que você me viu como Coppélia? Deve ter sido...

Devia ter sido no ano em que ela substituiu Sophia, assumindo o papel de Coppélia quando a amiga estava com dor de estômago. Aquela apresentação mudara o curso de sua carreira e tornara evidente que Estee assumiria o lugar da amiga quando esta morreu.

– Você mudou também – murmurou ele, o olhar arregalado enquanto parecia admirá-la, balançando a cabeça como se não acreditasse que era mesmo ela. – Eu vi você no papel principal de Coppélia antes do bombardeio, antes...

Felix pigarreou, e Estee viu uma centelha de dor em seus olhos. Todos eles inevitavelmente haviam sofrido naqueles últimos anos, todos tinham suas cicatrizes.

Olhando para Felix, ela se perguntou se ele sofrera mais do que ela, mas ficou calada. Ambos guardavam seus segredos, seus fantasmas, como cartas de baralho muito bem escondidas, desencorajando os outros a tentar ver a mão, que seriam reveladas apenas quando fosse absolutamente necessário.

– Podemos ir a algum lugar? – indagou ele, olhando ao redor como se não quisesse que ninguém os visse juntos.

A tristeza a envolveu feito um manto, mas ela a digeriu como pôde. Lógico que ele não poderia ser visto com ela.

– Você está aqui com a sua noiva? – perguntou Estee, tentando manter a voz tranquila, projetando o queixo ligeiramente e olhando nos olhos dele como se aquela situação não a dilacerasse.

O silêncio dele confirmou, e o reconhecimento silencioso não deveria ter machucado, mas foi o que aconteceu.

– Posso te oferecer uma bebida? – perguntou ele, baixando uma das mãos e a segurando apenas por um dos cotovelos, como se não a quisesse deixar ir embora.

– Me dê dez minutos – pediu Estee, fitando os olhos dele e percebendo que os sentimentos de Felix por ela não haviam mudado, assim como os dela por ele.

Só que já não eram mais crianças, eram adultos, e ele estava prestes a se casar. Mas sentiu um pingo de esperança quando considerou que ele ainda não tinha se casado, o que significava… *Não, basta. Ele está comprometido com outra mulher, e isso jamais vai mudar.*

– Vou esperar aqui – respondeu Felix, e antes que ele voltasse para as sombras ela alcançou a mão dele e a segurou por um tempo, enquanto olhava fixamente para ele.

– É tão bom te ver, Felix. Para ser sincera, depois de todos esses anos, eu nunca pensei que nossos caminhos voltariam a se cruzar.

Os olhos dele brilharam.

– É muito bom te ver também, Estee.

Com isso, ela se afastou em disparada, mantendo o robe fechado, o frio percorrendo suas pernas despidas depois de ter ficado tanto tempo do lado de fora. Mas nada pôde conter o sorriso que avivou seu rosto quando Estee passou rapidamente por Gio, notando o sorriso de surpresa dele conforme voava para o camarim. Ela assentiu para as outras meninas, algumas reunidas em pequenos grupos fora dos camarins que compartilhavam, sabendo quanto aguçava a curiosidade delas. Estee precisava se esforçar bastante para lhes mostrar liderança e acolhê-las da mesma maneira com que Sophia a havia acolhido tantos anos antes, mas, naquela temporada, ela não fora capaz de mobilizar a energia que isso requeria.

Estee se sentou, permitindo-se alguns segundos para encarar seu reflexo no espelho, os olhos muito mais brilhantes, as bochechas mais rosadas. Ela removeu com rapidez a maquiagem da apresentação, retocando o batom com uma cor mais suave. Olhou para o cabelo bem preso no alto da cabeça e decidiu soltá-lo, deixando que os cachos caíssem sobre seus ombros. Em seguida, se despiu e, mais rápido do que de costume, pendurou cuidadosamente o robe e o traje de bailarina, antes de pôr as próprias roupas. Ela usava agora um vestido simples e um casaco, e suspirou ao se ver no espelho, esperando que sua aparência não estivesse muito sem graça. Cogitou a ideia de perguntar para as outras meninas se elas teriam alguma peça que pudesse pegar emprestada, mas acabou decidindo não fazer isso. Ela era daquele jeito, e se Felix não gostasse dela assim, então não seria uma mudança de vestido que alteraria a situação.

Ela deu uma última olhada no espelho, parando apenas para borrifar nos pulsos e na nuca um pouco do seu novo perfume Chanel 46, um presente que Estee dera a si mesma para celebrar sua primeira apresentação na noite em que o La Scala reabrisse. Durante a guerra, seu único luxo fora usar perfume, algo do qual ela e Sophia haviam se recusado a abrir mão, mesmo que, para isso, às vezes tivessem que ficar sem comer. Mas Estee precisou mudar seu perfume, já que não era mais capaz de usar a fragrância que ela e Sophia haviam compartilhado.

Desde que o perfume seja divino, o resto dará certo.

Com as palavras de Sophia ecoando em seus pensamentos, ela saiu do camarim e fechou a porta.

Uma bebida apenas. Uma única bebida, e eu darei as costas a ele e direi meu último adeus.

* * *

Eles caminharam em silêncio até o Bar Basso, um dos pontos de encontro preferidos de escritores, designers, artistas e dançarinos de Milão. Ela não deixou de notar que, ironicamente, os dois logo mergulharam no silêncio, como costumava acontecer quando eram adolescentes – a única diferença era que agora o silêncio não era confortável. Antes, não havia necessidade de falar, mas, naquele dia, tanta coisa não dita parecia pesar sobre eles que nenhum dos dois teve coragem o suficiente para tomar a iniciativa.

Felix deu um passo à frente e abriu a porta para ela, e os dois foram andando pelo interior escuro – os olhos de Estee precisaram de alguns instantes para se ajustar ao ambiente. Lustres pendiam sobre o bar, garrafas e taças alinhavam-se na parede diante deles. Felix pôs a mão nas costas dela, guiando-a na direção de uma mesa baixa, escondida em um cantinho.

Ele ficou olhando a carta de bebidas por um momento.

– Eu nem sei o que pedir para você – confessou ele com tristeza. – O que você bebe?

— Pinot Noir — respondeu ela, ajeitando-se na cadeira e o examinando com a mesma atenção com a qual ele analisava a carta de vinhos.

Felix levou apenas alguns minutos para se decidir e fazer o pedido, então voltou sua atenção para ela.

— Bem, você chegou lá. Nunca tive dúvidas quanto a isso, Estee. Você sempre foi muito mais talentosa do que se deixava acreditar.

As palavras dele significavam muito para ela. Bajulação era algo que nunca deixaria de aborrecê-la, mas Felix a conhecia desde pequena, e ele lhe dissera aquelas coisas numa época em que elas de fato eram importantes.

— E quanto a você? — perguntou Estee, satisfeita com a rapidez com que as bebidas chegaram à mesa. Ela envolveu a longa haste de sua taça, olhando de relance para o líquido vermelho-escuro ali dentro. — Continua trabalhando com sua família?

Estee estava informada sobre o negócio dos Barbieris, sabia quanto eles haviam prosperado durante a guerra apesar das imensas dificuldades pelas quais muitos tinham passado. Mas não queria que Felix soubesse disso, não queria que ele soubesse com que frequência havia pensado nele.

— Continuo. Parece que meu talento é desenvolver novas ideias. Meu irmão está cuidado da administração do negócio, e meu cunhado assumiu uma parte das responsabilidades do meu pai.

Ela assentiu e ergueu a taça, e os dois brindaram com um tilintar bem delicado, então bebericaram. Estee sentiu quando o vinho chegou ao seu estômago, e imediatamente tomou outro gole, esperando acalmar os nervos. Ela achou que tinha ficado nervosa antes da apresentação, mas aquele nervosismo não era nada se comparado com o que sentia agora.

— Eu imaginei este dia por tanto tempo, e pensei em todas as coisas que eu diria para você, mas agora que estamos aqui...

Ela riu.

— Você não precisa explicar. Acho que estamos sentindo o mesmo.

— Alguma vez você voltou ao Piemonte? — perguntou ele. — Eu costumava passar bastante na frente da sua antiga casa, mas não tinha certeza se sua família continuava lá.

— Minha mãe morreu alguns anos atrás, e minhas irmãs ainda moram com meu pai, aqui em Milão.

– Ah, entendi. – Ele tomou mais um gole de vinho. – Sinto muito pela sua mãe.

– Não sinta.

Os dois riram, mas então o sentimento se tornou mais solene quando ele se inclinou e tomou a mão dela.

– Ainda me lembro dos seus machucados – disse Felix, virando a palma da mão dela e correndo o polegar pela delicada pele, como se para dizer a Estee que ele também se lembrava de como ela costumava se ferir sozinha. – Naquela época eu não sabia o que dizer, mas agora...

– Você não precisa dizer nada, já faz muito tempo – murmurou ela, permitindo que ele segurasse sua mão, lembrando-se de como seus pulsos às vezes ficavam graças à disciplina imposta pela mãe.

Estee não queria voltar para aquele tempo nem por um instante.

– O único jeito que eu tinha para cuidar de você era te dando comida. Mas queria ter sido mais corajoso.

– Mais corajoso? – Ela riu. – Felix, você arriscou o próprio pescoço para levar aquelas delícias para mim. Minha mãe teria arrancado a sua cabeça se tivesse descoberto!

– Só queria que você soubesse que, se fosse agora, se eu fosse mais velho naquela época...

Ela entrelaçou os dedos nos dele, sentindo uma dor no peito enquanto revisitava as memórias que havia muito tempo abandonara.

– Para mim, você foi corajoso o suficiente, Felix. Apenas uma outra pessoa foi tão gentil assim comigo, então acredite quando eu digo que nunca, jamais, vou esquecer o que você fez por mim. Ou o que você significou para mim.

– Você tem um, um...

O rosto dele expressava surpresa, choque, mas ela não o deixou se atrapalhar.

– A pessoa de quem estou falando é uma amiga – explicou Estee, com o intuito de protegê-lo da dor que ela mesma sentia por saber que ele estava comprometido com outra jovem. – Uma amiga querida. Ela morreu durante a guerra.

– Sinto muito.

Eles ficaram em silêncio outra vez. Ainda havia muito a dizer, mas de repente pareceu que girariam indefinidamente num círculo sem fim em torno do motivo pelo qual os dois nunca poderiam ficar juntos.

– Conte para mim sobre ela – pediu Estee, preferindo estar com Felix e saber de sua vida a deixar que a dor e o silêncio pairassem entre eles.

Você é feliz com ela? Você a ama? Eram perguntas cujas respostas ela realmente queria saber, mas nunca ousaria pronunciá-las.

Ela tomou um gole do vinho numa tentativa de segurar a língua.

– Emilie? – retrucou ele, pigarreando enquanto se preparava para responder. Felix pareceu desconfortável e esvaziou metade de sua taça de vinho. – Ela é, bem... adorável. É carinhosa e gentil, adora crianças, e minha irmã já a considera parte da família.

Estee assentiu, como se as informações não partissem seu coração.

– Adoraria poder dizer que ela é uma pessoa horrível e que eu não gosto dela, mas isso seria uma mentira.

Ele fez uma pausa, como se quisesse acrescentar algo, mas tivesse mudado de ideia.

– Estou feliz por você – disse Estee, com uma voz que soou muito mais firme do que como ela se sentia. – Tudo o que sempre quis foi te ver feliz.

– Mas ela não é você – murmurou ele, fechando os olhos por um momento enquanto bebia o vinho. – Ela *nunca* será você.

Estee se levantou, pegou sua taça de vinho e seguiu seus instintos, acomodando-se no assento macio e almofadado ao lado de Felix. Sua coxa roçava a dele e seus ombros se tocaram. Quando Felix tomou a taça da mão de Estee e a colocou sobre a mesa, os batimentos dela começaram a acelerar.

– Estee – sussurrou ele, e ela se reclinou, deixando que seus olhos se encontrassem. As mãos dele avançaram, uma caindo sobre sua coxa e a outra tocando sua bochecha. – Durante todos esses anos, me perguntei se o que aconteceu foi uma paixão de menino, mas aqui estou eu, um homem feito, e você ainda é, em todos os sentidos, tão encantadora quanto antes.

– Achei que eu não veria você de novo – comentou ela, com uma voz que mal chegava a ser um sussurro.

– Entretanto, aqui estamos nós – disse Felix, seus olhos baixando para os lábios dela.

Estee sabia que ele a beijaria, mas, quando a boca dele encontrou na dela, de certa maneira foi completamente inesperado. Ela pensara que nada mais poderia surpreendê-la, sentindo-se muito mais velha do que seus 21 anos, mas, nos braços de Felix, era como se os anos houvessem evaporado. Eles estavam de volta à beira do rio, banhados na juventude e nos raios de sol, mas agora o beijo era muito mais doce, os sentimentos acumulados dentro dela muito mais complexos.

No entanto, ele não pode ser meu, pois nada mudou.

Quando Felix finalmente se afastou, ela se aninhou no ombro dele, o queixo dele apoiado no topo da cabeça dela, seus braços ao redor de Estee.

– Não vou ser sua amante.

Os lábios dele encontraram os cabelos dela.

– Eu nunca pediria isso para você.

Os dois estavam de volta às suas encruzilhadas pessoais, que haviam permanecido as mesmas apesar dos anos.

Estee pegou sua taça e deu um gole enquanto a emoção borbulhava dentro dela. Seria a última vez que veria Felix. Teria que ser assim.

A mão dele deslizou pelas costas dela e Estee se aconchegou ainda mais, sua bochecha pressionando o ombro de Felix. *Só uma taça a mais. Uma hora a mais. Um beijo a mais.*

Depois disso, ela prometeu a si mesma que nunca mais voltaria a olhar para o passado.

18

Dias atuais

Estava concluída. Depois de semanas de sangue, suor e lágrimas, a colheita estava oficialmente finalizada. Já não havia uma única uva a ser colhida ou prensada, nenhum barril vazio, e uma sensação estranha pairava na vinícola. Tanta gente havia trabalhado ali por tantas semanas, dia após dia, os trabalhadores indo e vindo, bem cedo pela manhã até tarde, dia afora. Lily trabalhara tão arduamente quanto eles, determinada a inspecionar toda a produção e a supervisionar cada etapa, assim como a ser o braço direito de Roberto enquanto barris e tonéis eram enchidos durante o processo de fermentação, e depois engarrafando algumas variedades.

Mas, por fim, tudo estava pronto. Eles poderiam relaxar antes que a segunda fermentação do Franciacorta começasse.

– Lily! – chamou Francesca, acenando ao longe. – Venha! Sente aqui conosco!

O fim da colheita merecia uma festa e, pelo que parecia, os Martinellis sabiam muito bem como fazer seus funcionários e todos os demais envolvidos na propriedade se sentirem especiais. Havia mesas compridas colocadas sob copas de árvores enormes, cujos galhos protegiam todos do sol, e luminárias de papel e lâmpadas dispostas em série para criar uma atmosfera mágica. Ela podia apenas imaginar quanto tudo pareceria fantástico quando as luzes se acendessem no lusco-fusco, iluminando o caminho durante a festança noite adentro.

– Francesca, você se superou – elogiou Lily. – Está incrível.

Francesca abriu os braços e beijou Lily nas bochechas, o rosto irradiando alegria quando ela se voltou para a festa.

– É a minha época do ano favorita – admitiu Francesca, acenando na direção das árvores. – O trabalho mais árduo do ano está terminado, ainda faz calor, meu marido e meu filho já voltaram a ser melhores amigos, e não mais adversários. – Ela riu. – É quando devemos celebrar nosso trabalho árduo, e estamos todos muito satisfeitos que você esteja aqui conosco.

Lily também estava feliz de estar ali. De todos os lugares onde trabalhara, ela nunca havia se sentido tão incluída em uma família, e sabia que seria difícil encontrar algum que se comparasse. Ela não tinha vontade de ir embora da Itália, mesmo que ainda faltassem meses para isso.

– Ah, aí está ela.

Roberto apareceu com Antonio ao seu lado, carregando uma grande caixa de vinhos. Antonio piscou para Lily, e ela corou quando Francesca ergueu uma sobrancelha, logo notando para quem o filho piscava. Felizmente, ela não disse nada, mas abriu um sorriso revelador, o que fez Lily corar de novo.

– Vai todo mundo chegar em breve – avisou Roberto, tocando o cotovelo de Lily e a puxando de lado. – Antes que as celebrações comecem, eu queria perguntar se você consideraria ficar conosco.

– Ficar para...

– Ficar aqui, como minha vinicultora assistente – explicou Roberto, tranquilamente. – Pelo que pude observar, você tem o talento do seu pai, talvez até mais, e eu gostaria de contratá-la de forma permanente, se você estiver interessada. Podemos discutir os detalhes mais tarde, mas eu queria... como se diz? Entrar na competição do mercado e oferecer a vaga para você.

Lily tentou se recompor, responder algo inteligente, mas ele a havia surpreendido completamente. Passar mais tempo na vinícola seria incrível, não havia dúvida quanto a isso.

– Me sinto tão lisonjeada, Roberto, de verdade. Esta experiência tem sido maravilhosa. Na verdade, talvez seja a melhor colheita de que já participei.

– Então pense na proposta – disse ele, o sorriso amplo e confiante, como se soubesse que ela acabaria aceitando. – Aproveite as próximas semanas aqui e me dê sua resposta. Consigo ser um homem paciente quando necessário.

– Obrigada. Vou fazer isso – afirmou ela, quando os convidados começaram a chegar.

Os funcionários vieram acompanhados de seus respectivos cônjuges ou famílias, todas as mulheres de vestido, os cabelos soltos, muito diferentes de quando estavam trabalhando nos campos ou na área de produção, ao lado dela.

Naquele momento, Antonio veio andando na direção dela, esfregando a testa com a manga da camisa, e então parou com as mãos nos quadris.

– O que *papà* tinha para te dizer? – perguntou ele.

Lily abriu a boca para responder, mas em seguida a fechou, não se sentindo pronta para contar nada a Antonio. Talvez ele já soubesse, talvez não, mas por ora ela queria manter a oferta de trabalho e seus pensamentos só para si. Lily deveria tomar sua decisão com base no que seria mais acertado para a sua carreira, e não por gostar do filho do vinicultor ou por imaginá-los num romance sob o sol italiano.

– Só assuntos de trabalho – resumiu ela, sorrindo para ele.

As sobrancelhas dele assumiram uma expressão interrogativa, mas Antonio não a pressionou.

– Vou descer até a casa para trocar a camisa – avisou ele.

Lily queria se aproximar dele, puxá-lo pela camisa de linho e beijá-lo. Desde o dia do La Scala, ela ia para a cama toda noite desejando que os lábios de Antonio tocassem novamente os dela. Mas, em vez disso, ela apenas sorriu e o observou dar um passo para trás, um sorriso lhe iluminando o rosto.

– Guarde um lugar à mesa para mim – pediu ele. – Quero sentar do seu lado hoje.

– É claro.

Quando ele se virou e sumiu de vista, ela soltou o ar, apenas a tempo de ser abordada pelo irmão Martinelli mais novo, que chegou por trás dela, ostentando uma taça de vinho.

– Esta é para a nossa jovem e talentosa vinicultora – disse ele, entregando-lhe a taça.

Marco era ligeiramente mais robusto que o irmão, e se vestia diferente também, a calça chino e a camisa bem casuais, só que mais estilosas do que as de Antonio. Ela imaginou que Marco passasse suas roupas todo dia, enquanto Antonio não ligava nem um pouco para isso, desde que estivessem limpas.

— Obrigada — disse Lily, na mesma hora erguendo a taça na altura dos lábios e suspirando ao provar o vinho. — O Chardonnay do seu pai é excepcional.

— É o que digo quando o estou vendendo. O vinho dos Martinellis é famoso na Itália.

— Eu diria que é internacionalmente famoso.

Eles ficaram parados um diante do outro por um momento, Marco observando Lily dar outro gole. Nervosa, de repente pareceu que ela estava sendo examinada. Por que ela se sentia tão confortável perto de Antonio, mas uma pilha de nervos com Marco?

— Meu pai e meu irmão estão encantados com você — disse ele por fim, cruzando os braços enquanto sorria para ela. — Eu consigo entender o porquê.

Lily riu, mas o riso soou muito estridente para ter saído de dentro dela.

— Duvido muito que o seu irmão esteja *encantado* comigo.

— Ah, é exatamente aí que você se engana — retrucou ele com um sorriso conspiratório, quando Vittoria se juntou aos dois.

— Marco, deixe a garota em paz! — ralhou Vittoria. — Sinto muito pelo meu irmão... Ele é o malcomportado da família.

Marco apenas riu e Vittoria fingiu dar um tapinha na nuca dele, o que fez Lily sorrir, menos ansiosa agora que a atenção fora desviada dela.

— Eu estava apenas contando para Lily que Antonio...

— Não — interrompeu Vittoria, lançando-lhe um olhar de repreensão.

— Você nem sabe o que eu ia dizer!

Lily ficou observando os irmãos discutirem em italiano, curiosa para saber por que Vittoria de repente começou a proteger Antonio. O que Marco queria lhe dizer?

— Eu apenas estava contando para Lily que nosso irmão mais velho parece estar bastante encantado com ela, só isso — disse Marco, voltando a se expressar em inglês.

Agora parecia que Vittoria estava novamente a ponto de matar o irmão mais novo, mas, em vez disso, ela o enxotou dali, praguejando. Ele ergueu as mãos e se afastou, deixando Vittoria a suspirar. Lily deu outro gole no vinho, sem saber o que pensar daquilo tudo, mas desejando saber o que Marco ia falar.

– Eu sou muito protetora quando se trata do Antonio – confessou Vittoria –, mas tenho certeza de que isso é óbvio. Meu irmão mais novo é capaz de se cuidar sozinho, mas Ant, bem, ele é diferente, e não quero que Marco o fique provocando.

– Eles são homens muito diferentes – comentou Lily, e ambas riram. – Mas eu consigo lidar com Marco, ele é simpático. E eu pensava que Antonio fosse capaz de se defender do irmão mais novo.

– Antonio teve um ano difícil – explicou sua irmã. – Antes eu não o protegia dessa maneira.

– Você quer dizer com relação ao seu pai?

Vittoria pareceu pensar por um instante antes de responder:

– Lily, Antonio foi casado. É por isso que ele construiu a casa na propriedade, onde ele ainda mora.

– *Casado?*

Lily imediatamente ergueu sua taça de novo. Ela se prendeu ao verbo no passado enquanto tomava um gole maior dessa vez.

– É uma longa história e é ele quem deve contá-la, mas, bem, eu apenas não queria vê-lo se machucar outra vez, é só isso. Antonio tem um coração enorme, e por algum tempo eu me perguntei se ele algum dia voltaria a sorrir. Ele tem estado mais sério desde então, mas nos últimos meses eu o percebi mais feliz, e talvez você tenha algo a ver com isso.

– Eu? – Lily balançou a cabeça. – Duvido muito.

Ela queria saber mais, porém Vittoria agora estava sorrindo e acenando para os convidados que ainda chegavam.

– Apenas não parta o coração dele, tudo bem? – pediu Vittoria, beijando Lily nas bochechas antes de se afastar lentamente. – Ele é um bom homem. Um dos melhores.

Lily a observou ir embora, mantendo-se afastada dos outros convidados para acalmar sua respiração e ordenar seus pensamentos conforme a música pairava no ar e as crianças brincavam de pega-pega por entre as videiras.

Vittoria entendeu tudo errado. Decididamente, não sou eu que corro o risco de partir algum coração por aqui.

* * *

– Achei que nunca fosse encontrar você. – A voz de barítono, profunda e sedosa, pertencia a Antonio, que se sentou na grama ao lado dela.

Lily havia encontrado uma árvore sob a qual se acomodar depois de sua conversa com Vittoria, e aproveitou para ouvir as pessoas disparando o italiano acelerado que ela não tinha nenhuma pretensão de entender. Mas não era um problema – ela estava feliz de curtir a si mesma, perdida em pensamentos e desfrutando da alegria das conversas a seu redor. Sem falar que Lily tinha muito em que pensar também. Alguns dos convidados haviam começado a se dirigir para a enorme mesa agora cheia de pratos de comida, todos trazidos por garçons que haviam iniciado o serviço mais cedo naquele dia, para que os funcionários da casa pudessem aproveitar a festa. Era um banquete como ela nunca vira.

– Quer se sentar à mesa ou vamos ficar por aqui mesmo e observar um pouco mais?

Lily se reclinou, apoiando-se na árvore, desejando ser corajosa o suficiente para perguntar sobre o casamento dele. Por fora, ele parecia tão caloroso e extrovertido... Ela não conseguia imaginar que alguém pudesse ter partido o coração dele, ainda mais tão recentemente, quando parecia que *ele* é que partia o das mulheres. E seu sorriso parecia tão fácil também, como se Antonio não precisasse se esforçar nem um pouco para sorrir...

– Eu não queria sair daqui, na verdade – admitiu ela.

– Que tal se eu trouxer um prato de comida e nós roubarmos uma garrafa de vinho? – sugeriu ele. – Podemos nos esconder por pelo menos uma hora se tivermos suprimentos o bastante, apenas nós dois.

– Antonio! Lily! – chamou Roberto, sua voz retumbando da cabeceira da mesa.

– E... pronto, meu plano foi arruinado – reclamou Antonio.

Ela riu quando ele se pôs de pé num salto e, galante, ofereceu sua mão para que Lily se levantasse. Mas Antonio não a deixou ir, vagarosamente aproximando-a de si, suas mãos ainda entrelaçadas enquanto ele a encarava. Lily ficou hipnotizada com aqueles olhos de calda de chocolate assim que ergueu os seus, e não importava quanto dissesse para si mesma que precisava manter distância, que não poderia deixar nada acontecer entre eles de novo – de repente, não havia nenhum outro lugar no mundo onde ela preferisse estar.

– Posso te beijar? – sussurrou ele.

Lily se esqueceu de tudo ao se aproximar de Antonio, seu peito encostando no dele quando ela reclinou a cabeça, os lábios entreabertos. Ela ficou na ponta dos pés enquanto ele se curvava, e enfim, quando ele a beijou, Lily deslizou a mão pela nuca dele, saboreando cada momento da boca de Antonio contra a dela.

– Antonio! – chamou Roberto novamente.

Ele suspirou e deu um passo para trás, inclinando-se de modo que sua testa ficasse contra a dela por um momento antes de se virar, a mão de Lily ainda na dele.

– Venha – murmurou Antonio. – Acho que meu pai quer nós dois ao lado dele, mas especialmente sua vinicultora preferida. – Ele beijou as costas da mão dela, antes de falar ainda mais baixo: – Temos a noite toda para ficarmos juntos.

– Lily! Antonio! – Roberto se pôs de pé e abriu os braços. – Minha vinicultora e meu viticultor. Que belo par.

Ela se soltou de Antonio e se apressou na direção de Roberto, que estava segurando a cadeira ao lado dele. Todos bateram palmas, até mesmo as crianças, enquanto Roberto beijava as bochechas de Lily e ela se sentava, grata por Antonio puxar uma cadeira do outro lado dela. De repente, Lily o quis por perto, já que todos os pensamentos sobre manter distância haviam se evaporado fazia algum tempo.

Roberto discursou em italiano, e quando Lily se acomodou na cadeira, sentiu a respiração reconfortante de Antonio contra sua nuca, conforme ele traduzia ao pé do ouvido dela. Ela estremeceu com um calafrio que nada tinha a ver com a friagem, tentando se concentrar no que Antonio dizia, enquanto o braço dele descansava nas costas de sua cadeira, os dedos raspando no ombro de Lily.

Quando seu pai terminou e todos levantaram as taças para brindar à colheita, ela ergueu a dela e gritou "Saúde!" junto com os outros convidados, antes de Roberto anunciar que eles estavam ali para aproveitar o banquete. E pelas duas horas seguintes todos comeram, conversaram e beberam vinho, e Lily tentou falar em italiano, fazendo o possível para aprender as palavras que todos tentavam ensiná-la. Mas foi apenas mais tarde, quando a música começou a tocar e as lâmpadas criaram uma atmosfera mágica durante o pôr do sol, que ela enfim voltou a dedicar toda a sua atenção a Antonio. Lily tinha estado intensamente consciente dele, de cada movimento das pernas dos dois e de cada toque dos cotovelos dele nos seus, o coração disparando a cada vez que seus olhares se cruzavam. Agora Antonio estava de pé, estendendo a mão e erguendo uma sobrancelha de maneira convidativa.

– Você me daria o prazer desta dança? – perguntou ele.

Lily sorriu e assentiu, permitindo que ele a conduzisse até o local onde os outros casais dançavam, como se estivessem em outro tempo e espaço. Ela se sentiu como uma personagem de conto de fadas: o cenário, as pessoas, esse *homem*, tudo parecia pertencer a uma outra vida.

Antonio afastou o cabelo dela dos ombros, corajosamente dando um beijo na pele macia do pescoço de Lily, no lado esquerdo da sua clavícula, então a tomou nos braços, e ambos dançaram sobre a relva. Suas bochechas se tocavam, seus corpos balançavam, perdidos em seu próprio mundo.

– Sabe, tenho a sensação de que você é italiana, Lily – sussurrou ele, a boca próxima ao ouvido dela. – Acho que sua bisavó era italiana e que você está aqui seguindo os passos dela. Você está exatamente onde deveria estar.

Ela não discordou. Inclinou a cabeça para trás, encarando o rosto dele à medida que ele a rodopiava. Quando Antonio voltou a se aproximar, sua boca estava muito próxima à dela, mas ele não a beijou.

– Por que não vamos para a minha casa? – sussurrou no ouvido dela.

Lily engoliu em seco, o coração disparando enquanto Antonio esperava por uma resposta. Em vez de dizer qualquer coisa, porém, ela apenas tomou a mão dele. E se derreteu quando ele beijou seus dedos e a conduziu.

19

— Bom dia. – A voz de Antonio a inundou quando ela abriu os olhos, alongando os braços à medida que a noite anterior voltava numa torrente de lembranças. Por instinto, ela se cobriu, mas ele engenhosamente afastou as cobertas e estendeu o braço na direção dela. – Aproxime-se. Prometo que não vou morder.

Ela riu, pois sabia que era uma tolice ficar nervosa depois da noite que haviam acabado de compartilhar, mas Lily nunca fora uma daquelas garotas que se sentiam tão à vontade com o próprio corpo a ponto de se expor descaradamente na clara luz da manhã. E ela também não tinha tanta experiência em acordar na cama de um homem – ainda mais um que se sentia tão confiante e à vontade com a nudez quanto Antonio.

– Não acredito que passei a noite aqui – murmurou Lily, encostada ao peito dele e distraidamente passando a mão na sua pele.

– Ontem com certeza superou minhas expectativas – gracejou ele. – A colheita nunca tinha sido tão boa.

Lily sorriu e recebeu em resposta um beijo na testa.

– Não gosto de misturar trabalho e prazer. A vida toda segui essa regra de que nada é mais importante do que meu trabalho.

– Acredite ou não, eu também não costumo misturar trabalho e prazer – disse Antonio. – Recentemente, no entanto, estive me perguntando se eu estava errado. Talvez eu devesse ter deixado meus mundos colidirem em vez de tentar mantê-los afastados.

– O que isso quer dizer? – perguntou Lily quando ele começou a acariciar o cabelo dela, os dedos se emaranhando em seus longos cachos e descendo até a ponta dos fios, na metade das costas dela.

– Já fui casado – disse Antonio, pigarreando. – Ela queria se mudar para longe daqui, não conseguia entender por que eu me sentia tão conectado com a terra e, no fim das contas, precisei escolher entre minha família e meu trabalho... e minha esposa.

Lily engoliu em seco, sem saber direito o que dizer e sem querer revelar que já sabia que ele havia sido casado. Todo aquele tempo ela se perguntara o que teria acontecido, do que sua irmã estaria falando quando aludiu ao fato de que ele tivera um ano difícil. Agora ela sabia, e era quase como se pudesse sentir a dor irradiar dele.

– Sinto muito. Eu sinceramente não sei o que dizer.

– Tudo bem, nosso casamento já não estava bem quando ela me pediu para escolher.

Ele se sentou e Lily se apoiou sobre os cotovelos, os lençóis amontoados ao redor da cintura enquanto o observava. Os olhos dele eram grandes e castanhos, e quando cruzaram com os dela, Lily soube imediatamente com que facilidade poderia se viciar naquele olhar.

Antonio se inclinou para a frente, puxando a nuca dela e aproximando os lábios dos seus. Ela não sabia se ele a estava beijando para afastar a dor, mas estava feliz por receber aquele beijo, por qualquer que fosse o motivo.

Quando ele se afastou, Lily viu que a tristeza em seu rosto fora substituída por um sorriso caloroso.

– O que você acha de uma viagem de carro? – perguntou ele.

– Uma viagem para...

– Alba – completou Antonio, saindo da cama e entrando no banheiro, de onde voltou com um robe enorme, que jogou na cama para ela. Ele vestia só a cueca e nada mais, e Lily teve dificuldades em desviar seus olhos, desejando que tivesse a autoconfiança de pedir que ele voltasse para a cama, para que ela pudesse explorar mais sua pele bronzeada. – Podemos desaparecer por alguns dias e ver o que conseguimos descobrir sobre a confeitaria que a *signora* Rossi mencionou. Não quero que você volte para casa sem tentar encontrar as respostas para as suas pistas.

Casa.

Ela pegou o robe e o vestiu, sentindo o aroma da colônia dele impregnado no tecido e então balançando as pernas ao lado da cama.

– Antonio, eu devia ter falado ontem à noite, antes de nós, bem... – Ela pigarreou. – Quero que você saiba que o seu pai pediu que eu ficasse aqui este ano como vinicultora assistente.

O sorriso dele não fraquejou, mas ela pôde ver uma centelha de surpresa em seus olhos.

– Entendi.

– Então, bem, pode ser que eu fique aqui bem mais tempo do que você esperava, do que *eu* esperava.

– Desde que você não esteja procurando um marido, não precisa se preocupar – disse Antonio, lhe dando outro beijo. Sua voz estava rouca quando ele voltou a falar: – Não fiz amor com você por achar que estava partindo, se é o que você está me perguntando.

Lily detestava quando suas bochechas se inflamavam. Ela estava na cama daquele homem, nua sob o robe, e não havia nada do que se envergonhar! Eles eram dois adultos que haviam passado a noite juntos, nada mais, mas o jeito como Antonio olhou para ela a deixou nervosa.

– Bom, então está tudo bem. E, em resposta a sua pergunta, eu decididamente não estou em busca de um marido.

O que aconteceu entre eles fora uma aventura de verão, só isso. O homem havia acabado de sair de um casamento, e Lily sabia que ele não estava atrás de uma relação, tampouco ela.

– E você deu uma resposta para ele? – perguntou Antonio, estendendo a mão e puxando-a para se levantar. – Ou o está fazendo esperar?

Ela balançou a cabeça.

– Ainda não. Falei que iria considerar a oferta.

– Você vai tomar a decisão certa, tenho certeza disso. E sobre aquela viagem de carro, gostaria de ir?

– Sim – respondeu Lily, antes que tivesse tempo de pensar demais. – Quero tentar descobrir alguma coisa, *qualquer* coisa, para que pelo menos eu possa ficar com a consciência tranquila. Minha avó não está aqui para descobrir a própria história, e eu tenho uma forte sensação de que existe um segredo esperando para ser revelado.

– E se formos amanhã, é muito cedo?

– Amanhã é perfeito – concordou ela, amarrando o robe com um nó na cintura enquanto se aproximava da janela, olhando para a vista espetacular, as videiras já banhadas pela luz do sol.

– É lindo, não é? – perguntou Antonio, parando ao lado dela, os braços envolvendo a cintura de Lily. – Consigo ver, pela maneira como olha para a terra, que você a ama, assim como eu, que, para você, produzir vinho não é apenas um trabalho. Se eu tivesse buscado essa qualidade na pessoa antes de me casar, poderia ter me poupado muita dor.

Ela piscou, afastando as lágrimas, agradecida por ele não poder ver seu rosto enquanto se recostava nele. Era isso que seu pai costumava dizer: *"Para mim, produzir vinho não é um trabalho, é um estilo de vida."* O fato de Antonio ter dito quase as mesmas palavras demonstrava que ela não havia cometido um erro quando passou a noite com ele, ainda que estivessem apenas se divertindo.

– Não entendo como sua esposa podia olhar por esta janela e não se apaixonar – sussurrou Lily.

Antonio a abraçou, suas bochechas se tocando enquanto os dois encaravam a paisagem lá fora.

– Acredite, eu também não.

É apenas um romance de verão. Não vá ficar toda sentimental pensando em algo a mais.

* * *

No dia seguinte, depois de concluir algumas pendências na vinícola e confirmar com Roberto que ele não precisaria dela nos dias seguintes, Lily se viu passando para Antonio sua bolsa de viagem e subindo no banco do passageiro do carro dele. Mas não seria uma viagem curta como nas outras vezes em que dirigiram juntos. Dessa vez eles viajariam para a cidade de Alba, no Piemonte, o que, de acordo com Antonio, levaria algumas horas, e os dois ficariam um tempo por lá.

Ela se acomodou, gostando do jeito como os dedos de Antonio roçaram nos dela antes que ele ligasse o motor. Já na estrada, Lily girou o corpo para que pudesse admirar a vista.

– Mesmo que a gente não descubra uma conexão com a sua família, acho que você vai adorar Alba – disse Antonio. – Eles também são famosos pelo vinho, então vamos precisar fazer uma degustação enquanto estivermos por lá.

– Seu pai me disse a mesmíssima coisa. Na verdade, ele recomendou especificamente que eu provasse o Sauvignon Blanc deles e, na volta, trouxesse minha garrafa preferida para ele.

– É um milagre que meu pai não tenha pedido que você trouxesse algumas das trufas brancas também!

– Ah, ele pediu. – Ela sorriu, olhando de soslaio para Antonio. – Assim como alguns pêssegos maduros, se conseguirmos achar algum.

Ele murmurou algo que Lily não compreendeu, mas que ainda assim a fez rir por causa do jeito cômico como balançou a cabeça ao falar do pai.

– E então, qual vai ser nosso plano quando chegarmos lá? – perguntou Antonio. – Você quer encontrar a confeitaria e começar a partir daí? Mostrar a receita pela cidade?

Lily não tinha certeza do que queria fazer, apenas uma sensação muito forte de que quando chegassem ao lugar tudo faria sentido.

– Acho que podemos perguntar para alguns moradores onde fica a confeitaria mais famosa da cidade. Com sorte, alguém vai reconhecer.

– Precisamos fazer o check-in até o final da tarde, mas temos muito tempo para as duas coisas.

– Você já reservou um hotel?

Ela estava impressionada, porque havia pensado que eles simplesmente encontrariam uma hospedagem qualquer quando chegassem.

– Não é todo dia que levo uma mulher bonita para passar um fim de semana longe de casa.

Lily achou que ele estava brincando, mas, quando percebeu a maneira como Antonio a encarava, se deu conta de que ele estava falando sério.

– Acho que você está levando a mulher errada – brincou ela, tentando devolver a piada.

– E eu gostaria que você conseguisse ver o que eu vejo – retrucou ele com uma expressão impossível de se decifrar, mesmo que Lily se esforçasse para examiná-lo, para olhar aquele homem que de certa forma havia conseguido, tão facilmente, fazê-la baixar a guarda.

Ela desviou o olhar, sem saber exatamente o que responder.

– Vamos ficar hospedados no Villa del Borgo – disse Antonio. – Acho que você vai gostar de lá. É uma mistura do charme moderno e do tradicional.

– Parece perfeito.

E parecia mesmo. Mas, por algum motivo, eles passaram a maior parte do restante da viagem em silêncio, Antonio aumentando o volume do rádio e cantando numa voz que quase a deixou com vontade de acompanhá-lo, se ao menos ela soubesse a letra das músicas.

* * *

Cerca de três horas mais tarde, eles chegaram a Alba, e Lily absorvia a paisagem, curiosa para conhecer aquela cidade italiana tão pitoresca. Tinha certeza de que já ouvira falar dela, ou talvez fosse uma das muitas regiões que estudara durante sua pós-graduação, mas não havia nada que tivesse reconhecido... ainda. Lily esperara sentir alguma coisa quando chegassem lá, talvez uma conexão, mas sabia que isso era improvável. Por que sentiria uma conexão com o lugar? Apenas porque sua bisavó talvez tivesse vivido ali?

– Há algumas construções bonitas para visitar se você estiver interessada em história antiga – disse Antonio. – É algo que gostaria de fazer, enquanto estivermos aqui?

Ela deu de ombros.

– Não exatamente. Estou interessada mesmo é no vinho e nas trufas, e em saber como são produzidos aqui. – Lily riu, nervosa. – Me desculpe se isso faz com que eu pareça sem cultura.

– Não, na verdade, isso é de certo modo reconfortante – confessou ele, dando um largo sorriso enquanto saía da estrada e entrava em um estacionamento. – Fico feliz por não ter tentado impressionar você com um tour. Eu teria me entediado à toa.

Depois que Antonio estacionou, Lily tirou da bolsa a caixinha que havia trazido, segurando-a com firmeza, como se pudesse perdê-la para sempre se não fizesse isso. Os papéis dentro dela eram os elos com o passado de sua avó, e ela precisava torcer muito para conseguir obter as respostas que estava buscando. Se não encontrassem nada, ela estaria num beco sem saída.

– Hummm, isso é estranho.

– O que é estranho? – perguntou Lily, observando-o examinar o celular.

– Achei o endereço da confeitaria familiar mais antiga da cidade. Eu pesquisei antes de sairmos, mas...

Ela ficou parada ali, ao lado dele, encarando a vitrine da loja vazia. O que quer que tivesse existido ali certamente não funcionava mais, e Lily sentiu um aperto no coração.

– Acho que fizemos toda essa viagem à toa – disse ela, desejando não ter se engajado tanto em descobrir o que significava a segunda pista.

Havia sido uma estupidez total ter ido ao Piemonte? Para seguir um rastro que nem mesmo existia?

– Ei – chamou Antonio, dando-lhe uma leve cotovelada. – Não vamos desistir assim tão fácil. Vamos perguntar por aí, era apenas um lugar por onde começar.

Ela o seguiu até uma floricultura algumas portas adiante, admirando uma variedade de belas flores de caules longos e buquês brancos, enquanto Antonio abordava um vendedor. O velho homem parecia ser o dono do estabelecimento, e os levou à calçada diante da loja enquanto conversava com Antonio, apontando para a rua.

– O que ele disse? – perguntou Lily, no momento em que o homem tinha se virado para voltar para a loja.

– Que a confeitaria mudou de endereço recentemente. Ela ainda é administrada pela mesma família, mas eles se mudaram para um prédio maior porque esse estava precisando de uma reforma.

Lily assentiu, mordiscando o lábio inferior.

– Então, o que você acha?

– Acho que devemos começar a andar – disse Antonio. – Ele me contou que essa era com certeza a confeitaria mais antiga da cidade, e que ela já vem de três gerações da família Barbieri.

De repente, pareceu que a receita estava queimando e abrindo um buraco na caixa e em sua mão.

– Então é para onde temos que ir.

Talvez não seja tão difícil, afinal. Será que estamos nos aproximando de uma resposta?

Ignorando sua tensão, ela começou a andar na mesma cadência de

Antonio, seguindo-o enquanto ele tentava encontrar a loja. Lily espiava ansiosamente dentro de cada prédio por onde passavam, até que ele acabou pegando a mão dela e lhe deu um sorriso tranquilizador. Deviam estar seguindo a pista certa, ainda mais se o negócio havia passado por tantas gerações – embora muitos negócios italianos bem-sucedidos fossem igualmente familiares. Talvez aquilo não significasse nada.

– Este é o lugar – anunciou Antonio.

Lily olhou para dentro, feliz em ver que não havia muitos fregueses. Não parecia ser nada fora do comum, com um enorme quadro-negro detalhando as bebidas oferecidas e um conjunto singular de prateleiras repletas de comidas que pareciam ser deliciosas. Se não desse em nada, pelo menos eles poderiam comprar alguma coisa gostosa para o almoço.

– Está pronta?

Lily respirou fundo.

– Pronta – respondeu ela, se forçando a caminhar até a porta e abri-la.

Mas, no momento em que se viu dentro da confeitaria, foi tomada por um grande nervosismo. O que Lily poderia fazer? Apenas empurraria a receita para a garota atrás do balcão e esperaria que ela apontasse na direção correta? Ou que dissesse se a reconhecia ou não? Será que ela deveria pedir para falar com o confeiteiro e mostrar a receita a *ele*? Agora que estavam de fato ali, parados dentro do lugar, o plano parecia ser, no mínimo, ingênuo. Como alguém ali seria miraculosamente capaz de solucionar o mistério do elo perdido entre suas pistas? De repente, tudo pareceu ser uma estupidez, e ela desejou que Antonio não tivesse sido complacente com a busca dela.

– Você parece preocupada.

Ela suspirou enquanto ele lhe tomava a mão.

– É porque *estou* preocupada. Estou começando a achar que isso foi um grande erro. O que eu vou dizer? Nunca devíamos ter vindo aqui.

O sorriso reconfortante dele a tranquilizou.

– No pior dos casos, não descobrimos nada e passamos dois dias de folga relaxantes num hotel cinco estrelas. Existem coisas piores na vida do que um plano fracassado, Lily. Não há nada com que se preocupar. – Ele deu de ombros. – Vamos apenas conferir se alguém pode nos ajudar, é simples assim, e aí vemos o que acontece. Se depois disso você quiser parar de investigar, então é o que vamos fazer.

Ele estava certo, mas ela sabia que se saísse dali sem nada, sem ter ao menos avançado um passo em sua busca, tudo teria sido uma incrível perda de tempo e energia. Tanto da parte dela quanto da de Antonio. Talvez Lily devesse ter largado as pistas em casa e percebido que algo deixado para sua avó 75 anos antes simplesmente não era da conta dela.

– Boa tarde – disse Lily quando chegou ao balcão, sorrindo para a mulher que estava atrás dele. – Você fala inglês?

A mulher sorriu e abanou a mão, como se para indicar que falava um pouco, então Lily rapidamente se virou para Antonio, que trocou algumas palavras com a moça em italiano. Seria muito mais fácil ele tentar explicar por que os dois estavam ali. Lily ficou olhando de um para o outro enquanto conversavam.

– O que você perguntou?

– Se ela era a proprietária – respondeu ele. – Ela não é, mas vai chamá-la assim que tiver atendido aquele cliente. A dona é a confeiteira.

Por fim, a mulher surgiu dos fundos, limpando as mãos num avental sujo de farinha, mas foram seus brilhantes olhos azuis que fizeram Lily se deter nela. Havia algo familiar neles, algo que a fez se perguntar se ela já a havia encontrado. Quando a mulher começou a falar, Lily ficou contente por poderem conversar diretamente em inglês, de modo que ela mesma poderia fazer as perguntas.

– Peço desculpas por incomodar, a senhora deve estar ocupada – disse Lily.

– Tudo bem. Algum problema com a comida? Como posso ajudar?

Lily sorriu.

– Ah, nenhum problema. Na verdade, estamos procurando uma pessoa, isso é tudo, e talvez a senhora possa nos ajudar.

A mulher olhou por sobre os ombros, e Lily falou rapidamente, preocupada em prender a atenção dela. Era óbvio que ela estava ocupada e não precisava dessa interrupção, principalmente por parte de uma estrangeira.

– Antonio, você poderia pedir café e algo para comermos? – indagou Lily depressa, esperando que assim pudessem pelo menos manter a atenção da mulher, como clientes.

Ele fez o que Lily mandou e se deslocou até o balcão. Em seguida, ela enfiou a mão na bolsa e sacou a caixinha, falando enquanto pegava o papel certo.

– Estou buscando uma conexão com a minha avó ou minha bisavó – explicou. – Me deixaram esta receita como uma das únicas pistas sobre o passado dela e me disseram para vir a Alba. A senhora poderia dar uma olhada e ver se a reconhece? Se faz algum sentido? Sei que isso parece estranho, analisar uma receita, mas vir aqui foi a única indicação que recebemos.

A mulher olhou para Lily como se ela fosse meio perturbada, mas lhe deu o benefício da dúvida e pegou a receita. A italiana lhe lançou um olhar demorado antes de se dedicar ao papel, e naquele momento Lily teve a certeza de estar fazendo as duas perderem tempo. Ela estava prestes a dizer isso, quando a mulher ergueu o olhar devagar, os olhos semicerrados e as narinas ligeiramente dilatadas, como se estivesse furiosa.

– Onde arrumou essa receita? – perguntou a mulher. – Isso não pertence a você.

Ela reconheceu.

Lily engoliu em seco, seu coração começando a bater mais acelerado.

– Isso pertence à minha avó – explicou ela, estendendo a mão para que a receita lhe fosse devolvida. – Acreditamos que foi deixada para ela por sua mãe biológica e, como eu disse, estou tentando descobrir o que a pista significa.

A mulher ficou com a receita agarrada ao peito, como se não tivesse a intenção de devolvê-la.

– Não acredito em você. Me diga como conseguiu isso. – Ela recuou alguns passos, como se de repente estivesse em posse de segredos de Estado, e a raiva em seu rosto era evidente. – De onde veio essa receita?

– Me desculpe, eu não queria chatear a senhora, mas preciso que me devolva o papel, por favor.

– A senhora reconhece isso, não é mesmo? – Antonio de repente apareceu ao lado de Lily. – O que isso significa para a senhora? Por que está protegendo o papel dessa maneira? Por que acha que a receita não pertence a Lily?

– Isso é da *minha* família – disse a mulher, os olhos flamejando de raiva. – Não sei como conseguiu esse papel ou por que veio até aqui, mas essa receita não deve ser mostrada a mais ninguém. Ela contém... – Seu rosto ficou lívido como a neve. – Quem mandou você aqui? Por favor, me diga quem mais tem uma cópia disso.

– O que tem de tão importante aí? – perguntou Lily, se esforçando para entender como uma receita desbotada em um pedaço de papel antigo provocou uma reação tão tempestuosa por parte de uma estranha. – Eu vim de muito longe. Se a senhora pudesse apenas me dizer...

– É uma receita que permaneceu secreta por gerações – contou a mulher, pedindo algo em italiano por sobre o ombro.

Lily achou que ela queria café, mas não teve certeza. Ela se moveu, incerta, mas a mão de Antonio em seu braço a tranquilizou. Talvez a mulher quisesse que sua funcionária chamasse a polícia, mas por quê? Por um pedaço de papel velho que ela achou que de alguma forma foi roubado?

– Você não fez nada de errado – sussurrou Antonio em seu ouvido. – Calma.

– Você mostrou a receita para mais alguém? – perguntou a mulher. – Quantas pessoas viram isso?

– Mais ninguém. Ninguém a viu e, pelo que sei, não existem outras cópias.

Não era exatamente a verdade, pois Lily a havia mostrado para poucas pessoas de confiança, mas não admitiria isso naquele momento.

– O papel contém segredos comerciais, estou certo? – perguntou Antonio, interrompendo. – Por que a receita é tão importante para a senhora? Queremos entender por que está tão irritada.

Os olhos arregalados da mulher confirmaram para Lily que ele estava certo. Decididamente ela *estava* irritada e preocupada que pudessem ter mostrado a receita para outro confeiteiro.

– Esta é a primeira confeitaria que procuramos. – Lily a tranquilizou. – E eu a mostrei para uma diretora do La Scala, isso é tudo. Foi ela quem...

– La Scala? – repetiu a mulher, a voz descendo uma oitava. – Você tem ligação com o La Scala?

Lily assentiu.

– Sim, mas... – Ela suspirou. – Veja bem, eu não sei ao certo qual é a ligação que tenho com o La Scala, como tampouco sei qual é a minha ligação com essa receita. É por isso que estou aqui. Então, se a senhora puder apenas me contar por que é tão importante, talvez...

– Posso confiar em você?

Lily levou a palma de sua mão ao coração, sentindo a mudança de comportamento da mulher.

– Sim, a senhora pode confiar em mim. Eu só quero saber o que isso tudo tem a ver com a minha avó. Perdi meu pai muitos anos atrás, e devo a ele e à minha avó a descoberta do significado disso tudo. Quero descobrir qual é a nossa ligação com essas pistas e por que essas coisas foram parar nas minhas mãos.

A mulher dobrou a receita e, depois de aparentar dúvida, finalmente a devolveu a Lily, a mão trêmula.

– Você precisa falar com meu tio – disse ela, seu olhar se alternando entre Lily e Antonio, antes de a mulher desaparecer atrás do balcão e anotar algo em um pedaço de papel. – Vá a este endereço hoje à noite, depois do expediente. Talvez às seis horas? – A mulher continuava hesitante, mas Lily se dispôs a confiar nela, agora que a irritação da italiana cozinhava em banho-maria. – Vou ligar antes e pedir que ele atenda vocês. Se você for quem eu acho que é, ele vai poder explicar por que você está aqui.

– Muito obrigada, estaremos lá – disse Lily, dobrando e guardando a receita de volta na caixa.

– Apenas me prometa que não vai mostrar isso para mais ninguém além do meu tio – pediu ela, dando um passo à frente e se aproximando de Lily. – Essa receita não pode parar nas mãos erradas, não depois de ter permanecido secreta por todos esses anos.

Lily não tinha ideia do que poderia haver de tão especial numa receita antiga, mas concordou imediatamente.

– É claro.

– Meu nome é Sienna, aliás – disse a mulher, estendendo a mão para cumprimentar Lily.

– Lily. E obrigada mais uma vez. Isso é muito importante para mim. Peço desculpas por termos aparecido no seu local de trabalho assim, sem avisar, e por eu ter chateado a senhora.

A mulher deu meia-volta e os deixou, mas a maneira como olhou por sobre o ombro, os olhos ainda arregalados, perturbou Lily. Era quase como se a italiana soubesse exatamente quem ela era, embora isso fosse impossível – só poderia ser a sua imaginação. Ou não? Será que sua pista representava algo mais para essa mulher?

Se você for quem eu acho que é... As palavras dela não paravam de ecoar em sua mente. Quem ela achava que Lily era exatamente?

– Café? – perguntou Antonio, trazendo-a de volta para o presente.

– Nunca precisei tanto de um como agora – admitiu Lily, agradecida por ele ter pedido as bebidas e a comida para viagem. – Vamos embora daqui.

Eles saíram da confeitaria e começaram a vagar pela rua, deixando o carro para trás enquanto passeavam e bebericavam o café. Lily pegou um doce da embalagem que ele ofereceu, dando uma mordida em um folhado de avelãs com chocolate.

– Ah, meu Deus, isso é maravilhoso – elogiou ela. – Já provou?

Antonio tirou um da embalagem e fez uma cara que dizia que estavam em perfeito acordo.

– Aquela receita não tinha avelãs? – perguntou ele.

Ela lambeu os dedos antes de pegar o papel da caixa novamente e segurá-lo para que pudesse ler. Antonio se inclinou na direção dela e apontou.

– Avelãs. E chocolate.

– Você acha que esta receita é disso que estamos comendo? – perguntou Lily. – Foi por isso que a mulher ficou tão incomodada por eu ter a receita? Talvez seja secreta e tenha sido passada de geração em geração.

– Eu não soube o que pedir, então escolhi o doce mais famoso deles, uma versão especial do *saccottini al cioccolato*. Talvez você tenha razão. Ela com certeza ficou muito chateada quando viu.

– Mas qual é a minha ligação com isso? Por que essa receita teria sido deixada para a minha avó? Que conexão haveria entre um bebê em Londres e a receita de uma confeitaria de uma cidadezinha na Itália? E com o Teatro La Scala, aliás?

– Sinceramente, não sei – confessou Antonio. – Mas você está chegando mais perto. Acho que ela sabe muito mais do que revelou. Na verdade, eu não ficaria surpreso se soubesse que a mulher já telefonou para o resto da família e que, neste exato instante, todos eles estão fofocando sobre isso. Pode ser um segredo que haviam guardado por anos... Eu tenho mesmo a sensação de que ela soube quem você era quando mencionou o La Scala. A fisionomia dela mudou assim que você falou sobre o teatro.

Lily recostou a cabeça no ombro de Antonio.

– Obrigada. Por estar aqui comigo. Fico muito feliz de não estar fazendo isso sozinha.

Ele passou o braço pelos ombros dela, pressionando-a suavemente enquanto passeavam pela cidade, e Lily se perguntou se de repente tudo começaria a fazer sentido em sua busca ou se apenas acabaria com mais pistas e nenhuma resposta.

20

MILÃO, 1946

Estee estava parada na esquina, um cigarro entre os lábios, dando uma longa e demorada tragada. Era um hábito que no passado havia deplorado, mas, quando os alimentos se tornaram escassos, fumar amenizava as dores no estômago, e desde então ela lutava para largar. Mas também ajudava a passar o tempo.

Tanto esforço para não vê-lo de novo...

Os dois haviam prometido que aquela seria a única e última vez, o encontro naquela noite fora algo excepcional, uma chance de relembrar o passado antes de seguirem em frente com suas vidas. Mas nenhum dos dois era muito bom em manter promessas. Não quando envolviam ficarem longe um do outro.

Ela o viu chegar, as luzes da rua iluminando-o e os olhos de Estee absortos nele durante alguns segundos, antes que Felix a visse. Ele era bonito, assim como eram os muitos homens que flertaram com ela antes da guerra e lhe mandavam flores, seus olhos escuros cheios de anseio, seus sorrisos prometendo bons momentos. Ela até mesmo havia recebido propostas de casamento, com garantias de uma vida confortável, exibindo anéis de diamante em caixinhas de veludo. Mas nenhum deles havia lhe interessado. Por que Estee abriria mão de sua célebre carreira de bailarina para se tornar uma simples dona de casa? Ela conquistara arduamente tudo em sua vida, e sua independência não era algo que estava preparada para sacrificar, não enquanto ainda fosse jovem o suficiente para dançar.

Até que Felix voltou, e de repente ela se imaginou sacrificando tudo.

– Estee – chamou ele, andando na direção dela. Tocou em seus cotovelos quando se aproximou e beijou suas bochechas.

Ela inspirou a fragrância dele ao ser abraçada, apoiando suas mãos no tórax dele conforme erguia o rosto. E, de repente, quando olhou para Felix, os lábios dele encontraram os dela. Estee o beijou de volta, os dedos torcendo o tecido da camisa dele, segurando-o para si por um momento, até se afastarem, sem fôlego.

– Quanto tempo nós temos? – perguntou ela, olhando ao redor para ver se estariam sendo observados.

Isso era ridículo, pois Estee sabia que ninguém que passasse por eles faria qualquer ideia de que o que estavam fazendo era um problema. Felix era proibido para ela, ou pelo menos deveria ser, e esse simples fato a deixava apreensiva. Mas a culpa por magoar a noiva dele não era suficiente para fazê-la parar de tocá-lo, de aconchegar sua cabeça no ombro dele, de entrelaçar seu braço no dele conforme caminhavam. Isso deveria parecer um caso, Estee *deveria* sentir vergonha ou culpa profundas, ou mesmo as duas coisas juntas, mas nada em relação a estar com Felix parecia errado. Como poderia?

– Temos a noite toda – respondeu ele, e Estee não deixou de notar o engasgo em sua garganta, o jeito como Felix a encarou ao dizer isso.

Os dois continuaram a caminhar e, embora tivessem planejado comer alguma coisa, não pararam, seus pés avançando num compasso lento e constante. Ela deveria estar exausta depois de uma noite de espetáculo, e seus músculos estavam doloridos, mas tinha um sentimento ameaçador de que, assim que parassem de se movimentar, o instante entre eles, a bolha, explodiria e desapareceria pelos ares.

– Estee, venho querendo perguntar uma coisa a você.

Felix pegou a mão dela, pressionando-a enquanto diminuía o ritmo de seus passos. Ela a pressionou de volta, sem saber o que esperar da cadência hesitante na voz dele.

– Você viria comigo para o lago de Como? Vou passar duas noites lá com a minha família. – Ele suspirou. – Quero que eles te conheçam, que entendam que há outra vida esperando por mim.

– Mas e a sua noiva? – indagou Estee, embora seu coração quase tivesse pulado de alegria. – Você já está comprometido. Vai partir o coração dela.

– E quanto ao meu? – perguntou ele com a voz rouca. – E quanto ao seu?

Estee baixou os olhos para seus dedos entrelaçados, não querendo imaginá-lo de mãos dadas com outra, deitado na cama com uma mulher que não fosse ela.

– E se a sua família não aceitar? E se eles me evitarem no momento em que chegarmos?

– Então, pelo menos, eu saberei que tentei. Desde o primeiro dia em que te vi no palco, eu soube que não poderia ir até o fim com essa história de casamento. Uma promessa quebrada é melhor do que um casamento destruído, não é? E mesmo que pudéssemos continuar nos vendo, se...

– Eu não o verei mais depois que estiver casado – interrompeu Estee. – Não posso continuar, sabendo que há uma mulher em casa esperando por você. Vai ser o fim para mim.

Ele assentiu e, quando pararam de caminhar, a pequena bolha em que viviam explodiu, exatamente como ela previra.

– O que sua família vai pensar? De mim? Ou sobre você mudar de ideia?

O sorriso dele era triste.

– Eu nunca mudei de ideia. Eles apenas não estavam preparados para me ouvir antes.

Ela estava cética de que alguma coisa mudaria, de que a família dele miraculosamente deixaria que ele escolhesse o próprio caminho, quando as promessas já haviam sido feitas tantos anos antes. Estee sabia como esses arranjos funcionavam, duas famílias negociando uma união sem nenhuma consideração pelas vidas que estariam no centro dela.

– Então vamos para Como – disse ela, forçando as palavras a saírem de sua boca, sem ter certeza se era corajosa o suficiente para enfrentar esse plano audacioso.

– Você vem? Acha que conseguiria tirar duas noites de folga?

Ela sorriu.

– É claro que eu vou. – *Se isso significa mais um fim de semana com você, mais alguns momentos roubados, é claro que eu vou.* – Se for no começo da semana, só tenho ensaios.

– Não será fácil, mesmo se forem receptivos à ideia – avisou Felix, passando os dedos pelo cabelo, preocupado com o plano. – Em primeiro lugar, eles sempre fizeram questão de que eu me casasse com alguém da nossa religião. Talvez peçam que você se converta ao catolicismo.

Estee não respondeu, mas também não estava inteiramente certa se aquela era uma pergunta.

– Eu ficarei em um quarto separado? – perguntou ela.

– É claro. Faremos tudo do jeito certo – disse Felix, os olhos brilhando enquanto falava. – Vou organizar tudo. Você só precisa estar pronta quando eu passar para pegá-la.

Estee sabia que era uma má ideia. Sabia que não havia nenhuma possibilidade de eles a aceitarem ou deixarem Felix romper o compromisso, mas também sabia que não poderia dizer não para ele. Talvez devesse parar de ser pessimista e acreditar que coisas boas pudessem acontecer com pessoas boas. Talvez ela é que estivesse errada.

– Venha – chamou ele, envolvendo-a com o braço quando eles voltaram a se mover, reencontrando seu compasso constante. – Não quero desperdiçar nem um instante do nosso tempo juntos.

Felix beijou a cabeça dela e Estee se aninhou no corpo dele, se perguntando por que, numa cidade repleta de bons partidos, ela se apaixonara pelo único homem que não poderia ter. O espelho de seu camarim era coberto de cartões e bilhetes de seus admiradores, e ela costumava sorrir e percorrê-los com o olhar conforme se avolumavam, no decurso da temporada de espetáculos. Ficava lisonjeada, mas nunca tentada.

No entanto, havia apenas um cartão na gaveta, escondido em segurança junto com seus pertences mais valiosos, e ele pertencia ao homem que naquele momento estava ao lado dela.

– Você gostaria de voltar ao meu quarto no hotel para passar a noite? – perguntou Felix, pegando-a totalmente de surpresa.

Quando Estee abriu a boca, sem conseguir proferir uma única palavra, pois não sabia o que dizer, ele pareceu muito desapontado.

– Eu não devia ter falado dessa maneira. Não quis dizer que nós, bem...

Ela riu.

– Não precisa se desculpar.

– O que eu quis dizer é que quero ficar com você por todo o tempo possível, e ficaria feliz em ceder minha cama e dormir no chão, se isso significar que vou ter a sua companhia a noite toda.

O calor nas bochechas dela a surpreendeu.

– Eu adoraria. Podemos apenas parar no meu apartamento, para eu levar algumas coisas?

Ele assentiu, e os dois voltaram pelo caminho que haviam percorrido.

– Onde você está hospedado?

– No Principe di Savoia.

Estee estremeceu ao pensar nos alemães que haviam transformado o lugar em seu quartel-general durante a guerra – naquela época, vê-los entrando e saindo do grande hotel era quase intolerável. Ele praticamente havia se mantido intocado durante a guerra, ao contrário do seu belo La Scala, que ficava nas cercanias.

Mas uma noite em qualquer hotel seria um luxo, e ela estava muito feliz por se hospedar ali, agora que os tempos de paz haviam voltado. Seu apartamento era confortável. Ele já era um lar havia anos, mas não era bem a residência com a qual havia sonhado quando ainda era uma jovem fantasiando com a vida que um dia poderia ter em Milão.

– Vamos pedir comida no quarto? – perguntou ele. – Se não estiver muito tarde? Talvez espaguete e champanhe?

Estee riu.

– Você sempre gostou de me engordar. Acho que algumas coisas nunca mudam.

Ela o deixou na rua por um momento enquanto subia correndo para fazer a mala, agradecida por morar sozinha, pois assim não precisaria dar explicações sobre aonde estaria indo tão tarde da noite. Sua reputação seria arruinada se Estee fosse vista com um homem que não era seu marido, entrando em seu quarto de hotel e ressurgindo apenas na manhã seguinte. Mas quem ela estava tentando impressionar?

Um tremor de animação a percorreu quando ela rapidamente colocou na bolsa seu pijama e um robe de seda, assim como uma muda de roupa para a manhã seguinte e a maquiagem. Estee agarrou a bolsa de lona e observou a si mesma no espelho, mal reconhecendo a jovem de bochechas coradas que a encarava de volta, antes de fechar a porta e voltar para Felix.

Se ela tivesse pensado um pouquinho mais no que estava fazendo, teria perdido a coragem.

*　*　*

Eles se deitaram juntos, ela debaixo das cobertas e com os travesseiros macios atrás dela, e Felix sobre a colcha, com a cabeça apoiada no braço. Tinha sido a noite perfeita, descontraindo no quarto, lançando os sapatos para longe e comendo espaguete na cama enquanto Felix a fazia rir como não acontecia havia muito tempo.

Estee mexeu os dedos dos pés sob as cobertas, sentindo contra a pele o luxo dos lençóis de ótima qualidade. Ela certamente poderia se acostumar a passar o tempo em suítes de hotéis cinco estrelas.

– Me conte sobre o seu trabalho – pediu ela, mudando o assunto da conversa de volta para ele, não querendo mais falar sobre dança.

Estee ainda amava dançar, mas, no fim das contas, era trabalho, e naquele momento ela queria imaginar Felix em seu dia a dia, os lugares que ele frequentava e o que fazia.

– Quero saber mais sobre essa receita de avelã de que você falou.

Felix sorria com facilidade e, quando a olhava, Estee se sentia verdadeiramente a mulher mais bela que ele já vira. Outros homens talvez dissessem as palavras corretas, mas tudo o que Felix precisava fazer era capturá-la com seu olhar.

– Minha família prosperou durante a guerra – admitiu ele, com um suspiro. – Não foi fácil, principalmente por causa do racionamento, mas nos tornamos famosos no Piemonte, e depois em outras regiões da Itália, quando passou a ser quase impossível comprar chocolate. A alta taxação das sementes de cacau nos impedia de continuar produzindo nossos folhados de chocolate, e meu pai ficou preocupado achando que teríamos que fechar as portas.

– Então ele criou algo diferente?

Felix pigarreou, baixando o olhar antes de encará-la outra vez.

– *Você* criou algo diferente, não foi?

Ele aquiesceu discretamente, e ela sorriu diante da sua modéstia.

– Trabalhamos juntos, mas meu pai estava ficando tão desesperançado com a pressão para salvar o negócio, sem falar em tudo o que estava acontecendo à nossa volta.

– Então, o que exatamente você criou? – perguntou ela, passando os dedos sobre os dele no lençol branco.

– Tínhamos avelãs em profusão e muitas delas eram cultivadas localmente, então experimentei misturar uma pasta de avelã com uns vinte por cento de chocolate. Era o suficiente para ser saboroso e, ao mesmo tempo, economizava nosso suprimento de chocolate, nos permitindo manter nosso negócio.

– Seus clientes aprovaram?

Ele deu um grande sorriso.

– Com certeza. Comecei fazendo substituições nas barras de chocolate, e depois num folhado doce recheado com a pasta de avelãs. Quando a guerra terminou, estávamos prontos para expandir os negócios, enquanto a maior parte dos concorrentes mal conseguia se manter. Para nós, essa pasta mudou tudo.

Estee se deitou e imaginou Felix provando alguns experimentos até que a pasta atingisse o ponto certo. Ela desejou ter estado ao lado de Felix enquanto ele trabalhava, para ter visto o lampejo de entusiasmo em seu olhar quando se deu conta da genialidade de sua ideia.

– Tive sorte de sair da guerra com vida e um negócio do qual cuidar – disse ele, agora de forma mais calorosa. – Mas mesmo sabendo quanto era afortunado, eu ainda não estava feliz. Alguma coisa estava faltando.

Ele não precisou dizer o que era, pois ela sentia o mesmo. Conseguira o trabalho dos seus sonhos, apresentava-se em um dos teatros mais renomados, mais bonitos de toda a Europa, mas foi apenas depois que Felix voltou para sua vida que Estee entendeu pelo que havia ansiado durante todo aquele tempo. *A peça que faltava na minha felicidade.*

– Me conte mais sobre essa pasta de avelã – disse ela, sem querer que a conversa voltasse ao tema do que poderia ter acontecido entre os dois.

Felix tomou impulso para se levantar e jogou as pernas para fora da cama. Foi até sua mala e voltou com uma embalagem. Estee ficou olhando para ele com curiosidade enquanto Felix a abria e a passava para ela.

– Você mesma pode provar e me dizer o que acha.

Estee sabia que deveria ter recusado. Depois de todo aquele espaguete, sem falar na taça de champanhe, ela estava quase explodindo e precisava tomar cuidado com a silhueta. Por outro lado, sabia quanto ele queria que ela provasse, então levou o doce aos lábios e deu uma mordida na beiradinha. O sabor dançou em sua língua, lançando uma onda de nostalgia dentro dela. Havia tanto tempo desde que se permitira saborear algo do tipo que aquele momento a levou imediatamente de volta ao seu quarto na infância, onde comia os folhados que Felix deixava para ela.

– É deliciosa – disse Estee, dando outra mordida, incapaz de se conter. – Felix, é absolutamente deliciosa.

Ele abriu um sorriso de alívio e voltou a se sentar ao lado dela, alongando-se e voltando a se apoiar em um cotovelo.

– Quero criar mais. Para ser sincero, é isso que eu amo fazer, mas recentemente meu pai voltou a se interessar pela empresa, e ele vê meu irmão como o cérebro da família.

– Então você foi posto de lado? – perguntou ela, os olhos se arregalando ao ver a tristeza no olhar de Felix.

– Não exatamente, mas me atribuíram um novo papel. Só que minha paixão não está aí.

Felix não precisou elaborar muito. Ela sabia o que ele queria dizer, que era apenas mais um aspecto de sua vida sobre o qual não era ouvido.

– O que você faria se fosse o responsável pela empresa? Ou se pudesse escolher um cargo para ocupar? – perguntou Estee, levantando a mão e passando a pontinha dos dedos pelo braço dele. – Podemos ser sinceros aqui, não podemos?

Ela o viu engolir em seco, a garganta travada, sem conseguir emitir qualquer som, enquanto ele lentamente voltava a olhar para ela, as sobrancelhas escuras franzidas.

– Quero continuar desenvolvendo esta receita e criar sabores, abrir mais confeitarias pelo país. Eu até cheguei a falar com meu pai sobre fazer produtos que as pessoas pudessem guardar em casa por mais tempo, algo que tivesse um prazo de validade maior.

– E seu pai não concorda com as suas ideias?

– Acho que ele não quer que eu assuma o comando no lugar dele. Ou talvez apenas não acredite na minha capacidade.

Estee não tinha uma resposta para lhe dar, mas não era isso que ele estava buscando.

– Não podemos deixar que ninguém leve embora os nossos sonhos – murmurou Estee. – Às vezes temos que tomar nossas próprias decisões, mesmo que não sejam as que os outros tomariam por nós.

Eles ficaram sentados em silêncio, um encarando o outro, com muitas coisas não ditas entre os dois.

– Seria errado se eu dissesse que já estou ansioso para irmos a Como? – gracejou Felix, deixando o peso da conversa deles para trás enquanto se inclinava para a frente e beijava Estee.

Ela deixou que ele fizesse isso, suspirando conforme seus lábios se moviam. Estava exausta e energizada ao mesmo tempo, seu corpo dolorido pelos árduos ensaios e pelas apresentações, mas também revivia ao toque de Felix.

As mãos dele desceram pelas costas dela, parando na altura dos quadris, os lábios dos dois se entreabrindo e depois voltando a se fechar.

– Você não pode continuar me dando comida – avisou Estee, e Felix pressionou suavemente sua testa na dela, a respiração deles acelerada. – Minha costureira vai ficar furiosa se tiver que fazer ajustes para minha barriga caber nas roupas.

Felix riu, segurando o rosto dela, a base macia do polegar sob o queixo.

– Eu te amo, Estee – sussurrou ele. – Eu te amo desde pequeno. Espero que você saiba disso.

Lágrimas umedeceram seus olhos, mas Estee lutou bravamente contra elas, tentando aproveitar o momento em vez de se perguntar quanto mais tempo os dois poderiam passar juntos.

Eu também te amo. As palavras estavam ali, mas ela não as pronunciou, ainda que passassem freneticamente pelos seus pensamentos. Mas Felix não parecia se preocupar com isso. A boca dele encontrou a dela de novo, seu beijo mais lento dessa vez, como se ele tivesse se lembrado de que teriam a noite toda, e não um breve momento roubado à beira do rio.

* * *

– Bom dia, linda.

Estee abriu os olhos devagar, aconchegando-se sob as cobertas, sua cabeça leve sobre o travesseiro. Ela se virou e se viu cara a cara com Felix, também deitado na grande cama do hotel, com a diferença de que ainda estava em cima das cobertas e suas roupas decididamente mais amarrotadas do que na noite anterior.

Nunca pensei que teria o privilégio de acordar do seu lado.

– Que horas são? – perguntou ela, bocejando, enquanto voltava a se aninhar ainda mais nas cobertas.

Eles haviam ficado acordados conversando até depois das duas horas da manhã, e ela poderia facilmente ter voltado a dormir.

– Quase nove – respondeu Felix, semicerrando os olhos diante de seu relógio de pulso.

– Nove? – Estee arquejou, afastando as cobertas, sem ligar para a timidez conforme corria na direção do banheiro. – Preciso ir. Estou atrasada!

Ela ouviu um farfalhar atrás dela antes de fechar a porta, vislumbrando seu cabelo todo bagunçado quanto entrou no banheiro, então lavou as mãos e jogou água no rosto. Não viu um rosto bonito olhando-a de volta, e ela precisava se apressar se quisesse chegar ao ensaio a tempo. Nunca se atrasara, e não era agora que começaria esse hábito.

Quando Estee reapareceu, vasculhando a bolsa para pegar suas roupas, ouviu uma risadinha indolente e ergueu os olhos.

– Você fica bonita quando está aflita.

– Eu fico rabugenta quando estou aflita – retorquiu ela, mas captou o sorriso dele antes de tirar as roupas da bolsa. – Vire para lá.

Ele seguiu a ordem e se virou, olhando para a parede e deixando que ela encarasse as costas dele enquanto se trocava, apressadamente jogando as roupas da véspera de volta na bolsa e fechando-a, antes de se lançar na direção dele.

Felix se virou e ela se empoleirou na beirada da cama, uma das mãos segurando a bolsa, a outra apoiada no braço dele.

– Eu queria que tivéssemos mais tempo – murmurou ela, se inclinando e dando um beijo na bochecha dele.

Ele segurou a nuca dela e puxou-a para os lábios dele. Seu beijo foi quente e lento, tranquilo, apesar da pressa dela.

– Dou notícias – sussurrou ele. – Mas já estou ansioso para Como.

– Eu também – sussurrou Estee contra os lábios dele, fazendo uma pausa antes de se permitir um beijo final.

Felix pegou sua mão quando ela se levantou, pressionando os lábios no pulso de Estee.

– Posso levar você ao teatro?

Ela balançou a cabeça, sorrindo de volta enquanto Felix olhava para cima, encarando-a.

– É claro que não!

Estee se virou, sem conseguir olhar para ele por mais tempo, sabendo como sua determinação facilmente cairia por terra. E, sendo assim, o que ela teria? Uma carreira destruída e nada mais. Por mais que Felix achasse que poderia mudar a cabeça dos pais dele, ela era realista. Não seria com Estee que ele se casaria e, a menos que ela se dispusesse a ser a amante dele na cidade – alguém a quem visitar quando ele estivesse entediado ou em uma viagem de negócios, mas descartada quando Felix estivesse com a mulher e os filhos –, eles simplesmente não tinham futuro.

Ela saiu do hotel suntuoso, olhando para trás no momento em que pisou na rua de paralelepípedos. *Vá*. Estee se forçou a colocar um pé depois do outro, mas toda vez que piscava, toda vez que fechava os olhos por apenas um segundo, tudo o que conseguia ver era Felix: tão amarrotado quanto os lençóis, o cabelo desgrenhado e aqueles belos olhos cor de chocolate a seguindo pelo quarto.

Eu também te amo.

Se ao menos Estee tivesse sido corajosa o suficiente para dizer aquelas palavras... Mas então seria a primeira vez na vida dela que as teria pronunciado. Sua mãe nunca falava como ela era amada, portanto Estee nunca tinha dito essas palavras de volta, e seu pai raramente lhe dirigia a palavra, a não ser para repreendê-la por seu comportamento ou dizer "bom dia" e "boa noite".

O teatro despontou na frente dela, e Estee endireitou os ombros, ergueu o queixo e se transformou na bailarina que era.

Estava na hora de dançar, e nada a distrairia de sua apresentação, nem mesmo Felix.

21

Dias atuais

—Este lugar é lindo – disse Lily, girando no quarto do hotel e absorvendo a visão.

Antonio estivera certo: era a mescla perfeita entre o moderno e o antigo, como dois mundos se fundindo.

Ela se deixou cair na cama enorme, afundando a cabeça no travesseiro de penas enquanto se livrava dos sapatos. Antonio tirou a camisa e os olhos dela se arregalaram, mas, para a decepção de Lily, ele vasculhou sua mala e sacou de dentro uma camisa branca limpa, levíssima, e a vestiu. Estava perigosamente lindo, a pele parecendo ainda mais dourada em contraste com o tecido branco.

– Precisamos sair em quinze minutos para chegar lá a tempo – avisou ele, se virando conforme abotoava a camisa.

Lily suspirou em silêncio para si mesma, se perguntando qual roupa deveria vestir. Um vestido? Jeans? Ela não fazia ideia, e estava começando a ficar aflita.

– O vestido azul belo – disse Antonio. – Aquele que você usou na festa da colheita.

Ela se apoiou sobre os cotovelos.

– Agora você consegue ler a minha mente?

– Pelo jeito, consigo. – Ele se sentou ao lado dela, pegando sua mão. – Você está nervosa?

– Eu estaria mentindo se dissesse que não.

– Não fique. – Antonio levou a mão dela até os lábios dele e murmurou contra a pele de Lily: – Use o vestido, você fica linda com ele. Estou com uma sensação boa sobre esta noite.

– É mesmo?

Lily suspirou dentro dos lábios dele quando ele a beijou, os dois engatando numa série de beijos vagarosos que a fizeram esquecer todo o nervosismo.

– Sim, eu tenho – respondeu ele, acariciando a bochecha dela. – Agora vamos, não queremos nos atrasar.

Ela suspirou de novo antes de finalmente rolar para o lado e sair da cama.

– Dez minutos?

– Dez minutos – repetiu ele.

Lily achou o vestido, feliz por tê-lo colocado na mala, e decidiu aceitar o conselho dele. Desapareceu dentro do banheiro com seu estojo de maquiagem, os ladrilhos frescos contra os pés dela enquanto andava silenciosamente até a pia. Ela se encarou por um momento, antes de se despir e colocar o vestido. Antonio tinha razão, era perfeito – sentiu-se bonita, principalmente sabendo quanto ele havia gostado da peça no corpo dela. Assim, teria uma coisa a menos com que se preocupar.

Ela tirou do estojo a base e um blush líquido, retocando o rosto até sua pele brilhar, e em seguida aplicou um pouco de rímel. Ajeitou o cabelo, decidindo deixá-lo solto ao redor dos ombros, e finalizou a maquiagem com seu batom vermelho preferido, em vez de deixar os lábios sem cor. Não havia passado despercebido para Lily que essa era a primeira vez na vida que deixava um homem lhe dizer o que vestir – a não ser quando era uma moleca de não mais do que 10 ou 11 anos e havia concordado em usar um vestido para o seu pai. Ela sorriu ao evocar essa memória, lembrando que ele lhe prometera o mundo se Lily usasse o vestido que sua mãe havia comprado para ela. Ninguém mais poderia tê-la convencido, mas, naquela ocasião, o pai receberia um prêmio importante pelo seu trabalho, e ela dera uma boa olhada no rosto dele – na esperança e no entusiasmo ali expostos – e decidiu que faria aquilo apenas uma vez. Para deixá-lo feliz, usaria o vestido de babados que sua mãe havia comprado.

Lily olhou para o belo e flutuante tecido do vestido que estava usando naquele momento. *Meu Deus, como estou diferente.*

Uma batida soou à porta, e ela borrifou um pouco de perfume no cabelo e nos pulsos, antes de dar um último sorrisinho para seu reflexo no espelho.

– Você está pronta? – chamou Antonio.

– Prontíssima.

Quando saiu do banheiro, Antonio assoviou baixinho e ela deu um giro.

– *Bellissima* – murmurou ele, estendendo a mão para ela e puxando-a para mais perto, mas Lily rapidamente colocou uma das mãos em seu peito para mantê-lo à distância.

– Se você arruinar este batom, é um homem morto – gracejou ela, passando por ele para pegar sua bolsa. – Vamos.

Antonio suspirou, mas ela o puxou. Pela primeira vez desde que chegara à Itália, Lily acreditava que estava perto de descobrir a verdade sobre o passado de sua avó, e mesmo o mais lindo dos homens não a faria se atrasar.

* * *

– Este é mesmo o lugar certo?

Ela passou a anotação para Antonio enquanto ele dirigia lentamente pela entrada da garagem.

– Com certeza – respondeu ele. – É aqui.

– Eu não esperava que fosse tão suntuoso. Você acha que Sienna também vai estar aqui?

Antonio deu de ombros.

– Não sei. Talvez. Ou talvez a gente encontre apenas o tio dela.

A propriedade era algo inesperado. Ela achava que eles visitariam uma casinha na cidade, mas aquela parecia conter vários hectares de terra, muitos dos quais cobertos por árvores.

– É linda.

Ela se inclinou para a frente quando a casa despontou, com dois andares e encoberta por uma espécie de videira verdinha, que trepava por toda a construção até chegar ao andar de cima. Mas ela não teve muito tempo para admirá-la porque, no momento em que Antonio parou o carro, a robusta porta da frente se abriu.

Lily inspirou profundamente e sorriu para Antonio.

– Lembre-se – começou ele. – Não importa o que aconteça, você está chegando perto. E prometo a você, se eles forem quem você está buscando, então vão te adorar. Não precisa se preocupar com nada.

– Obrigada – sussurrou ela, corajosamente saindo do carro e andando na direção do homem.

Ele era mais velho do que Lily imaginara, com a cabeça quase toda coberta por cabelos brancos e olhos escuros emoldurados por óculos pretos. Ela não viu Sienna, e seu estômago se revirou de nervoso quando ela se aproximou dele. Não era a primeira vez naquele dia que se perguntava se tinha feito a coisa certa quando decidiu ir a Alba.

– *Signore*, meu nome é Lily. Conheci sua sobrinha, Sienna, hoje mais cedo. Espero que o senhor esteja ciente de tudo.

Tinha uma sensação aflitiva de que eles estavam na casa errada, que aquele homem não teria nenhuma ideia de quem Lily era ou do porquê de ela ter aparecido em sua casa, mas essa sensação se dissipou no momento em que ele deu um passo à frente e beijou suas bochechas, cumprimentando-a.

– Sou Matthew – apresentou-se ele, depois de dar um aperto de mão em Antonio. – É um grande prazer conhecê-la. Por favor, vamos entrando.

Lily lançou um olhar de soslaio para Antonio, que sorriu e gesticulou para que ela fosse na frente, e em alguns instantes eles estavam parados no saguão da deslumbrante casa de campo, antes de o atravessarem e entrarem numa grande cozinha. O tamanho lembrava o da cozinha dos Martinellis, embora fosse mais moderna, com o aroma de tomates e alho crepitando – uma expressão de boas-vindas inconfundivelmente italiana.

– Lily, Antonio, esta é a minha esposa, Rafaella – disse Matthew, em inglês, quando uma bela mulher se virou na direção deles, o avental amarrado à cintura cobrindo um bonito vestido vermelho.

Ela limpou as mãos, e seu sorriso era contagiante.

– É um prazer tê-la aqui conosco – disse Rafaella, seu inglês mais forçado do que o do marido, mas igualmente impressionante. Lily estava grata por poder conversar com todos eles. – Meu marido ficou muito impaciente a tarde toda, esperando encontrá-la. Eu não o vejo animado com alguma coisa há muito tempo.

As sobrancelhas de Lily se ergueram em surpresa.

– Animado? Para me encontrar?

Sua curiosidade foi aguçada e seus batimentos começaram a acelerar.

Matthew sorriu, mas não revelou nada conforme andava até a bancada, onde pegou uma garrafa de vinho tinto já aberta.

– Pinot?

Lily assentiu.

– Sim, por favor.

Ele serviu uma pequena dose em cada uma das quatro taças grandes, passando uma para ela e depois outra para Antonio. Todos se sentaram, bebericando o vinho em um silêncio estranhamente confortável, antes que Matthew enfim começasse a falar:

– Lily, soube que você tem uma coisa que talvez possa pertencer à minha família. Você poderia me mostrar para que eu possa verificar?

– É claro. – Ela apoiou a taça de vinho e pegou a receita em sua bolsa. – Sienna me pediu que não a mostrasse a mais ninguém, e quero que saiba que ela esteve escondida por muitos anos, décadas, na verdade, em Londres. Eu praticamente não a mostrei a ninguém, e com certeza não a alguém que poderia ter qualquer interesse nela.

Ele pegou o papel da mão dela e leu, e sua mulher pediu licença para voltar para o fogão, mexendo em alguma coisa que lançou notas aromáticas divinas pelo ar. Lily notou que a mão de Matthew começou a tremer, mas ele não tirou os olhos da receita, parecendo ler e reler seguidas vezes.

– É o que você acha que é? – indagou Lily, impaciente para saber mais. – Você tem alguma conexão com essa receita? Ou comigo?

Os olhos de Matthew estavam cheios de lágrimas quando ele finalmente ergueu a cabeça, deixando o papel em cima da mesa e tomando as mãos dela nas suas. Lily não as recolheu, percebendo como a receita o havia afetado, a dor – ou talvez a alegria – brilhando em seus olhos enquanto ele pressionava os dedos dela. Ela não conseguia lhe atribuir uma idade, mas achou que beirava os 60 anos. Ele parecia ser muito mais velho do que a esposa.

– Isso foi deixado para a sua avó? – perguntou Matthew. – É por isso que você tem essa receita?

– Sim. Acreditamos que foi deixada por sua mãe biológica, antes que minha avó fosse adotada. Apenas muito recentemente tomei posse da receita, assim como de um fragmento de um programa do Teatro La Scala, que achamos que foi de um espetáculo em 1946. – Lily pigarreou. – Não sei qual é a conexão da minha avó com nenhum dos dois, nem como eles se conectam um ao outro. Tudo o que sei é que foram deixados para ela, e eu quero descobrir por quê.

Uma lágrima escorreu pela bochecha de Matthew, mas ele não soltou as mãos dela para secá-la. Em vez disso, olhou nos olhos de Lily.

– Eu poderia vê-lo? Você poderia me mostrar esse programa?

Lily assentiu, e soltou suas mãos lentamente. Ela pegou a caixa e tirou o programa de dentro dela, desdobrando-o e passando-o para ele. Lily deixou a caixa sobre a mesa, querendo que Matthew a visse, para entender onde as duas pistas haviam ficado escondidas todo aquele tempo.

– Como eu disse, não sei por que essas coisas foram deixadas para mim, ou melhor dizendo, por que foram deixadas para a minha avó, mas se houver algo que você possa me dizer, se realmente achar que talvez saiba quem foi minha bisavó...

– Lily, sua avó foi adotada em 1947?

Ela engoliu em seco quando ele segurou as mãos dela novamente, e Lily soube naquele momento que havia interpretado errado o olhar dele. Não era de dor ou de felicidade, era de esperança.

– Sim – sussurrou ela. – Os registros da adoção são de 1947.

– *Santa Maria* – murmurou ele, ao mesmo tempo que sua mulher deixou algo cair na cozinha, retinindo, e ele se levantava da mesa.

– Por favor, se há algo que possa me contar, se há alguma coisa que você saiba que pode me ajudar...

Será que Matthew *sabia* quem era ela? Quem era sua avó? Teria ele as conexões perdidas do quebra-cabeça que ela estava tentando montar?

Os olhos dele se encheram de lágrimas enquanto a encarava fixamente, como se houvesse visto um fantasma. Ao mesmo tempo, o corpo dela começou a tremer.

– Você sabe qual é a conexão, não sabe? – perguntou Lily, sem entender por que ele de repente havia ficado de pé. – Você sabe quem era a minha avó?

Ela se virou para Antonio, mas os lábios dele estavam franzidos, sua confusão tão evidente quanto a dela.

Dentro de alguns segundos, Matthew voltou, segurando dois porta-retratos que colocou cuidadosamente sobre a mesa, diante dela.

Não pode ser. A mulher era idêntica à sua avó, com o cabelo preto exuberante e lábios volumosos pintados de vermelho, formando um sorriso. A única diferença era que aquela trazia uma tristeza no olhar que Lily nunca vira na avó, como se o sorriso dela estivesse escondendo alguma coisa. A segunda foto era da mesma mulher, mas com o cabelo esticado para trás num coque muito bem preso, olhando para a câmera a partir do palco.

Ela era uma bailarina.

A companhia de balé do La Scala. Esta era a conexão. A mãe de Matthew fora uma bailarina do teatro!

– Lily, acredito que sua avó tenha sido a filha mais velha da minha mãe. Nascida fora do casamento, em 1947.

– É ela. – Lily arfou. – É inacreditável. – Ela pegou o primeiro porta-retratos, aproximando-o dela enquanto examinava o rosto da mulher, antes de erguer o olhar e encarar Matthew. – Ela é idêntica a minha avó. A semelhança é tão grande que na verdade até poderia ser ela.

Lily ergueu os olhos, incapaz de acreditar no que estava ouvindo, no que estava vendo.

– Esta é a mãe dela? A mãe da minha avó?

– Sim, acredito que seja – disse Matthew.

– E a receita? – Lily ouviu Antonio perguntar ao lado dela.

– Pertencia ao meu pai – respondeu Matthew. – E minha mãe, bem, era uma das únicas pessoas no mundo a ter uma cópia da receita, pois ele a havia confiado a ela. Assim que Sienna me contou que você a tinha em mãos, eu soube. Ele não a teria compartilhado com nenhuma outra pessoa além da mulher que amava, para garantir que a receita não se perdesse. Receio que ele tivesse medo de que poderia ser assassinado e quis se assegurar de que ninguém mais, a não ser ela, guardasse seus segredos.

A mão de Lily começou a tremer quando ela soltou o porta-retratos. Rafaella surgiu atrás dela, e sua mão quente tocou o ombro de Lily enquanto Matthew se sentava na cadeira diante dela. O toque era reconfortante – era o mesmo de uma mãe que conseguia perceber pelo que estaria passando outra mulher, mais jovem que ela.

– Sua avó era minha irmã, Lily. Sou o irmão mais novo dela – disse Matthew, inclinando-se para a frente e estalando um beijo afetuoso primeiro na bochecha direita dela e depois na esquerda. – O que faz de você, bela menina, minha sobrinha-neta.

22

ITÁLIA, 1946

Quatro semanas depois que o viu pela última vez, Estee esperava, de certa maneira, que Felix não viesse pegá-la. Não que não confiasse nas intenções dele, mas porque sabia como seria difícil orquestrar todo o fim de semana. A ideia de conhecer os pais dele a deixava fisicamente nauseada, a expectativa do momento em que eles colocariam os olhos nela era mais aterrorizante do que havia sido a sua primeira apresentação no palco do La Scala. Mas ela devia a Felix, e a si mesma, pelo menos uma tentativa.

Estee saiu do apartamento, um passo depois do outro, sem saber ao certo por que havia escolhido esperar do lado de fora, mas sem se dar ao trabalho tampouco de subir as escadas e voltar para dentro de casa. Os dias estavam cada vez mais quentes naquela época do ano e, enquanto o sol despontava alto no céu azul, a umidade a envolvia, e seu pescoço transpirava. Ou talvez ela estivesse entrando num estado de ansiedade, nesse caso o problema não seria o clima.

Ronc, ronc!

Ela pôs a mala no chão e ficou boquiaberta vendo o carro se aproximar. Era um conversível lustroso, vermelho-borgonha, que lhe pareceu novinho em folha. Felix abriu a porta e saiu, com um sorriso no rosto que Estee tinha certeza de que combinava com o dela. Ele estava vestindo uma camisa com as mangas arregaçadas, vários botões desabotoados, e ela sentiu os dedos coçando para desabotoarem mais um e fazerem surgir os pelos de seu peito.

– Quando você comentou que os negócios estavam indo bem... – murmurou ela.

O dar de ombros dele não a enganou: Estee sabia que o automóvel estava fora do alcance daqueles que não pertenciam às famílias mais abastadas de Milão, o que também a fez perceber que o experimento com as avelãs era um sucesso muito mais retumbante do que ele havia admitido.

– Pronta para a nossa viagem? – perguntou Felix.

Estee assentiu, esquecendo tudo sobre o carro quando ele pegou as malas dela e as colocou no veículo, conforme ela avançava a passos vacilantes.

– Você parece nervosa.

Ela riu, mal reconhecendo o som da própria risada.

– É porque *estou* nervosa.

O sorriso de Felix a surpreendeu, e ele envolveu a cintura dela enquanto a encarava.

– Você é bonita o suficiente para atrair o olhar de qualquer homem, e é uma das bailarinas mais famosas de toda a Itália. O mundo está aos seus pés, Estee – murmurou ele. – Se meus pais não te amarem, há algo de errado com *eles*, não com você.

As palavras dele a inundaram, mas por mais que fizessem sentido, ela ainda assim não se sentiu inclinada a acreditar nele. Sem mencionar o fato de que, se o plano fosse bem-sucedido, Estee estaria arruinando a vida de outra mulher. A noiva dele certamente não merecia estar no meio dessa história.

– Eu queria que fosse suficiente apenas *você* me amar – sussurrou ela em resposta.

Ele deu um beijo na testa dela antes de abrir a porta do carro para Estee. Normalmente ela era muito discreta com relação à sua vida privada, sem querer atrair olhares curiosos ou falatórios sem relação com a dança, mas não havia escondido muito bem o fato de que viajaria com um homem. Já podia imaginar os rumores se espalhando entre as senhoras mais velhas do bairro, enquanto observavam de suas janelas. Mas Estee decidiu não se importar, não naquele dia.

Ela se sentou no banco do passageiro, correndo os dedos pelo imaculado couro cor de creme do interior do veículo. Com certeza era o carro mais bonito em que já havia tido o privilégio de passear.

Mas o carro não deteve sua atenção por muito tempo. Assim que Felix se posicionou ao volante, ligando o motor e saindo pela rua silenciosa, ela só teve olhos para ele. A mão dele se manteve sobre a dela, o peso de seus dedos quase imediatamente acalmando seus nervos.

Ele piscou, fazendo-a rir, e ela se aninhou mais em Felix, conforme olhava fixamente para a estrada adiante, desejando que a viagem pudesse durar muito mais do que uma hora.

* * *

Quando chegaram ao lago de Como, o estômago de Estee recomeçou a se revirar, e ela olhou para o lado, grata pela brisa que soprava, já que a capota do carro estava abaixada. Devia ter amarrado um lenço em sua cabeça, pois, quando se olhou no espelhinho de maquiagem, pôde ver que seu coque alto já não estava impecável, os fios escapando.

– Seus pais já estão aqui? – perguntou ela, quando viraram em uma rua que os distanciava do lago.

– Na verdade, essa era uma parte da minha surpresa – disse Felix, olhando para ela de relance. – Eles só vão chegar amanhã.

– Amanhã?

Os nervos dela se acalmaram quase imediatamente.

Ele riu, embora dessa vez não tivesse tirado os olhos da rua.

– Temos o resto do dia e toda a noite para nós dois.

Estee se debruçou na janela e sorriu para si mesma, gostando da ideia de ficar a sós com Felix.

– Vamos ter que ser cuidadosos – advertiu ela. – Não quero que os funcionários do hotel contem para a sua mãe que nos comportamos de forma imprópria. Quero que ela pense que eu sou uma jovem respeitável.

Ele parou o carro e se virou para ela, a testa franzida mesmo sem conseguir esconder o sorriso.

– Você está me dizendo que *não* é uma jovem respeitável?

– Uma jovem respeitável teria passado a noite em um quarto de hotel com você no mês passado?

Felix se inclinou para a frente e tocou os lábios dela com os seus, pegando-a desprevenida. Ela começou a beijá-lo de volta, mas, quando se deu conta de que poderiam ser vistos, rapidamente o afastou.

– O que acabei de dizer sobre respeitabilidade? – indagou Estee, mantendo o braço entre eles, caso ele tentasse beijá-la outra vez.

Felix suspirou.

– Talvez eu devesse ter reservado um hotel diferente para ficarmos na primeira noite.

Foi então que ela se virou e viu o lugar onde estavam, absorvendo a visão deslumbrante do hotel. Mesmo do lado de fora, já dava para perceber como era especial.

– Seja bem-vinda ao Villa d'Este – disse Felix, abrindo sua porta antes de dar a volta no carro e abrir a dela. – Acho que você vai amar este lugar.

Estee tinha quase certeza de que iria, mas, justo quando estava admirando a paisagem pitoresca, um homem de terno apareceu para recebê-los e estacionar o carro. Ele prometeu levar a bagagem, e quando Felix ofereceu seu braço para ela, Estee o aceitou com alegria, seguindo-o pelos degraus e as portas do hotel mais elegante que já tinha visto. Lustres ornamentados pendiam do teto ridiculamente alto, e uma escadaria em curva chamava a atenção nos fundos do opulento saguão.

Estee se sentou em uma cadeira de veludo enquanto Felix os registrava na recepção e tomava conta de todos os detalhes. Ela se levantou quando ele voltou a se aproximar, sua mão na parte inferior das costas dela ao se dirigirem para a escada.

– Ficaremos em quartos separados, mas lado a lado. E me assegurei de que meus pais ficassem em um andar diferente.

Estee balançou a cabeça.

– Você realmente pensou em tudo, não?

– Vamos nos acomodar e depois faremos um passeio de barco no lago antes do almoço. Quero que seja um dia inesquecível, Estee.

Ela não lhe disse que, mesmo sem toda essa extravagância, teria sido impossível esquecer um único dia passado com ele. E, por um momento, ela se perguntou se não devia ter sido menos pessimista. Por que os pais de Felix não iriam gostar dela? Estee vinha de uma família respeitável, ainda que não fosse rica, e era admirada em toda a Itália e além por seu talento como bailarina. Havia trabalhado arduamente durante toda a sua vida, ganhando seu sustento e o da família, e não havia nenhum escândalo a esconder.

– Você está feliz? – perguntou Felix, franzindo a testa enquanto a examinava.

Estee sorriu para ele.

– É claro que estou feliz. Como poderia não estar?

Naquele momento, Estee viu a bagagem chegar, e Felix a deixou por um instante para falar com o concierge. Mas o que ela viu assim que ele se abaixou para fechar a mala a deixou sem ar: foi impossível não enxergar a caixinha de veludo que Felix tirou do bolso de seu paletó, guardando dentro da mala.

Seu coração começou a martelar quando ele se virou para ela, um grande sorriso no rosto. *Esse fim de semana não será apenas para conhecer os pais dele. Ele vai me pedir em casamento.*

Estee se esforçou para se acalmar quando Felix veio andando na direção dela, e devia ter conseguido disfarçar, pois ele não perguntou nada enquanto subiam a escadaria para os quartos. Estee entrou no dela e deixou a porta ligeiramente entreaberta para receber as malas. Atravessou o cômodo e foi olhar pela janela, admirando as árvores e as fileiras de parreiras que se estendiam à distância.

Ele quer que eu seja a esposa dele. Ela argumentara com veemência que não seria sua amante, mas nunca em um milhão de anos esperaria que Felix a pedisse em casamento, que lhe perguntasse se ela queria ser sua esposa. Será que ele já havia terminado o noivado? Como poderia estar desimpedido para lhe pedir a mão, se ainda mantinha o compromisso com outra mulher?

Naquele momento, Estee desejou ter uma mãe a quem se voltar para pedir conselhos, mas, ainda que a sua estivesse viva, nunca teria conversado com ela sobre esses assuntos.

Alguém bateu suavemente à porta e Estee se virou, de certa forma esperando Felix, mas constatando que eram apenas suas malas sendo entregues. Ela deu uma gorjeta ao homem, fechando depressa a porta e voltando-se para seus pensamentos.

Olhou para o vestido que usava e logo pensou que era de fato muito simples para passar o dia vagueando ao redor do lago de Como, sem falar que seu cabelo estava precisando de um novo penteado. E assim, na tentativa de parar de pensar no que iria ou não acontecer naquele dia, pendurou suas roupas e pegou seu vestido cor-de-rosa de verão preferido. Para combinar, passou um batom rosa brilhante e escovou os longos cabelos, deixando-os soltos, sabendo que Felix adorava vê-los desse jeito.

    O problema é que ela não conseguia parar de olhar para a cama grande e luxuosa, com seus travesseiros macios, e de se perguntar se passaria a noite esparramada ali sozinha ou se Felix iria querer se juntar a ela.

23

Ela nunca experimentara nada melhor do que tomar um *gelato* com Felix. O sabor do chocolate se intensificava na boca de Estee à medida que eles passeavam lado a lado, os raios de sol aquecendo seus ombros na volta do restaurante onde haviam almoçado. Primeiro, haviam bebido vinho e comido os melhores frutos do mar de sua vida, enrolando o espaguete enquanto riam e conversavam. Tinham muitos assuntos para pôr em dia, partes inteiras de suas vidas para compartilhar, como se até aquele momento houvessem segurado tudo aquilo, acreditando que nunca mais poderiam ter um futuro juntos. Mas o lampejo no olhar de Felix, o jeito como ele conversava com ela... Estee nunca testemunhara um otimismo tão sincero, e ele parecia contagiá-la.

O anel.

Ela pensava nele em vários momentos, se perguntando onde estaria, se Felix o havia levado consigo ou deixado no quarto. E depois Estee se punha toda aflita novamente, tentando imaginar como as coisas poderiam se resolver a favor deles.

Algo tão simples quanto a sua religião, ou a falta de uma, poderia impedir os pais de Felix de lhe darem sua bênção. Mas, por mais que não ser católica pudesse ser um obstáculo, não era nada em comparação a pedir que a família dele rompesse um noivado acordado quando Felix ainda era criança.

– Você está pensando sobre amanhã, não está? – perguntou Felix, seu ombro suavemente encostando no dela. – É por isso que está tão quieta?

Estee lambeu sua colher e o avaliou, a forma gentil com a qual ele a observava. Ainda havia algo diferente quanto a Felix: a maneira como ele a olhava, a maneira como ela se sentia notada. Ninguém mais em sua vida, com exceção de Sophia, a fizera se sentir daquele jeito antes. Os anos entre a partida do Piemonte e o bombardeio do La Scala haviam sido preenchidos por Sophia, sua incomparável e mais próxima amiga, a única verdadeira confidente que ela já tivera além de Felix. Mas era como se, na sua existência, Estee só tivesse direito a um deles, uma tendo sido levada antes que o outro pudesse retornar. O que ela não teria feito para ter os dois em sua vida!

– Eu só... – As palavras lhe faltaram.

Felix parou e tocou o cabelo dela com os dedos, acariciando-o com gentileza.

– Você precisa confiar em mim – disse ele com a voz suave, de um jeito que seria praticamente impossível não acreditar nele. – Eu pensei muito sobre tudo isso. Tenho uma resposta para cada hesitação que minha família possa demonstrar.

O *gelato* começou a escorrer entre os dedos dela. Estee assentiu, pois não sabia o que mais poderia fazer.

– Confie em mim – pediu Felix com uma piscadela, pegando a mão dela e limpando o chocolate com seus beijos.

Estee riu e puxou a mão, como se esperasse ver os pais dele os observando ou alguém que pudesse reportar seu comportamento. Mas, é claro, não havia ninguém, a não ser os outros turistas e os habitantes locais, imersos em suas próprias vidas e pouco ligando para o que ela pudesse ou não estar fazendo.

Naquele momento, os dois voltaram a caminhar, mais devagar ainda do que antes, ambos querendo estender o dia o máximo possível. Mas apenas alguns minutos depois estavam num táxi voltando para o hotel, e depois diante do prédio suntuoso que os esperava para abrigá-los novamente.

– Vamos andar só mais um pouco? – pediu Felix, estendendo o braço.

Estee assentiu.

– Nunca andei tanto em toda a minha vida, mas sim. Vamos caminhar.

O jardim era tão magnífico quanto o próprio hotel, a relva verde e ampla e tão minuciosamente aparada quanto as sebes que demarcavam o perímetro da área ao ar livre do edifício, e além delas ainda havia as árvores.

– Um dia quero ter uma propriedade como esta – disse Felix. – Não tão enorme assim, mas com campos até onde a vista pode alcançar, e cobertos com aveleiras. Quero produzir os ingredientes da minha pasta de avelã sem ter que depender de fornecedores. Quero poder dizer que cuido de cada etapa do processo.

Ela olhou para ele. O jeito como Felix pronunciara *"minha"* a surpreendeu.

– Você está pensando em se afastar dos negócios da sua família?

– Sinceramente, não sei – disse ele, mirando a paisagem enquanto ela examinava seu perfil. – Acho que quero estar preparado para qualquer coisa que possa acontecer.

Estee engoliu em seco, aproximando-se dele e acompanhando seu olhar. *Ele está se preparando para um cenário em que a família diga "não". Já está se planejando para o pior.*

– Estou um pouco cansada – comentou ela, ainda que sua mente nunca tivesse estado mais alerta. – Acho que estou pronta para cair na cama.

Ele lhe tomou a mão e os dois voltaram caminhando para o hotel, o silêncio parecendo mais solene do que jamais havia sido. Quando chegaram ao quarto dela, Estee parou e se virou para ele, segurando seu rosto e o beijando suavemente nos lábios.

– Obrigada pelo dia de hoje. Nunca me esquecerei.

As mãos de Felix tocaram os ombros dela, e então deslizaram devagar pelos seus braços até chegarem à ponta dos dedos dela.

– Eu a trarei para cá todo ano. Este pode ser o nosso lugar especial.

Estee abriu a boca para dizer alguma coisa, esperando que ele fosse pedi-la em casamento ali mesmo, mas, em vez disso, ele beijou a testa dela e deu um passo para trás.

– Bons sonhos, linda. Vejo você de manhã. Prepare-se para um café da manhã tardio.

Ela assentiu e abriu a porta, sorrindo para ele uma última vez. Então, fechou-a e se recostou contra a madeira, cerrando os olhos enquanto deslizava lentamente até o chão e largava sua bolsa ao lado. *O que estou fazendo aqui?* Ela acabaria com o coração partido, e tanto as suas fantasias quanto as de Felix seriam esmigalhadas no momento em que a família dele fosse informada dos seus sonhos.

Entretanto, aqui estou, seguindo um plano destinado ao fracasso.

Naquele momento, Estee se forçou a ficar de pé e tirou os sapatos. Respirou fundo, ajeitando os ombros e levantando os braços, firmando seu abdômen enquanto se preparava para ensaiar. Ela estava satisfeita por ter ficado com um quarto grande, pois a única maneira de se distrair do desastre iminente que ocorreria no dia seguinte era dançando.

De repente, sentiu que faria qualquer coisa para voltar para Milão, para o palco, o único lugar no mundo ao qual pertencia.

O único lugar no mundo onde deveria estar.

* * *

Na manhã seguinte, ouviu-se uma leve batida à porta do quarto de Estee, e ela se levantou, sonolenta. Na noite anterior, ela havia se enrolado na cama feito uma bolinha, com o travesseiro abraçado ao peito, pensando que o sono nunca chegaria, mas acabou vindo – e agora ela apenas desejava poder dormir por mais tempo.

Lançou um olhar para o relógio de pulso e viu que já passava das nove, então avançou depressa até a porta, torcendo para que não fosse Felix ali, esperando por ela. Ao ver uma bandeja de prata, escancarou a porta para pegá-la. Imaginou que ele houvesse providenciado que levassem o café da manhã para ela. Quando Estee a trouxe para dentro, apoiando a bandeja com cuidado na cama e levantando a tampa, descobriu um pão fresquinho, geleia e um folhado que parecia estar delicioso. Estee sorriu e o imaginou lendo atentamente o cardápio do café da manhã antes de decidir o que escolher para ela. De repente, notou um envelope embaixo do prato e o pegou.

Estee deslizou a unha sob o lacre e tirou de dentro do envelope uma folha de papel translúcida.

Estee, aproveite seu café da manhã e me encontre lá embaixo, ao meio-dia, para o almoço.

Beijos

Ela colocou o bilhete de volta na bandeja e pegou o folhado, incapaz de resistir. Normalmente, Estee prestaria mais atenção na quantidade de calorias que andava consumindo, determinada a não engordar nenhum grama sequer, mas estava se permitindo uma compensação por ter que enfrentar os pais de Felix mais tarde. Ela lançou um olhar para o pão ainda quentinho e suspirou, esperando ficar satisfeita depois de comer o folhado, pois seria quase impossível resistir ao pão.

Depois de um banho demorado, que não ajudou muito a acalmar seus nervos, e de muita indecisão sobre o que vestir, Estee finalmente estava pronta para descer. Havia se decidido por um belo vestido cor de lavanda que ficava justo na cintura, e prendera o cabelo folgadamente para trás, num penteado muito diferente daqueles que exibia no palco. Ela queria parecer elegante e suave, com os lábios pintados com um tom de rosa mais quente do que seu vermelho preferido. Deu mais uma olhada no espelho antes de colocar um sorriso no rosto. *Eu consigo fazer isso. Eles vão me adorar.*

Justo quando estava pegando sua bolsa e guardando o batom e o pó de arroz dentro dela, bateram com delicadeza à porta. Estee riu para si mesma, atravessando o quarto e alcançando a maçaneta da porta. Esperou que fosse Felix – ele não teria conseguido aguardar para vê-la, e ela não poderia estar mais feliz, pensando que ele resolvera buscá-la no quarto. Seria muito melhor descer nos braços dele do que sozinha, ainda mais com todo o seu nervosismo.

Estee abriu a porta, sorrindo ao dizer:

– Você não conseguiu ficar longe, não...

– *Estee*, certo?

Suas palavras fugiram da boca. *Então não era Felix*. Ela tentou não ficar boquiaberta diante da surpresa, e sentiu dificuldade de manter a postura apesar dos anos de experiência.

– Eu poderia perguntar se bati no quarto certo, mas estaria fingindo não saber exatamente quem você é.

– Sra. Barbieri – disse Estee, sua voz mal passando de um sussurro. – Não achei que fôssemos nos encontrar dessa maneira.

– Achei que pudéssemos nos conhecer antes de descer para almoçar – sugeriu a mulher, com tanta indiferença que Estee estremeceu.

– É claro – disse ela, tentando não gaguejar. – Apenas, ah, me deixe pegar a chave do quarto.

Estee se virou, não ouvindo a porta bater atrás de si e se perguntando se a mãe de Felix teria colocado o pé para impedir que se fechasse. Vasculhou o quarto à procura da chave, deixando-a cair antes de rapidamente a pegar de novo e guardar na bolsa. Suas mãos estavam trêmulas, e ela logo as fechou, não querendo que mais ninguém reparasse como estremecia, e imediatamente reincidiu em seu hábito de infância de afundar as unhas na palma das mãos.

Quando Estee viu de relance a mãe dele esperando, notou que ela sorria, mas não havia ternura em sua expressão, nenhum desvelo. Em vez disso, viu algo muito mais frio e calculado.

– Estee, gostaria que você conhecesse uma pessoa – disse a mãe dele, as sobrancelhas pontiagudas erguendo-se mais à medida que seu sorriso se expandia.

Assim que Estee pisou no corredor, seu coração se apertou. *Não, não pode ser*. Ela nunca a vira, mas, de certa maneira, sabia exatamente quem era a outra jovem, e suas bochechas se inflamaram pela vergonha que sentiu.

– Esta é Emilie. Tenho certeza de que meu filho mencionou sua noiva, certo?

A boca de Estee se moveu, mas nenhuma palavra saiu. Ela foi incapaz de emitir qualquer som.

Emilie, a mulher que ela tentara imaginar uma centena de vezes desde que soubera que Felix estava comprometido, ou talvez a mulher na qual tentara com tanta dificuldade *não* pensar, parecia estar tão sem graça quanto Estee.

– É claro. É um... um prazer conhecê-la, Emilie – disse ela, se recompondo.

Transformou-se milagrosamente na mulher que se apresentava no palco, na bailarina que fazia o público se apaixonar por ela a cada noite, durante toda a temporada. *A artista consumada*.

Estee pigarreou e encontrou o olhar da Sra. Barbieri, recusando-se a se sentir inferior, endireitando os ombros e erguendo o queixo.

– Por mais adorável que seja este nosso encontro, acho que vou voltar para o meu quarto – anunciou Estee, enquanto a outra jovem parecia querer que o chão se abrisse e a tragasse.

– Mas que bobagem – disse a mãe de Felix. – E arruinar esta surpresinha que eu preparei para meu filho? – Ela segurou o braço de Estee, as unhas se afundando dolorosamente na pele dela. – Está na hora de Felix aprender que suas ações têm consequências, embora eu admita que é bastante incomum a futura esposa conhecer a amante.

Amante? Lágrimas de raiva queimaram nos olhos de Estee. Era a isso que havia sido reduzida? A amante? A única coisa que sempre dissera que nunca seria?

Ela deveria ter se mantido firme e negado, deveria ter imediatamente repudiado o uso dessa palavra, mas aquela declaração provocou um choque muito grande, suas esperanças e expectativas jogadas para o alto no momento em que abrira a porta e vira a mãe de Felix ali. Parecia que brigar não adiantaria nada, e Estee e Felix poderiam muito bem resolver tudo de uma vez. Ela devia não apenas uma chance a ele, mas também deixar que ele visse a maneira como a mãe estava tratando a mulher que ele amava.

Uma vozinha sussurrou em sua mente e a fez olhar para a outra mulher da vida dele, a noiva, que não estava sendo tratada nem um pouco melhor do que Estee. *Será que ele a ama também? Será que Felix estava me enganando todo esse tempo com suas palavras de amor? Será que ele sussurrava as mesmas coisas para ela? Ou isso tudo é simplesmente um ardil cruel de sua mãe?*

Elas desceram a escadaria e Estee procurou enlouquecidamente por Felix. Mas quando ela o viu, seu coração se despedaçou. Ele estava de pé, conversando com outro homem, um largo sorriso no rosto, que se manteve por apenas um segundo, até seus olhos encontrarem os dela, até seu rosto ficar lívido. Estee viu como ele pediu licença e avançou alguns poucos passos vagarosos – a angústia em sua expressão já dizendo tudo. Os olhos dele mal buscaram sua mãe e sua noiva. Em vez disso, ele encarava Estee.

– Felix – chamou sua mãe, finalmente largando o braço dela e acenando para o filho. – Por favor, venha e me apresente propriamente a sua amiga. Ou devo dizer *amante*?

Ele avançou depressa e parou ao lado de Estee de forma protetora.

– Emilie, é um prazer vê-la, como sempre – disse Felix sem demora para sua noiva, dando-lhe um breve sorriso.

Ela assentiu em resposta, e Estee pôde ver como a jovem estava se sentindo, embora felizmente aparentasse estar mais sem jeito do que com o coração partido.

– Mãe, podemos conversar em particular?

A Sra. Barbieri observava o filho com frieza, e Estee se viu se perguntando como ela havia conseguido criar um homem tão gentil e caloroso. Mas talvez ela não tivesse sido sempre assim. Talvez Estee estivesse vendo em primeira mão como uma pessoa era capaz de mudar depois de acumular uma grande fortuna.

Antes que qualquer um pudesse dizer mais alguma coisa, o pai de Felix apareceu junto com um rapaz, que ela imaginou ser o irmão de Felix. Estee apenas reconheceu o pai porque já o tinha visto. Na primeira vez, no dia em que ela e Felix se conheceram depois de seu recital de balé, quando tinha 12 anos, e uma outra vez, do lado de fora da confeitaria.

– Acho que devemos todos dar uma volta. Aqui não é lugar para discutir assuntos de família – sugeriu o pai, tocando o braço de sua esposa.

Pareceu ter funcionado, pois ela imediatamente assentiu, e todos se viraram para caminhar do lado de fora, sob o sol brilhante.

– Eu sinto muito – sussurrou Felix, pegando a mão dela, mas Estee o afastou, cruzando os braços.

Não que estivesse com raiva dele, mas não via de que maneira dar as mãos contribuiria para melhorar aquela situação. Estee também sentiu compaixão pela outra jovem, perdida no meio do relacionamento deles, e não tinha nenhum interesse em desrespeitá-la.

– Vá ficar com a sua noiva – murmurou Estee. – Não é justo com a moça, ela merece mais respeito.

Felix a olhou fixamente, antes de passar por trás dela e ir até Emilie. Ela observou o jeito como ele falava com a jovem, a mão dele tocando na base das costas de Emilie como tantas vezes fizera com ela, e foi atravessada por uma pontada de ciúme.

– Filho, você nos deve explicações – disse o pai, quando por fim pararam de andar, longe o suficiente do hotel para que não pudessem ser ouvidos.

Felix deu um passo à frente, e Estee ficou parada, encarando-o, fixando-o na memória e desejando ter ido embora na noite anterior, para que as lembranças do tempo que passaram juntos pudessem permanecer puras e intocáveis, e não maculadas pela mãe dele.

– É a minha mãe que precisa se explicar – retrucou Felix, dando as costas para sua mãe enquanto falava. – Este fim de semana deveria ter sido para nós, para nossa família, para que eu pudesse...

– Emilie *faz* parte da família – interrompeu sua mãe. – Não é mesmo, querida? Você faz parte de nossa família desde criança.

– *Papà*, pedi que Estee me acompanhasse neste fim de semana para que eu pudesse apresentá-la propriamente – continuou Felix, e sua mãe o olhou como se estivesse prestes a ter um infarto depois de ter sido ignorada pelo filho. – Emilie e eu fomos prometidos um para o outro muito tempo atrás, mas estou apaixonado por Estee há anos e não posso me afastar dela por causa de uma promessa que você e *mamma* fizeram em meu nome, quando eu ainda era uma criança. Uma promessa da qual não participei e que não me sinto obrigado a cumprir.

– Filho, você está entrando num terreno perigoso – avisou seu pai, alisando a barba bem aparada. – Nossas famílias são sócias nos negócios. Isso é mais do que um casamento. Trata-se de família e honra.

– Eu já tomei minha decisão, *papà* – interveio Felix, antes de se voltar para Emilie. – Sinto muito mesmo, você nunca devia ter sido manipulada desta maneira. Nós dois sabemos que esta união nunca teria sido por amor, e fui sincero com você sobre meus sentimentos durante todos esses anos.

– Você está querendo dizer que vai terminar seu noivado com Emilie por uma bailarina qualquer? Uma bela sirigaita que você tomou como amante depois de vê-la no palco? Ela ao menos é católica?

Felix balançou a cabeça.

– Não, *mamma*, ela não é católica, mas Estee é uma das bailarinas mais talentosas de toda a Itália. Seria uma honra tê-la como esposa.

– Eu comentei que a *família* de Emilie está aqui? Você sabe como isso prejudicará a nossa relação com eles? – continuou sua mãe. – Como será a repercussão? Estamos aqui para comprar o vestido de noiva de Emilie, não para cancelar o casamento!

– Eu me lembro de você – comentou o pai dele de repente com Estee, cruzando os braços sobre a barriga proeminente. – Você é do Piemonte, não é? Saiu de lá para dançar no La Scala?

Estee assentiu.

– Sim, sou eu.

– E você está apaixonado por ela desde aquela época? Desde o Piemonte, quando era apenas um menino?

– Sim – respondeu Felix para o pai.

– Me desculpe, filho, mas por mais que eu desejasse compreender, você não pode abandonar seu compromisso com Emilie. Isso afetaria a família toda. No entanto, se você e sua noiva puderem chegar a um acordo em relação ao casamento, como geralmente é o caso...

– Eu não serei amante de ninguém, Sr. Barbieri – declarou Estee, sua raiva se reacendendo ao interrompê-lo, incapaz de se manter em silêncio por mais tempo.

– Hoje era para ser um dia para vocês conhecerem Estee, para eu explicar como...

Felix foi abruptamente interrompido.

– Nada mudará esta situação para nós, filho – disse o pai dele. – Você precisa decidir se quer continuar com isso, com esse *relacionamento*, ou se quer continuar a fazer parte desta família.

Felix ficou paralisado. Ele reagiu ao ultimato do pai com uma expressão que doeu em Estee. Ela esperava algo assim, mas o peso das palavras foi difícil de suportar. Se ele a escolhesse, estaria abrindo mão de tanta coisa...

– Se você me der um ultimato, então não terei escolha. Sairei do negócio da família e deixarei tudo para trás. *Vou* me casar com Estee, quanto a isso não há discussão.

– Que tal darmos um tempo para você considerar sua decisão? – perguntou o pai, balançando a cabeça como se finalmente se desse conta de que poderia perder o filho, de que pressioná-lo não o assustaria nem o faria aquiescer. – Não há necessidade de apressar as coisas. Podemos apenas avisar aos pais de Emilie que você está indisposto. Essas coisas têm que ser discutidas. Você precisa considerar as coisas de que vai abrir mão se escolher desistir desta união.

– Você realmente me expulsaria, pediria que eu me afastasse de nossa família? – perguntou Felix. – Depois de tudo o que fiz para recuperar nosso negócio?

– Felix? – interveio a mãe dele. – Você viraria as costas para a sua própria família? Está mesmo pensando nisso? Por esta, esta... *dançarina*? Esta *puttana*?

Chocada com as palavras da mãe dele, Estee decidiu dar meia-volta e sair dali. Não precisava participar daquela cena mordaz diante dela. Já tinha bastado, e não era justo que Felix a deixasse plantada ali, ouvindo a descarga de ódio que saía da boca de sua mãe.

– Você gostaria de vir comigo? – perguntou Estee a Emilie, mantendo uma voz suave ao se dirigir à mulher que ela supostamente deveria desprezar, mas que também era só uma vítima.

De certa maneira, ela se sentia culpada pelo papel que lhe cabia naquela situação toda.

A outra balançou a cabeça e Estee assentiu, compreensiva, ainda que tivesse ficado desapontada por Emilie achar que não poderia ir embora com ela.

– Peço desculpas por qualquer mal que eu possa ter causado a você – disse Estee em voz baixa, para que apenas Emilie pudesse ouvir.

E, com isso, deixou Felix para trás, esperando com todo o seu coração que ele a seguisse.

Achava que ia desatar em lágrimas, mas isso não aconteceu. A mãe dele podia achar que era melhor do que Estee por causa de sua posição social e de sua religião, mas ela sabia que podia andar de cabeça erguida. Havia trabalhado arduamente para conquistar tudo o que tinha na vida, era gentil com todos que conhecia e tinha muito amor no coração, apesar da forma cruel como a própria mãe a tratara, e não havia nada que a mãe de Felix pudesse dizer que a faria sentir que não era boa o suficiente.

* * *

Estee decidira almoçar para passar o tempo, sem retornar para o quarto após ter deixado Felix e a família dele. Foi apenas uma hora depois que, por fim, subiu a escadaria do hotel, com a chave pendurada no dedo.

Quando olhou para cima, caminhando pelo corredor em direção ao quarto, viu um homem sentado contra a parede ao lado da porta dela, a cabeça jogada para trás, os olhos fechados e as pernas ligeiramente dobradas, para não bloquear a passagem.

Felix.

Ela começou a andar mais devagar, absorvendo a visão, até finalmente parar na frente dele. Os olhos de Felix ainda não tinham se aberto, e Estee cuidadosamente se abaixou para que ficassem sentados juntos, quase sem se tocar. Estee pegou a mão dele, entrelaçando os dedos de ambos.

– Achei que você tivesse ido embora – disse ele.

– Eu nunca deixaria você – respondeu ela, sem ousar encará-lo.

– Peço desculpas pelo que eles disseram, pela minha mãe...

– Você não tem que se desculpar pela sua família – interveio Estee, finalmente se virando para ele, se derretendo no momento em que foi capturada pelo olhar de Felix.

A dor ali era palpável, e ela detestou pensar que talvez houvesse contribuído para aquela tristeza. Estee ergueu a mão, afagando a bochecha dele e descendo até o maxilar.

– Emilie também merecia ter sido mais bem tratada. Foi horrível a terem envolvido nisso tudo – comentou ele, se inclinando contra a mão dela. – Ela é uma garota excepcional, e eu queria ter contado sobre nós dois do meu jeito, em particular. Mas até isso minha mãe tirou de mim. Não acredito que ela até sabia sobre você, que você estava aqui. E eu achando que os surpreenderia no almoço.

Não havia nada que Estee pudesse dizer. Não importava como a mãe havia descoberto, e sim que ela sabia.

– Não tenho medo de me afastar deles, Estee – sussurrou ele. – Eu iria, eu *vou*, desistir de tudo por você.

– Eu nunca pediria que você se afastasse de sua família, Felix. Quero que saiba que sempre o amarei, mas você não deve fazer isso por mim.

Ele então pôs a mão em seu paletó, e ela prendeu a respiração.

– Estee, comprei este anel um dia depois de ver você no palco do La Scala, tantos anos atrás – contou Felix, segurando uma caixinha de veludo vermelho. – Já naquela época eu sabia que não poderia me casar com Emilie. Você é a única mulher que já amei.

Estee queria muito ver o anel, queria contemplar o diamante que ele havia escolhido para ela, e pensava nisso desde o dia anterior, mas, em vez disso, segurou a mão dele e delicadamente a fechou sobre a caixinha.

– Não – sussurrou Estee. – Agora não é o momento certo. Quero que você me peça em casamento quando estiver livre, depois que tiver tido tempo de pensar na sua decisão.

Felix olhou para ela flamejando de raiva, ou talvez de decepção, mas depois de alguns segundos deslizou a caixinha de volta para o bolso.

– Posso perguntar uma coisa?

Ela aquiesceu.

– Claro.

– Se eu a tivesse pedido em casamento primeiro, você teria aceitado?

As lágrimas até então ausentes rolaram de súbito pelo seu rosto.

– Sim, Felix. Eu diria "sim" mil vezes. Você é tudo o que eu sempre quis.

Ele se inclinou na direção dela e a beijou, com mais paixão, com mais urgência do que jamais havia demonstrado.

– Pare – pediu ela, esticando o braço entre eles para afastá-lo. – Aqui não.

Felix se levantou e estendeu a mão para ela, puxando-a para que Estee ficasse de pé ao lado dele, enquanto ela manuseava desajeitadamente a chave e a girava na fechadura. Ela esperou um momento, inspirando fundo e estremecendo, antes de abrir a porta, o corpo dele tocando no dela para que Estee se sentisse segura.

Virou-se, olhando nos olhos dele. Ia perguntar se ele tinha certeza daquela decisão, se Felix realmente queria dar aquele passo, mas o olhar dele lhe disse tudo o que precisava saber.

Eles se encararam, nenhum dos dois se movendo, até que Felix acabou avançando, eliminando a distância que havia entre eles, seus braços a envolvendo e a conduzindo para dentro do quarto. Estee não impôs nenhuma resistência, esquecendo-se de tudo que haviam enfrentado mais cedo naquele dia, rendendo-se aos lábios dele, às mãos que cobriam sua pele.

– Estee – disse Felix, mas ela não o deixou continuar, passando os braços ao redor do pescoço dele para mantê-lo próximo, para que assim não pudesse se afastar dela.

Felix andou com Estee para trás, e de repente eles estavam se jogando na cama, um emaranhado de pernas sobre a colcha macia, enquanto ela desabotoava a camisa dele.

– Você tem certeza, Estee? – sussurrou ele.

Ela segurou sua nuca, encarando-o fixamente antes de assentir.

– Sim.

Felix não precisou que ela dissesse outra vez.

24

Dias atuais

A noite havia sido simplesmente perfeita. Lily contara para Matthew e sua família sobre seu pai e o amor que os dois compartilhavam pela vinicultura, depois sentiu que enfim era chegada a hora de fazer algumas perguntas. Eles já haviam lhe contado muitas coisas, mas ainda restava uma vida inteira de busca por respostas.

– A minha bisavó continuou dançando? – perguntou ela, quando Matthew se inclinou para a frente e encheu as taças de vinho de todos. – Depois que deu à luz a minha avó?

Tinha muitas perguntas, queria saber inclusive como seus bisavós conseguiram ficar juntos apesar de todos os obstáculos que tiveram que enfrentar. Será que Felix havia mesmo se afastado da família como ameaçara fazer?

– Sim, ela continuou dançando, mas essa é uma história para outra noite – respondeu Matthew. – Hoje, quero lhe contar mais sobre nossa família, sobre o que essa receita representa para nós, e por que meu pai nunca a compartilhou com mais ninguém até que tivesse a própria família.

– E o motivo de eu ter ficado tão irritada quando a vi na confeitaria, hoje mais cedo – acrescentou Sienna. Ela havia chegado a tempo de jantar com eles, dizendo que estava curiosa demais e por isso não conseguira ficar longe. – Porque eu era uma das pessoas às quais Felix tinha confiado a receita, uma das pessoas que haviam se comprometido com sua memória, para que ninguém nunca a roubasse de nós.

Lily esperou, olhando de relance para a pista em cima da mesa. Ela nunca poderia imaginar que uma receita antiga anotada num pedaço de papel seria tão importante, mas, para aquela família, era muito valiosa.

– Nossa família se dividiu muitos anos atrás por causa do meu avô, seu tataravô – disse Matthew. – A família dele acabou construindo um dos negócios mais bem-sucedidos do mundo, mas não importa quanto tenham tentado, nunca foram capazes de copiar a receita do meu pai, que os tornou célebres aqui no Piemonte.

Os olhos de Lily se arregalaram.

– Então eu tenho um dos únicos registros?

– Você tem o único registro *escrito*, Lily – disse Sienna. – A receita foi passada de geração em geração de forma oral, o que garantia que ela nunca caísse em mãos erradas. Foi por isso que fiquei tão surpresa quando vi a receita escrita dessa maneira.

– E nós construímos nossa própria fortuna com base nessa receita – explicou Matthew. – Não é um império capaz de rivalizar com o dos outros Barbieris, mas é o suficiente para ser uma pedrinha no sapato deles e para sustentar toda a nossa família.

Então Felix deve ter dado as costas para sua família, afinal. Ou teria acontecido outra coisa que acabou por separá-los?

– Você pode ficar com ela – disse Lily, estendendo o papel, de repente sentindo que não lhe pertencia. – Não tenho a intenção de fazer nada com a receita ou...

– Obrigada – respondeu Sienna –, mas não temos o direito de pedi-la a você.

– O tempo todo, o que eu quis foi descobrir a conexão – explicou Lily, empurrando a receita para Sienna. – É sua. Por favor. A receita era apenas uma pista que me traria até vocês, tenho certeza disso.

– Pois então, esta receita... – disse Antonio, inclinando-se para a frente na cadeira. – Como ela se tornou tão secreta? Ou, mais importante ainda, *por quê*?

– A intenção nunca foi mantê-la em segredo – disse Matthew. – Meu pai criou algo sensacional, algo muito difícil de copiar, e se recusou a compartilhá-la com o pai ou o irmão depois de tudo que aconteceu.

– E essa foi a criação dele? Essa receita que temos aqui? – perguntou Lily.

– Exatamente. A pasta de avelã tinha apenas o suficiente de chocolate para torná-la doce, especialmente pela maneira como ele a confeitava dentro da massa folhada. Foi um fenômeno naquela época, e ainda hoje é muito popular na Itália.

– Depois que se afastou dos negócios da família, ele transformou a pasta de avelã e chocolate em algo muito maior, um produto que as pessoas podiam conservar em casa, dentro de um pote, exatamente como ele havia sonhado – acrescentou Sienna. – É a base do império do nosso lado da família. Por muitos anos, essa pasta podia ser encontrada no armário de todo italiano, e foi a única coisa sobre a qual ele e o pai haviam discordado em termos de negócios.

Enquanto ouvia Matthew falar, Lily quase conseguia imaginar Felix e sua família.

– Minha família é uma das maiores consumidoras de avelã no mundo todo, mas a outra parte dos Barbieris as utiliza ainda mais. Eles fazem chocolates muito famosos, que têm uma avelã inteira no meio. Em determinado momento, tentaram impedir meu pai de obter a quantidade de avelãs necessária, então o que ele fez? – Matthew apontou para a janela, e Lily olhou para fora. – Começou a cultivar as próprias aveleiras, aqui nesta propriedade, e aos poucos comprou mais e mais terras para convertê-las em plantações, a fim de garantir pelo menos a maior parte de sua matéria-prima. Quando meu pai enfiava alguma coisa na cabeça, não havia como pará-lo, e ele também criou o ambiente perfeito para as trufas.

– Ele também era apaixonado por trufas? – perguntou Lily.

– Ah, não, as trufas já são coisa minha – disse Matthew. – Minha paixão são as trufas brancas, produzi-las para restaurantes de toda a Itália e do exterior, assim consigo honrar a memória do meu pai fazendo aquilo que amo.

Lily absorvia as palavras dele. Matthew poderia estar falando sobre ela, com a única diferença de que ele havia encontrado uma maneira de honrar a memória do pai e, ao mesmo tempo, realizar os próprios sonhos, o próprio destino. Lágrimas encheram seus olhos quando ela se perguntou se foi aí que havia errado. *Mas eu adoro a indústria do vinho, certo? Ou será que foquei apenas no desejo de seguir os passos do meu pai?*

Ela rapidamente enxugou os olhos antes que alguém pudesse perceber.

– Lily, por que vocês não voltam amanhã para conversar mais? – sugeriu Rafaella. – Foi uma noite longa para todos, mas talvez possamos convidar o restante da família para conhecer você, o que acha?

– Seria incrível, muito obrigada. – Ela olhou para cada um deles. – Por tudo. Foi uma noite muito especial.

A mão de Antonio encontrou a dela sob a mesa, reconfortando-a.

– Até amanhã à noite, então – disse Rafaella.

– Antes de irem embora, quero lhe dar uma coisa – disse Matthew, desaparecendo da sala por alguns minutos enquanto eles se aprontavam para partir.

Lily estava abraçando Rafaella e Sienna quando ele voltou, com uma espécie de álbum debaixo do braço.

– Traga isto de volta amanhã. Acho que vai gostar de dar uma olhada nele.

Ela o pegou e lhe deu um beijo em cada bochecha.

– Obrigada. Significou muito para mim vocês terem sido tão acolhedores.

Momentos mais tarde, eles estavam acomodados no carro de Antonio, afastando-se da casa de Matthew, e de repente Lily não conseguiu mais controlar as lágrimas. Tentou ficar em silêncio, não querendo que Antonio a visse, mas ele parou no acostamento da estrada, ergueu o queixo dela e virou o rosto de Lily na direção do seu. Quando ele viu as lágrimas, imediatamente a abraçou.

– Foi muito para uma noite só, Lily – disse ele, acariciando o cabelo dela. – É natural que você esteja se sentindo assim.

Ela quis lhe dizer que era por causa do pai dela, que tudo o que Lily queria era tê-lo com ela à mesa ao lado de Matthew, os olhos dele encontrando os dela enquanto descobriam o passado juntos. Mas, em vez disso, Lily apenas deixou que Antonio a abraçasse, até ela finalmente dar um suspiro profundo e conseguir controlar as lágrimas.

Ele então a soltou, deu um beijo na mão dela e voltou a pegar a estrada em direção ao hotel.

* * *

No dia seguinte, Lily passeou de mãos dadas com Antonio, caminhando pela pitoresca calçada. Alba era bonita de um jeito que apenas a Itália sabia ser. Casas antigas com telhados de terracota e janelas com venezianas circundavam o vilarejo, ao lado de bares e lojas e que pareciam estar ali havia séculos. Sacadas de ferro forjado projetavam-se dos andares superiores de muitos prédios – possivelmente, apartamentos localizados em cima de cafés –, e as ruas eram abarrotadas de mesas bonitas e cadeiras, parte delas cobertas por toldos.

– Vamos encontrar algum lugar para comer? – perguntou Antonio.

– Sim, por favor – disse ela, sorrindo para ele.

Ele a encarou como se não tivesse certeza do que dizer, mas continuou segurando a mão dela enquanto os conduzia para o lado esquerdo da calçada, olhando os cardápios colocados na rua.

– Café ou vinho? – perguntou ele.

Lily consultou seu relógio, surpresa ao ver que já eram onze horas. *Como havia ficado tão tarde?*

– Café. Acho que estou precisando de um.

Ele continuou andando e então parou.

– Aqui está bom.

Os dois se sentaram e deram uma olhada no cardápio, mas por mais que corresse os olhos muitas vezes por ele, parecia que Lily não conseguia enxergar nada, a mente cheia de preocupações, as palavras parecendo borrões.

– Deixe comigo – disse Antonio, se aproximando e pegando o cardápio das mãos dela.

– Obrigada.

– *Frittata* ou algo mais leve?

– *Frittata*.

Fazia horas desde que comera pela última vez, e Lily estava faminta.

Um garçom apareceu e Antonio pediu dois *ristrettos* e duas *frittatas*, antes de se reclinar sobre a mesa e examinar o rosto dela.

– Como está se sentindo hoje?

– Estou bem.

Lily se sentiu constrangida ao perceber seu olhar, que demonstrava que Antonio não havia acreditado nela.

– Como você realmente está se sentindo?

– Em choque – admitiu ela. – É tudo muito estranho, eu nunca achei que de fato descobriria alguma coisa a partir dessas pistas. E não consigo parar de pensar que gostaria que meu pai estivesse aqui ou que minha avó pudesse ter conhecido seus irmãos biológicos.

– Mas *você* está aqui, Lily – disse ele com suavidade. – Aquela caixinha poderia ter sido destruída, e o conteúdo teria se perdido para sempre. Mas não foi o que aconteceu. Às vezes precisamos acreditar no destino.

– Você acha que meu destino era vir para cá e descobrir tudo isso?

Antonio deu de ombros.

– Talvez. O que quero dizer é: não fique pensando tanto nisso, apenas aproveite o fato de que você está aqui, em um belo restaurante. Desfrute da Itália.

Ela sorriu.

– Você esqueceu a parte do "com um belo homem".

Ele riu, parecendo muito à vontade ao lhe dar sábios conselhos.

– Então, o que vamos fazer hoje? – perguntou Lily. – Preciso parar de me preocupar com o encontro de mais tarde.

Os cafés chegaram, e ela inspirou o forte aroma ao erguer a xícara, ávida para dar o primeiro gole.

– Vamos comer e explorar a cidade, depois voltamos para o hotel para fazer amor e descansar – disse ele, dando um largo sorriso ao ver suas bochechas coradas. – Vamos viver o presente sem nos preocupar com o futuro.

– Como você consegue ser tão tranquilo com a vida?

– Eu não sou. Você me viu andando de um lado para o outro nos vinhedos durante a colheita. Mas aqui não podemos controlar nada. Aqui, apenas temos que viver o momento e nos divertir.

O celular dela tocou dentro da bolsa, mas Lily não o pegou. Não importava quem fosse, ela ligaria depois. Antonio tinha razão, ela precisava viver o momento e conhecer as pessoas que estavam surgindo em sua vida, as diferentes maneiras como a história da família dela estava sendo reescrita.

Lily se acomodou na cadeira quando o prato dela foi servido, pegando os talheres com avidez. Até então, havia adorado os deliciosos cafés da manhã italianos, mas comer uma *frittata* era quase uma compensação por ter se privado, desde que chegara à Itália, do seu desjejum preferido: ovos mexidos e cogumelos.

* * *

Uma hora mais tarde, enquanto Antonio conversava com um velho amigo que encontrara por acaso, Lily ficou perambulando e vendo as vitrines das lojas, até que tirou o celular da bolsa e notou que a ligação que deixara de atender mais cedo havia sido de sua mãe. Lily telefonou para ela imediatamente, precisando ouvir a voz dela e se dando conta de que naquele momento a mãe já estaria de volta a Londres. Parecia ter se passado uma eternidade desde que as duas haviam almoçado em Como, e de repente ela sentiu saudades.

Sua mãe atendeu:

– Lily!

Lágrimas rolaram no instante em que ouviu sua voz.

– Oi, mãe – murmurou ela, tentando dissimular sua emoção. – Como você está?

– Querida, o que houve?

– Eu só... – começou ela, respirando fundo.

Lily quis ligar na noite anterior, assim que voltou do encontro com Matthew, mas por algum motivo simplesmente não conseguiu.

– O que aconteceu? Me conte tudo! Teve sorte com suas pistas?

Ela quase conseguia visualizar sua mãe em casa, acomodando-se no sofá com as pernas dobradas. Isso fez com que Lily sentisse uma saudade que não costumava sentir depois de tantos anos vivendo no exterior.

– Nem sei por onde começar – confessou ela. – Eu mesma mal consigo acreditar.

– Você descobriu alguma coisa, não foi? Ou *alguém*? – perguntou sua mãe.

– Descobri toda uma família aqui, desconhecida para nós – explicou ela por fim, pigarreando e engolindo a emoção. – Durante todos esses anos, eles sabiam que a vovó estava por aí, em algum lugar, mas não tinham ideia de como encontrá-la. É tão surreal, e eu queria...

Sua voz começou a sumir, e Lily não foi capaz de pronunciar as palavras para a única pessoa que entenderia como ela estava se sentindo.

– Você queria que seu pai estivesse aí com você – completou sua mãe no lugar dela. – Agora que você os encontrou, queria que seu pai estivesse aí também.

Ela assentiu, mesmo sabendo que a mãe não podia vê-la.

– Eu também sinto saudades dele, meu amor. Toda vez que algo importante acontece, toda vez que você faz algo de que me orgulho, ele é a primeira pessoa a quem eu quero contar. Acho que esse sentimento nunca vai me abandonar.

– Mas agora você tem Alan, você seguiu em frente – sussurrou Lily, enquanto sua voz fraquejava.

– Seu pai foi o amor da minha vida, Lily. Ele *sempre* vai ser o amor da minha vida. Tudo o que tenho tentado fazer é não deixar de viver porque o perdi. Não porque eu não o amo mais.

Lily soltou um suspiro trêmulo e pressionou o celular no ouvido, se forçando a continuar o trajeto, pois não queria ficar ali parada.

– Eu precisava ouvir isso. Acho que eu precisava ouvir isso há muito tempo, mãe.

– E eu gostaria de ter falado isso antes, para que você entendesse como me sinto. – Sua mãe ficou em silêncio por um instante. – Agora me conte tudo. Não quero que deixe nenhum detalhe de fora.

Lily sorriu.

– Bem, na verdade, tem um homem...

– Um homem?

Ela praticamente podia ver sua mãe sorrir.

– Sim, um homem. E ele é muito bonito, muito charmoso – confessou Lily. – Não faço ideia se estamos vivendo uma mera aventura, mas ele é simplesmente...

– Delicioso?

Lily se virou para voltar pelo caminho e notou Antonio andando na direção dela. Era impossível confundir sua passada larga, a confiança com que se portava, ainda que sua aparência fosse casual, com uma das mãos dentro do bolso.

– Sim, *delicioso*. Na verdade, sem a ajuda dele eu nunca teria chegado até aqui. – Lily fez uma pausa, acenando para Antonio. – A vovó tem irmãos ainda vivos, você acredita? E sobrinhas e sobrinhos, parentes meus e do papai. É quase incompreensível que exista toda essa grande família aqui, da qual não sabíamos nada. Antonio me ajudou a dar sentido às pistas e acabamos parando na confeitaria certa, e o resto, bem, tudo apenas foi se encaixando.

– Então, o que você vai fazer? Ficar na Itália por um tempo? Quer que eu vá para aí?

Teria sido tão fácil dizer "sim" e pedir para a mãe pegar um voo... Mas ela sabia que era algo que precisava enfrentar sozinha.

– Sim, pode ser que eu fique, mas eu te aviso. Estou com muita saudade, mãe, mas acho que tenho que fazer isso sozinha. Tudo bem?

– Eu entendo perfeitamente. Mas me prometa uma coisa, sim?

Lily sorriu para si mesma, lembrando-se da última promessa que sua mãe a levara a fazer.

– O quê?

– Se você se apaixonar por esse homem, prometa que vai me deixar conhecê-lo. Algo me diz que esse é diferente dos outros.

– Ele é – disse Lily, quando Antonio começou a andar ao lado dela. Ela o olhou de relance, examinando-o, respirando seu perfume. – Ou talvez eu é que esteja diferente desta vez. Sinceramente, não sei, tudo está acontecendo rápido demais. Mas acho que é muito complicado para que um dia se transforme em alguma coisa mais séria.

– Lembre-se de me ligar todos os dias, agora que estou em casa – pediu sua mãe. – Quero atualizações diárias sobre os parentes que você está conhecendo, certo? E algo complicado não quer dizer que não pode acontecer.

– Prometo manter contato.

– Ah, e Lily?

Ela segurou o celular bem próximo à orelha.

– Seu pai ficaria tão orgulhoso de ver a mulher que você se tornou... Às vezes sussurro para ele no escuro, e conto sobre a jovem bonita e bem-sucedida que você é. Ele adoraria saber que você está aí, embora eu tenha certeza de que ele está te olhando lá de cima todos os dias, só te observando.

– Espero que sim.

– Bem, eu sei que sim. Adeus, minha querida.

Lily encerrou a ligação e colocou o telefone no bolso, virando-se para Antonio e sorrindo ao pensar no pai, presente em espírito. Sua mãe estava certa: ele adoraria saber que ela estava na Itália descobrindo suas origens, e ela precisava parar de se sentir culpada por estar ali no lugar dele. Nada que Lily pudesse fazer o traria de volta, mas ela poderia conhecer sua família – era a única coisa sobre a qual tinha controle naquele momento.

– Que tal um *gelato*? – perguntou Antonio quando ela apoiou a mão no braço dele.

– Acho que só existe uma resposta para essa pergunta.

– Muito bem, pois acabo de descobrir que há um lugarzinho logo ali que faz o melhor *gelato* que você já provou.

Ela inclinou a cabeça no ombro dele, lembrando-se das palavras de sua mãe enquanto caminhavam. *Seu pai foi o amor da minha vida, sempre vai ser.* Por algum motivo, ouvi-la dizer isso e entender que não era a única que ainda sofria a perda e o luto por seu pai provocou uma mudança dentro de Lily. Detestou saber que sua mãe ainda sentia a mesma dor aguda que ela, às vezes quando menos esperava, mas isso também fez com que voltasse a se sentir mais próxima da mãe. Talvez a distância entre elas houvesse se manifestado só porque Lily não havia compreendido os sentimentos da mãe durante todos aqueles anos.

– Chocolate, caramelo com sal ou pistache?

Lily estava devaneando, perdida em seus próprios pensamentos, e não havia nem mesmo se dado conta de que já tinham chegado à sorveteria.

– Caramelo com sal – respondeu ela.

Antonio conversava alegremente com o vendedor enquanto ele servia as bolas de *gelato* em copinhos, até que se virou para Lily.

– Você tem que prometer que vai me deixar provar – disse ele, erguendo uma sobrancelha e a fazendo rir. – Eu tive que pedir chocolate, mas esse caramelo com sal...

Ela mergulhou sua colherzinha no sorvete, levou-o à boca e então ficou extasiada, mergulhando-a novamente e estendendo-a para que ele experimentasse.

Antonio lambeu a colher e ofereceu um pouco do sorvete dele.

– O que você acha? – perguntou ele.

– Que o seu amigo estava certo. Esse *é* o melhor *gelato* que eu já provei na vida.

O que ela não contou é que talvez sua mãe também estivesse certa sobre outra coisa. *Esse homem é diferente, mãe.* Lily apenas não sabia ainda o que isso significava ou se os sentimentos de Antonio por ela poderiam um dia se transformar em alguma coisa mais permanente.

25

A quantidade de carros estacionados fora da casa de Matthew provocou uma onda de ansiedade em Lily. Será que estava preparada para conhecer tantas pessoas? Tantas pessoas desconhecidas, mas que, de certa forma, sentiam uma forte conexão com ela por causa da irmã cujo paradeiro haviam ansiado saber durante todos aqueles anos?

– Se você quiser dar meia-volta com o carro, eu dou – gracejou Antonio. – Você está parecendo uma coelhinha assustada.

– Eu *estou* me sentindo como uma coelhinha assustada!

Ele parou o carro e lhe lançou um longo olhar reconfortante.

– Você vai ficar bem. E se quiser ir embora a qualquer hora, apenas avise e nós iremos. Posso fingir que estou com dor de barriga ou algo assim.

– Você faria isso? – perguntou ela, achando impossível não rir quando ele a encarou com olhos de cachorrinho.

– Eu faria isso por você. Agora vamos. Estão todos desesperados para te conhecer.

– Como você sabe? – zombou ela.

Antonio apontou para a casa.

– Talvez por isso tenha tantos narizes pressionados contra as janelas lá em cima?

Ela seguiu o dedo de Antonio com o olhar, e o pavor tomou conta dela quando se deu conta de que era verdade. Ele segurou o cotovelo dela e forçou seu braço para cima, e então Lily acenou, hesitante.

– Vamos lá, eles vão adorar você.
Ela esperava que ele estivesse certo.

No fim das contas, Antonio *estava* certo. Lily havia sentido certa hesitação por parte de alguns membros da família, mas o restante a recebeu de braços abertos, e alguns minutos depois de ter chegado, ela sentiu como se sempre tivesse pertencido àquele lugar.

Havia também algo na refeição demorada que a lembrou da família de Antonio e da maneira como eles a acolheram tão depressa. Ela sorriu para ele, agradecida por ter sua companhia. Antonio se entrosou facilmente, mostrando ser capaz de conversar com qualquer um e sobre qualquer assunto, de vinho a trufas e até mesmo a produção de avelãs.

– Então nos conte, Lily, o que a trouxe à Itália, para começo de conversa? – perguntou Matthew.

Lily estava terminando de mastigar, observando as expressões de curiosidade dos outros membros da família, que a olhavam. Matthew e Rafaella estavam sentados diante dela; à sua esquerda, encontrava-se a irmã de Matthew, Carla; a outra irmã, Magda, estava um pouco mais afastada. Lily as achara um pouco menos comunicativas, embora não estivesse certa se isso se devia à dificuldade delas com o inglês ou a uma possível desconfiança que poderiam ter sentido em relação a Lily. O irmão de Matthew se parecia mais com ele, sempre sorrindo, assim como sua esposa.

– Meu pai morreu ainda novo, mas segui os passos dele e me tornei vinicultora – contou Lily, lançando a todos um olhar de relance ao perceber que a mesa inteira havia caído num completo silêncio. Apenas as crianças na mesinha ao lado ainda conversavam, sem dar atenção aos adultos e ao que estava sendo falado. – Tínhamos planos de um dia lançar nossa própria marca de vinhos e, antes de ele morrer, passávamos horas planejando meu futuro, *nosso* futuro, e os lugares aonde eu deveria ir para aprender tudo sobre vinhos antes de fundarmos nossa marca. Ele insistia para que eu viesse à Itália.

– Então foi uma coincidência o fato de você ter vindo para cá? – perguntou Rafaella.

– Bem, sim e não, acho – respondeu Lily. – Sempre soube que eu viria para a Itália para produzir vinho, para aprender o máximo que pudesse sobre a produção do Franciacorta, mas foi uma coincidência as pistas também me conduzirem até aqui. Acho que eu acabaria vindo atrás delas, mesmo que não fosse a trabalho.

Enquanto pensava sobre isso, concluía que tudo em relação a essas duas pistas era uma coincidência. O fato de Lily estar em Londres quando a reunião foi marcada, de ela mesma ter aberto a carta... foi como se o destino houvesse dado uma ajudada, por mais que ela se recusasse a aceitar a ideia.

– Quando você estava me contando sobre sua mãe, Matthew, eu mal consegui acreditar em todas aquelas coincidências – continuou Lily. – Pensar que eu estive no mesmo hotel em Como, no mesmíssimo saguão em que ela um dia esteve com Felix, é, bem... – Ela suspirou. – É surpreendente em vários sentidos. Até comer *gelato* e passear pelas ruas com Antonio me faz sentir que tudo isso estava predestinado a acontecer, eu acho.

Antonio sorriu para ela, e Lily conseguiu não enrubescer. Ele ainda lhe provocava um frio na barriga e fazia com que seu coração batesse acelerado, todas as vezes que os olhares dos dois se cruzavam.

– E você disse que nessa reunião havia outras mulheres em busca de suas avós? – perguntou Carla. – Você não achou tudo isso, como se diz, *esquisito*?

Lily conseguia notar a desconfiança no tom de voz da mulher e estendeu a mão para pegar a taça de vinho, dando um gole antes de responder. Ela conseguia compreender os motivos pelos quais Carla havia perguntado aquilo, não era despropositado, mas, ainda assim, a pergunta lhe causou desconforto.

– Gostaria que soubessem que eu não quero nada de vocês – disse Lily, tentando manter a voz calma. – Estou aqui apenas para honrar a memória da minha avó.

– É claro que está – interrompeu Matthew, lançando à irmã um olhar enviesado. – E quero que saiba que você é sempre bem-vinda aqui.

– Obrigada. Mas você está certa, tudo em relação à forma como acabei chegando até vocês foi incomum. Quase pensei em desistir de ir ao escritório do advogado naquele dia, mas estou muito feliz que, no fim das contas, minha curiosidade foi mais forte do que eu!

Aos poucos as conversas recomeçaram ao redor de Lily, e Sienna tocou na mão dela, se inclinando com um terno sorriso.

– Elas vão acabar se aproximando. Apenas precisam de um tempo para processar isso tudo – comentou Sienna. – É muita coisa junta.

– Eu sei – disse Lily, pegando o garfo e colocando a salada no cantinho do prato. – Só queria que houvesse um jeito de mostrar a elas que não vim para cá com nenhum objetivo predeterminado.

– O rompimento que meu avô causou na família tornou-se uma disputa amarga que continuou por décadas, e ainda existe no presente – explicou Sienna. – O litígio continuou até que Felix e seu irmão morreram, e as duas famílias acabaram estabelecendo uma espécie de trégua. Mas por causa das grandes quantias envolvidas em cada lado, imagino que isso tenha tornado todos os descendentes cautelosos. Foi exatamente por isso que eu fiquei tão surpresa no dia em que você me procurou com a receita.

Lily assentiu.

– Eu entendo, é claro.

– Nossa família não tem a fortuna exorbitante que o irmão de Felix herdou, mas o que temos é substancial o suficiente para querermos proteger.

Lily deu uma garfada na salada, digerindo as palavras de Sienna junto com a comida. Ela entendeu que levaria tempo para ganhar a confiança deles, mas também esperava que não demorasse tanto assim para perceberem que ela era bem-sucedida por mérito próprio, e que não esperava nem reivindicava deles nenhum bem material.

A conversa foi tomando outros rumos, e Lily estava grata pelo braço de Antonio movendo-se nas costas de sua cadeira. Ela se inclinou preguiçosamente na direção dele, aquecendo-se ao sol da tarde. O vinho tinha caído muito bem, mas naquele momento a estava deixando sonolenta, e ela poderia ter fechado os olhos enquanto relaxava recostada em Antonio. Certamente conseguiria se acostumar com o estilo de vida italiano – um belo almoço acompanhado de um bom vinho, seguido de uma soneca durante a hora mais quente do dia.

– Vamos ficar e aproveitar o resto da tarde ou está na hora de eu passar mal? – murmurou Antonio baixinho, aproximando-se dela.

Lily se aconchegou a ele, suspirando em seu pescoço.

– Obrigada, mas não precisa. Acho que podemos ficar mais um pouco.

– Muito bem, porque acho que eu estava certo quando disse que todos iriam gostar de você.

Ele beijou a bochecha de Lily quando ela virou a cabeça para trás, olhando para o céu azul e sem nuvens. Levaria tempo para todos aceitarem sua presença, mas tempo era algo que tinha de sobra, e se aceitasse a oferta para ficar na Itália como vinicultora assistente de Roberto, então teria meses ou até mesmo anos para conhecer a família, para que eles lentamente a acolhessem como uma deles.

– Todos esses anos meus pais procuraram a filha desaparecida deles, e eis que, de alguma maneira, sua bisneta em Londres encontrou o caminho até nós – disse Matthew, se movendo ao redor da mesa e colocando as mãos nos ombros dela. – É quase impossível de acreditar, não é? E no entanto, aqui está você.

– Não posso crer que todos vocês sabiam da minha avó, quando tantas famílias teriam mantido esse tipo de coisa em segredo – comentou Lily, quando ele puxou uma cadeira ao lado dela. – Eles realmente continuaram a procurá-la? Durante a vida inteira?

Toda a mesa caiu em silêncio de novo, e foi Rafaella quem se debruçou sobre ela, os olhos na direção do marido.

– Conte para eles – encorajou ela. – Conte o que vocês faziam todo ano. Ela precisa saber quanto isso é importante para todos vocês, quanto é importante que essa busca tenha chegado ao fim.

26

Matthew enxugou os olhos, reclinando-se na cadeira com uma taça de vinho na mão, a respiração ofegante.

– Sempre no fim do ano, perto da época do Natal, acendíamos uma vela para nossa irmã desaparecida – contou Matthew por fim. – Nossos pais costumavam rezar para que um dia conseguíssemos nos reunir, e todo ano pediam perdão. Quando crescemos, nos juntamos a eles nas orações, nos revezando para acender a vela. Eles formavam um casal lindo, muito apaixonado apesar das dificuldades que enfrentaram. Eram muito dedicados a nós, mas sempre havia uma tristeza naqueles primeiros dias do Natal, algo que minha mãe nunca foi capaz de esconder. E todos nós sentíamos falta da primeira filha deles, a irmã desaparecida que nunca conheceríamos.

Lily ouviu essas palavras com um grande pesar no coração. Conseguia apenas imaginar quanto devia ter sido torturante desistir de uma criança que obviamente fora fruto do amor, só para depois disso reatarem o relacionamento. Teriam eles se sentido como se de alguma forma houvessem sido punidos? Como tudo aquilo acabou acontecendo? Afinal, pelo que haviam lhe contado, Felix sempre esteve preparado para abandonar tudo por sua amada.

Ela observou as crianças brincando. Todas já tinham deixado a mesa havia algum tempo e agora corriam pela grama, no que parecia ser uma elaborada brincadeira de pega-pega, seus risos irradiando alegria. Era muita coisa para absorver – Lily de repente tinha uma grande família sobre a qual ninguém nunca soubera, o tipo de grupo enorme, impetuoso, que não poderia ser mais diferente do núcleo familiar no qual havia sido criada. Ela viu quando Antonio se levantou, indo se juntar às crianças e a alguns de seus pais. *O tipo de família que sempre quis ter.*

– A parte mais estranha disso tudo é que vocês todos cresceram sabendo que minha avó existia, mas ela mesma provavelmente não tinha ideia de que fora adotada. Eu acredito de verdade que ela teria confidenciado isso ao meu pai, se soubesse.

– Sempre faltou uma peça nesta família, e acredito que isso despedaçou meu pai até mais do que minha mãe – disse Matthew. – Acho que ele se culpou por não ter deixado seus pais mais cedo, por não ter ido atrás de minha mãe mais rápido. Se tivesse feito isso, nunca teria lhe causado tanta dor, nunca a teria levado a tomar uma decisão tão desesperada.

– Você se importa se eu perguntar como eles se reencontraram? – perguntou Lily. – O que aconteceu?

– Da mesma forma como você nos encontrou, acho que foi o destino – respondeu Matthew. – Tinha tudo para não acontecer, e de alguma forma aconteceu.

Lily deu uma olhada ao redor da mesa, para Matthew e Rafaella, e para os irmãos de Matthew, Carla, Magda e Silvio, ainda abismada com o fato de serem seus parentes, enquanto ponderava sobre a resposta dele. Matthew era de longe o mais jovem, o que significava que tinha os filhos mais jovens, mas os outros já tinham filhos e netos, que estavam espalhados pela área ao ar livre. *Todos eles, meus parentes.* Mas foi Antonio quem chamou sua atenção. Ela o viu ao longe, de pé na frente de uma árvore, as mãos cobrindo os olhos enquanto contava alto, perto de uma menininha com as mãos nos quadris que o observava como se esperasse pegá-lo trapaceando. Lily imediatamente gostou da menina – as priminhas formavam um mar cor-de-rosa, mas ela estava vestida com um tutu preto e botas pretas grandes.

– Há quanto tempo você e Antonio estão juntos? – perguntou Rafaella ao se sentar entre Lily e Matthew. – Ele parece adorável.

– Na verdade, não estamos juntos desse... – Suas palavras se perderam no meio do caminho. – Tenho trabalhado com ele nestes últimos meses como vinicultora assistente na vinícola de sua família e nos tornamos muito próximos em pouco tempo.

Lily não havia realmente respondido a pergunta, mas esperou ter satisfeito a curiosidade deles.

– Eu sempre me interessei por vinhos – disse Matthew. – Mas, quando encontramos esta propriedade, pude me dedicar ao meu amor pelas trufas. As aveleiras fornecem os nutrientes certos e os fungos para elas, então tivemos certo sucesso com nossas trufas brancas em particular.

Eles ficaram em silêncio por um momento, conforme Antonio pulava do seu esconderijo e começava a procurar as crianças, a brincadeira de pega-pega tendo se transformado rapidamente num pique-esconde.

– Lily, o que você sabe sobre os negócios da nossa família? – perguntou a irmã de Matthew, Carla. – Isso tudo foi uma surpresa para você ou já sabia quem nós éramos? Você sabia por que seu bisavô era famoso?

Ela pensou no conselho de Sienna antes de responder:

– Eu não sabia de nada antes de vir até aqui e conhecer seu irmão.

– Basta! – pediu Matthew, esmurrando a mesa. – O que nossa *mamma* diria? O que ela pensaria vendo você fazer uma pergunta dessas a Lily, quando nós finalmente a encontramos? Isso termina aqui.

Carla era muito mais velha que Matthew, talvez uns quinze anos, e se pôs de pé e começou a andar num passo lento, resmungando algo para si mesma em vez de responder à pergunta do irmão.

– Sinto muito – disse Rafaella, pegando a mão de Lily e pressionando-a. – Por favor, perdoe o comportamento dela. Acho que isso foi um grande choque para Carla.

– É um choque para mim também – comentou Lily. – Quando perdi meu pai, ficamos só minha mãe e eu, não tínhamos mais ninguém. Mas descobrir que temos uma família, e na *Itália...* – Ela balançou a cabeça. – Eu não fazia ideia de que ter recebido aquela caixinha e seguido as pistas acabaria significando tanto para mim.

Antonio estava voltando na direção deles, seu sorriso amplo quando os olhos encontraram os dela.

– Nossa família é a sua família, Lily – declarou Matthew, solene. – Você sempre será bem-vinda aqui em nossa casa, pelo tempo que quiser. Eu teria muito prazer em ouvir mais sobre minha irmã mais velha e meu sobrinho.

Antonio se juntou a eles, e Lily lhe serviu um copo d'água, entretida com a rapidez com que ele bebeu.

– Essas crianças são exigentes – murmurou ele. – Acho que vou ter que me esconder pelo resto da tarde.

Ela lhe serviu mais água no instante em que ele apoiou o copo vazio na mesa, a mão dela na coxa dele quando Antonio se sentou na cadeira vazia à esquerda de Lily. Era bom tê-lo ali, ela não conseguia se imaginar fazendo aquilo sozinha. O comentário de Carla a havia incomodado, mas ela entendeu a hesitação: havia aparecido do nada, e eles não tinham informação nenhuma sobre Lily. Ela também teria ficado ressabiada.

– Vamos abrir outra garrafa de vinho – anunciou Matthew, levantando-se e acenando para um de seus filhos, antes de ordenar alguma coisa em italiano. – Assim, consigo manter os dois aqui por mais uma hora, e você pode me contar sobre sua avó e seu pai. Quero saber de tudo.

Antonio parecia relaxado, acomodado na cadeira, as pernas cruzadas sobre o tornozelo, enquanto Matthew se inclinava para a frente com um olhar atento, em expectativa. Então Lily começou a contar sobre sua avó, sabendo que, se começasse pelo pai, não conseguiria parar. E à medida que as horas passavam, ela finalmente fez Matthew contar mais sobre Estee, e sobre como exatamente sua avó havia sido entregue à adoção.

27

LAGO DE COMO, 1946

Estee acordou com o sol entrando pela fresta da janela do quarto do hotel, e o aroma do café fez com que levantasse a cabeça do travesseiro. Ela agarrou o lençol ao peito ao se sentar, desacostumada a sentir o algodão contra a pele despida. Sempre havia dormido com sua camisola de seda. Lembranças da noite anterior voltaram à sua mente, ocupando seus pensamentos, e ela estava feliz por ter um momento para organizar suas ideias enquanto observava Felix, de costas, sentado à mesinha do quarto.

– Bom dia – disse ele, sem erguer a cabeça imediatamente.

– Bom dia – respondeu ela, desejando que o café não estivesse tão longe.

Estee não sabia ao certo o que ele estava fazendo, então se sentou e esticou o pescoço.

Felix finalmente se levantou e andou na direção dela, com uma folha de papel dobrada em sua mão.

– O que você está fazendo acordado tão cedo?

Ele se sentou na cama ao lado dela e pegou seu braço, puxando-a na direção dele enquanto lhe dava um beijo no cabelo.

– Quero que você fique com isso.

– O que é?

Estee pegou a folha, abrindo-a e examinando as palavras que ele tão cuidadosamente havia registrado.

– É a receita da minha pasta de chocolate e avelã. Estou trabalhando para aperfeiçoá-la ao máximo, e sou o único que a conhece. Até agora, ela só existia na minha cabeça, mas quero compartilhar com você.

Estee voltou a dobrar o papel.

– O que você quer que eu faça com isso?

– É uma promessa – disse Felix, segurando a mão dela. – Estou confiando esta receita a você porque é por meio dela que poderei ser bem-sucedido de forma independente. Meu pai pode continuar a fazer chocolates, pães e bolinhos, mas nunca saberá minha receita para esta pasta. Você é a única pessoa com quem vou compartilhar isso. Também anotei a minha versão do *saccottini al cioccolato* recheado com a pasta de avelã.

Estee assentiu, entendendo a enormidade do que ele estava fazendo por ela.

– Então você vai realmente se afastar de sua família? Vai terminar o noivado?

Ele pressionou a mão dela contra seus lábios.

– Sim. Eu disse que desistiria de tudo por você, e estava falando sério – disse Felix. – Só preciso de mais algum tempo para organizar minhas obrigações, então peço que você seja paciente, que espere por mim.

Estee estava sem palavras. Depois do que havia acontecido com a família dele e de terem passado a noite juntos, era quase impossível digerir tudo aquilo.

– Sua família não vai procurar você hoje? A família de *Emilie* não espera te ver?

Felix se inclinou e beijou os lábios dela.

– Deixe que eu me preocupo com eles. Apenas me prometa que vai manter essa receita em segredo. Você será a única pessoa além de mim a tê-la, e se algo acontecer comigo, não a entregue a ninguém.

– Eu prometo, é claro.

– Você vai esperar por mim? Pode ser que eu demore alguns meses para me desenrolar do meu noivado e dos negócios familiares, mas prometo que vou a Milão te encontrar.

– Tenho ensaios e o resto da temporada para concluir – disse Estee. – Terei muito com que me ocupar enquanto estivermos separados.

– Posso pedir mais uma coisa?

Ela assentiu.

– É claro. Qualquer coisa.

– Você me deixaria colocar este anel em seu dedo?

O grande sorriso no rosto dele a fez rir quando Felix exibiu o anel. Ela manteve o dedo em riste e deixou que ele deslizasse a joia, admirando o brilhante solitário.

– Não posso usá-lo assim, não até que você esteja desimpedido para me pedir em casamento. Não podemos desrespeitar a pobre Emilie mais do que já fizemos – disse Estee, suspirando enquanto cuidadosamente o tirava do dedo. – Mas vou levá-lo no pescoço até que você volte para mim, como uma promessa só nossa.

– Eu entendo. E, só para que você saiba, detesto ter magoado Emilie. Ela nunca devia ter feito parte disso. Eu devia ter terminado nosso noivado há muito tempo.

Felix tomou o anel dela e abriu o fecho do colar que Estee estava usando, deslizando a joia nele e depois o colocando com cuidado no lugar, antes de afastar o cabelo dela do pescoço e dar um beijo leve na pele de Estee. Ela o deixou fazer isso, alongando-se para o lado quando os beijos dele foram avançando pelo seu corpo.

– Você precisa ir – sussurrou ela.

– Eu sei, mas mal tomei café e tenho certeza de que não será nenhum problema se não me virem por mais uma hora.

Estee detestou pensar no que poderiam estar falando sobre ela, no que os pais de Felix pensariam se fossem procurá-lo e o vissem saindo do quarto dela com as mesmas roupas da véspera. Mas quanto mais ele a beijava, percorrendo sua pele delicadamente na altura do decote, mais difícil era resistir.

– Vamos nos casar numa cerimônia pequena quando tudo isso tiver terminado – murmurou ele. – Você será a famosa bailarina, e eu serei o famoso confeiteiro. Seremos conhecidos por toda a Milão, talvez até mesmo por toda a Itália.

– Gosto dessa ideia – sussurrou Estee enquanto se reclinava e o puxava com ela, os dois rolando juntos por entre os lençóis. – O confeiteiro e a bailarina.

– Apenas me prometa que vai esperar por mim. Por mais que eu demore até conseguir organizar tudo, vou até você, prometo.

– Eu também prometo – sussurrou ela em resposta.

O papel em que Felix havia cuidadosamente registrado sua receita roçou no quadril desnudo dela, e Estee tentou pegá-lo, mas ele escapou, esvoaçando e indo parar no chão.

Não se esqueça disso antes de ir embora. Ela tentou pensar no papel, mas os beijos de Felix eram incansáveis e, apesar de suas melhores intenções, Estee acabou não o colocando na mesinha de cabeceira.

* * *

Estee deixou Felix com um beijo demorado e a promessa de esperar por ele. Quando se despediram no quarto do hotel, ela se sentiu mais leve do que estivera em muito tempo. Passar a noite com Felix havia mudado tudo, assim como o anel pendurado em seu pescoço. Ela instintivamente o pegou e sentiu seu peso reconfortante, que naquele momento a lembrava das promessas feitas.

Às vezes se perguntava se eles haviam sido predestinados a se conhecer, se os trajetos de suas vidas haviam sido traçados de modo a inevitavelmente colidirem em algum ponto. Depois de todos aqueles anos ansiando por ele, parecia quase impossível que de alguma forma houvessem reencontrado o caminho de volta um para o outro.

Demorou mais de uma hora para que Estee chegasse ao apartamento dela em Milão, e ela passou a maior parte da viagem com a cabeça encostada contra a janela, vendo o mundo passar. Em boa parte do trajeto, os vinhedos tomavam quase toda a paisagem, e camponeses traziam enormes cestos de pêssegos para vender ao lado da estrada, o que a fez salivar.

Mas não demorou muito para que deixassem a vicejante paisagem para trás e estivessem de volta a Milão. Quando saiu do táxi, agradecendo ao motorista, ela imediatamente se sentiu em casa. A rua de paralelepípedos, o aroma da cidade e o barulho das pessoas em seus afazeres – essa era a *sua* vida fazia muito tempo. Estee nunca retornou ao Piemonte, nem mesmo para passar um feriado, desde que fora aceita na companhia do La Scala, tendo primeiro se hospedado com sua tia e depois se mudado para um apartamento com Sophia, assim que pôde pagar o aluguel.

Ela subiu para o apartamento, abrindo a porta e olhando ao redor. Tudo era familiar, mas nada se mantivera igual desde que Sophia morrera. Estee simplesmente fechara o quarto da amiga, sem querer lidar com os itens pessoais dela, sentir seu perfume ou ver a cama onde as duas costumavam se deitar juntas, dividindo seus sonhos e planos para o futuro. Sophia havia perdido a família na guerra, portanto Estee tivera de resolver tudo sozinha quando ela morrera.

Desde que Felix voltara à sua vida, ela mal havia pensado na amiga e se repreendia por tê-la deixado de lado. Sophia havia significado tudo para Estee por muitos anos, mas às vezes era mais fácil não se lembrar, não remexer na dor.

Se ao menos eu pudesse contar a ela sobre Felix. Se ao menos eu pudesse mostrar meu anel!

Estee abriu a porta do quarto de Sophia, sentindo no ar o perfume da amiga preencher suas narinas enquanto ela se sentava na cama e tirava o anel do pescoço, cuidadosamente colocando-o no dedo para que pudesse olhar para ele.

– Felix quer que eu me case com ele, Sophia – sussurrou Estee, suspirando ao encarar o diamante. – Ele quer que eu seja sua esposa.

Era surreal, mesmo após o fim de semana que haviam passado juntos. Depois de ficar sentada ali um pouco mais, ela se levantou e foi para o próprio quarto, abrindo a gaveta de sua mesa de cabeceira e tirando de dentro dela uma pequena pasta onde guardava documentos importantes. O passaporte dela estava ali, junto com sua carta original de admissão na companhia do La Scala e o programa da reabertura do teatro. Estee deslizou para a pasta a receita que Felix lhe havia entregado e fechou a gaveta, antes de olhar novamente para o anel. Tinha toda a intenção de colocá-lo de volta no pescoço, mas, como não havia mais ninguém no apartamento, não viu nenhum problema em deixá-lo no dedo durante a noite.

Perguntou-se o que Felix estaria fazendo naquele momento, enquanto ela colocava uma roupa mais confortável, decidindo alongar o corpo antes de preparar alguma coisa para comer. Ela voltaria à companhia de dança no dia seguinte e, depois de alguns dias fora, a última coisa que queria era sentir seus músculos rígidos e retesados.

Estee tocou sua barriga, arrependendo-se da enorme quantidade de comida que havia ingerido ao lado de Felix – embora, na verdade, não lamentasse nem um pouquinho.

28

Oito semanas depois

Estee saiu do palco e correu, mesmo ouvindo seu nome. Havia conseguido aguentar firme durante a apresentação, se recusando a ser ninguém menos do que a profissional consumada que era, mas tudo em que pensava naquele momento era chegar a tempo ao seu camarim.

Não conseguiu.

Dobrou o corpo, agarrando uma lata de lixo no corredor e, enjoada, esvaziou tudo o que havia no estômago. Ficou parada ali por um instante, ainda curvada, desesperada para se recompor. Acabou se endireitando e pegou a pequena lata de lixo, mal chegando ao seu camarim antes de vomitar outra vez, a bile subindo enquanto a pele ficava quente e úmida. Estee nunca se sentira tão indisposta em toda a sua vida, e a cada dia o mal-estar piorava. Durante a semana inteira, saíra correndo do palco toda noite, e na semana anterior não fora muito melhor. Não importava o que fizesse, até água ela botava para fora.

– Estee, você está bem?

Bateram suavemente à porta do camarim, e então outra bailarina apareceu atrás dela.

– Estou bem, só preciso de um momento.

– Tem certeza de que não é nada mais sério? – perguntou a menina. – Você tem estado enjoada por...

– Estou bem – interrompeu Estee com rispidez sem se virar, agarrando a lata de lixo até a porta enfim se fechar, os nós dos dedos brancos.

Ela se dobrou, vomitando outras vezes. Quando parou, convencida de que não havia restado nada em seu estômago, deixou a lata de lixo no chão e foi andando com passos instáveis até a sua cadeira, pegando o copo d'água que havia deixado ali mais cedo. Sua mão tremia, e ela lentamente bebeu um pouco antes de se acomodar na cadeira.

Estee olhou para si mesma no espelho, mal reconhecendo seu reflexo. O mero ato de aguentar firme e depois se sentir tão enjoada a havia exaurido, deixando-a com olheiras e sem o brilho pelo qual era conhecida. Naquelas últimas semanas, havia exigido mais do que nunca de si mesma, se lançando à dança num esforço de *não* pensar em Felix e em quanto tempo ele demoraria para voltar, mas Estee sabia que não era por isso que estava se sentindo indisposta.

Ouviu-se outra batida à porta, mais suave, e ela viu pelo espelho sua maquiadora entrando. Por anos Estee havia feito a própria maquiagem, mas agora ela e algumas bailarinas mais antigas da companhia tinham o luxo de contar com uma pessoa para ajudá-las, e ela sentia uma afeição particular por Marta.

– Você está enjoada de novo? – perguntou Marta, limpando a lata de lixo e colocando-a do lado de fora.

Aproximou-se e pousou as mãos nos ombros de Estee enquanto encontrava seu olhar no espelho.

Estee assentiu.

– Agora estou bem. Só preciso que você me apronte de novo e...

– As outras meninas estão comentando – disse Marta. – Você sabe que às vezes elas parecem abutres.

Ela se aprumou na cadeira, ignorando seu corpo quando o estômago começou a se revirar outra vez.

– Ninguém vai tomar meu lugar. Vou ficar bem, estou sempre bem.

Marta assentiu e se moveu para encará-la, passando o pó de arroz no rosto dela, aplicando um vibrante batom vermelho e retocando a área abaixo dos olhos para disfarçar as olheiras. Estee ficou apenas sentada, as costas eretas como uma vara, preparando-se mentalmente para mais uma hora no palco.

– Estee, você já pensou se por acaso poderia estar... – Marta recuou e olhou para a barriga dela. – Grávida?

– *Grávida?*

Estee arquejou e seguiu o olhar de Marta. Deixou a mão cair sobre a barriga, horrorizada. Seria por isso que havia engordado, mesmo pondo toda a comida para fora? Que a costureira delas havia resmungado baixinho sobre ter que alargar as roupas dela? Ela pensara que estava doente, que havia comido algo meio estragado.

– Minha irmã ficou enjoada assim quando teve os bebês dela, então apenas fiquei me perguntando...

Estee fechou os olhos, agarrando os braços da cadeira.

– Não, eu não posso estar. Não, quer dizer, não pode ser...

Marta se inclinou para a frente e enxugou levemente os olhos de Estee.

– Não chore. Nada vai te impedir de estar no palco, lembra? Não na última semana da temporada.

Estee assentiu, engolindo em seco, tentando afastar com toda a força o sentimento excruciante ao pensar no que Marta havia sugerido. Como podia ter sido tão ingênua? Como podia não ter se dado conta do que estava acontecendo com o próprio corpo?

– Por favor, Marta, não conte nada – implorou, segurando o pulso da maquiadora conforme ela terminava os retoques. – Posso confiar em você, não posso?

– Você pode confiar em mim para tudo, Estee. Nunca vou contar seus segredos, eles estão em segurança comigo.

Marta beijou o topo da cabeça dela quando o sinal do teatro ecoou pelo corredor do lado de fora da porta do camarim de Estee.

– Está na hora do espetáculo – disse Marta. – Você está linda como sempre.

Estee se levantou, apoiando-se na cadeira por um momento enquanto o camarim ameaçava rodar em volta dela. Já mais calma, transformou seu rosto na máscara impecável que havia aperfeiçoado para os espetáculos.

Estou grávida. As palavras continuaram a ecoar em sua mente enquanto Estee saía, ignorando os sussurros das outras bailarinas ao passar por elas.

Em pouco tempo, seu segredo seria descoberto, mas nada a impediria de terminar a temporada. Esse era o seu sonho, seu destino, e nem mesmo um bebê que precisaria ficar escondido do mundo mudaria isso. *Por enquanto*.

A única pessoa a quem contaria seria Felix, mas, mesmo assim, o faria pessoalmente. Sua carreira estaria acabada se alguém descobrisse. Ela escreveria uma carta e pediria que ele a encontrasse. Os dois juntos poderiam decidir o que fazer.

O público estava quieto, o burburinho havia se transformado em absoluto silêncio enquanto ela se preparava para o momento em que a cortina subiria novamente. E, quando a orquestra começou a tocar, ela se transformou na bailarina Estee, sua mente ocupada apenas com a necessidade de resistir, até que a cortina descesse mais uma vez.

* * *

Estee não conseguia se acalmar. Havia começado a andar de um lado para outro no apartamento, esperando Felix, mas ele já estava atrasado.

Ela havia escrito e pedido para ele ir até o apartamento dela antes do meio-dia e o avisara com uma semana de antecedência. Mas, além de uma carta que recebera dele uma semana depois dos dias que haviam passado juntos, Estee não tivera nenhuma notícia dele. Naquele momento, com seu espetáculo final marcado para aquela noite, estava numa encruzilhada e não tinha a menor ideia do que faria.

Estee pousou a mão em sua barriga, a curva sempre tão discreta praticamente impossível de esconder na silhueta esguia, agora que já completava dois meses e meio de gravidez.

Onde ele está?

Estee se sentou, olhando para a rua pela janela, procurando o rosto dele em cada homem que passava caminhando. Mas nada. O medo começou a borbulhar dentro dela, ainda que soubesse que era infundado. Felix havia pedido que Estee esperasse por ele, tinha dito que não sabia quanto tempo levaria para que conseguisse se desvincular de sua família e dos negócios, e ela não estaria preocupada se não fosse pelo bebê.

O bebê.

Ela se levantou novamente e recomeçou a andar de um lado para outro, observando o grande relógio pendurado na parede enquanto, num vagaroso tique-taque, os ponteiros avançavam tarde adentro. Não tinha jeito. Ele não viria. Ela podia pressentir que algo estava errado, que não veria o belo rosto de Felix naquela tarde, que não o testemunharia abrir um largo sorriso quando tocasse a barriga dela e descobrisse que eles estavam esperando um filho juntos.

Estee foi andando até a cozinha e olhou para o armário, sabendo que precisava preparar alguma coisa, mas sem conseguir reunir a energia necessária, e já estava um pouco tarde para comer antes de subir ao palco. Era a última noite da temporada, logo ela teria mais uma noite antes de decidir o que fazer. Já estava previsto que Estee faria um breve intervalo antes de recomeçar a trabalhar no teatro, preparando-se para a temporada seguinte, mas ela teria que inventar qualquer coisa que explicasse sua ausência. Com três ou quatro meses de gravidez, não haveria como esconder seu estado das outras bailarinas, que todos os dias viam o corpo umas das outras praticamente sem roupa.

Ela acabou se embrulhando num casaco bem quente e saiu do apartamento, tomando o caminho costumeiro para o La Scala e mantendo a cabeça erguida enquanto as lágrimas turvavam sua visão. Não havia nada que pudesse fazer quanto a Felix. Talvez algo tivesse acontecido ou talvez ele simplesmente não pudesse voltar para ela, embora Estee não suportasse pensar nessa última hipótese. Felix a amava, ela sabia disso, mas não era do feitio dele faltar a um encontro, especialmente quando ela havia enfatizado como era importante.

No teatro, Estee foi direto para seu camarim. Depois, se aqueceu e se deslocou entre os ensaios, a tarde passando num costumeiro borrão até que finalmente já estivesse na hora de voltar para o camarim depois do espetáculo. Ela estava agradecida que o enjoo tivesse, em grande parte, cessado naqueles últimos dias, mas o cansaço a estava exaurindo e ela precisava de um momento para si mesma antes de sair para celebrar o fim da temporada com as outras meninas. Às vezes, Estee sentia que as dançarinas apenas esperavam que ela falhasse ou se machucasse, todas desesperadas para ascender dentro da companhia de balé e assumir um papel melhor, mas, em épocas como aquela, elas eram sua família, e Estee precisava estar lá e celebrar com todas.

Seu camarim estava repleto de flores, mais do que o normal, dado que era o último espetáculo da temporada, mas um buquê em particular chamou sua atenção. As rosas eram brancas e de caules longos, e junto a elas havia um grande envelope. Estee o abriu, admirando as flores enquanto tirava a carta. Um maço de notas caiu com o papel, cobrindo o chão, e ela se curvou para pegá-las, perplexa ao se perguntar por que alguém lhe enviaria dinheiro.

Mas, no momento em que bateu os olhos no papel, ela quase desfaleceu, os dedos agarrados no dinheiro enquanto o choro crescia dentro dela.

Querida Estee,

Eu lhe escrevo com muita tristeza. Apesar das promessas de terminar meu noivado, percebi que devo honrar o acordo que fiz com Emilie e com a minha família. Estee, eu gostaria que as coisas pudessem ter sido diferentes, gostaria de ter conseguido deixar minha família para trás e começado uma vida nova ao seu lado, mas não posso abandonar tudo o que me é familiar. Não importa quanto eu a ame, simplesmente não é possível ficarmos juntos.

Nunca, jamais, me esquecerei de você, e prezo o tempo que passamos juntos. Por favor, aceite o dinheiro que mando aqui como uma demonstração de quanto eu sinto muito por isso.

Atenciosamente, Felix

– Não! – gritou ela, amassando a carta e arremessando-a pelo camarim.
Suas pernas se envergaram sob o peso do próprio corpo à medida que Estee caía no chão, segurando sua barriga e largando o dinheiro, que se espalhou ao redor dela.

Lágrimas irromperam, dominando-a por completo, enquanto as palavras na carta se repetiam sem parar em sua mente. Como Felix pôde fazer isso? Como ele pôde simplesmente lhe dar as costas? Como pôde quebrar sua promessa?

Estee ouviu risos do outro lado da porta e se forçou a ficar de pé novamente, para que ninguém a visse naquele estado deprimente. Ela conferiu sua aparência no espelho, limpando depressa a região debaixo dos olhos e vestindo seu robe, atando-o de um jeito folgado em volta da cintura de modo a não chamar a atenção para a sua silhueta.

Felix não virá. Ele me abandonou.

Mais tarde, ela passaria na festa da última noite de espetáculos e celebraria uma temporada de sucesso com as outras bailarinas. Depois, empacotaria tudo o que tinha e deixaria Milão, notificando o proprietário do apartamento e inventando uma desculpa para não permanecer no teatro nos meses seguintes. Estee precisaria criar uma oportunidade em outro lugar – talvez Londres –, para que parecesse vantajoso deixar o La Scala com a promessa de voltar para a temporada seguinte.

Londres.

Londres seria perfeita. Era longe o suficiente para que ela pudesse desaparecer até resolver o que faria. Estee tinha suas economias e o dinheiro do envelope, que ela precisaria aceitar para sobreviver – por mais que quisesse muito devolvê-lo imediatamente, junto com o anel que ainda carregava pendurado ao pescoço.

Seus dedos encontraram o caminho até a joia, como haviam feito todo dia desde que Felix lhe presenteara com o anel, mas naquele dia ela não se reconfortou nem um pouco com o gesto. Estee desejou arrancá-lo do pescoço e arremessá-lo pelo camarim, mas concluiu que poderia usá-lo para fingir ser casada e evitar perguntas.

Felix nunca saberia sobre a criança, assim como ninguém mais em Milão. Ela se asseguraria disso.

Felix se foi e nunca mais voltará para mim.

29

Dias atuais

—Ainda não consigo acreditar.
Lily se deitou na cama, aninhada no braço de Antonio, enquanto repassava sem parar os acontecimentos da noite. *Eu tenho uma família que nunca soube que existia.* Havia tentado telefonar para sua mãe, mas não conseguira falar com ela, e mal podia esperar para lhe contar sobre a grande família que havia conhecido. No entanto, por mais agitada que estivesse, ela sabia que para a mãe seria uma experiência diferente. Esse não era o passado dela – era algo que conectava Lily à família de seu pai, não à de sua mãe. E por mais devotada que a mãe houvesse sido ao pai de Lily durante o casamento e depois que ele morreu, mantendo sua memória viva, essa ligação com o passado dizia respeito apenas a Lily.

Ela devia ter deixado escapar um suspiro, pois os lábios de Antonio roçaram o cabelo dela.

– O que foi?

– Nada – disse ela. – Na verdade, tudo.

Ele deu uma risadinha.

– Imagino. Deve estar passando muita coisa pela sua cabeça neste momento.

Lily se aproximou mais dele, sabendo que não conseguiria dormir, por mais que ficassem deitados no escuro. Antonio havia deixado o abajur aceso ao lado da cama, e ela ficou encarando as sombras se alastrando pelo teto.

– Não consigo parar de pensar na mãe de Matthew, minha *bisavó*. Imagine viver a vida inteira querendo saber o que aconteceu com a filha? Pensando ter tomado a decisão errada quando a entregou para a adoção? Algumas vezes isso deve ter quase destruído o coração dela.

– Tenho certeza disso. Estou curioso para saber mais. É uma história e tanto.

– Eu também.

Lily suspirou e se remexeu, numa tentativa de ficar confortável, relaxar e acalmar a mente.

– Você sabe que deveríamos voltar para casa amanhã, não é? – perguntou Antonio. – Embora talvez você queira ficar aqui por mais tempo.

Ela subiu um pouco o corpo para olhar para o rosto dele. Foi como se ele tivesse lido a mente dela.

– Por que você diria isso?

– Me diga que não pensou nisso – disse ele, gentilmente, enquanto acariciava o ombro dela. – Você tem uma família que nem sabia que existia, e eles querem passar mais tempo com você. – O sorriso de Antonio era carinhoso. – E é uma conexão com o seu pai. Isso deve significar muito.

Lily respirou fundo, segurando o ar antes de soltá-lo vagarosamente.

– É tão estranho como me sinto conectada a todos... Sei que são pessoas adoráveis, e eu provavelmente teria gostado deles não importa de que maneira os tivesse conhecido, mas há algo na forma como me sinto quando estou com eles. Não sei se é imaginação ou se é porque de alguma forma eles me lembram o meu pai. Especialmente Matthew.

– Então acho que você já tem a sua resposta – retrucou Antonio, puxando-a mais para perto, de modo que Lily voltou a se aninhar a ele. – Meu pai vai entender, caso esteja preocupada com isso. Eles sabem o que você buscava quando veio para cá, e eu prometo que nada é mais importante para os Martinellis do que a família.

Preciso dar uma resposta para o pai dele sobre a oferta de trabalho.

Antonio desligou o abajur, tomando-a nos braços quando o quarto ficou escuro e dando um beijinho em seus lábios.

– Durma – sussurrou ele. – Você vai ter muito tempo para pensar sobre tudo isso amanhã de manhã.

Ela o beijou de volta, contente com o abraço dele e satisfeita por ter companhia enquanto descobria um passado que nunca poderia ter imaginado.

Levou apenas alguns minutos para Antonio começar a respirar pesadamente, com um ronco suave que indicava que ele havia adormecido. Lily se desvencilhou do abraço dele com cuidado e deslizou para fora da cama. Caminhou descalça até a escrivaninha no canto do quarto, contando com uma réstia de luz que entrava pelas frestas das cortinas e que era suficiente para impedi-la de tropeçar, e em silêncio acendeu a pequena luminária. Ela olhou para trás, satisfeita ao ver que não havia incomodado Antonio, e então se sentou e pegou o elegante bloco de papel de carta e uma caneta.

Lily queria mesmo ficar – Antonio havia lido seus pensamentos –, mas também queria escrever uma carta para o pai dele. Ela pediria que Antonio não a abrisse, que apenas a entregasse ao pai quando tivesse chegado em casa.

Seus sentimentos em relação a Antonio eram complicados – ela não estava acostumada a se aproximar tanto de alguém, a ter sentimentos tão profundos por outro ser humano a ponto de conseguir se ver ao seu lado no futuro. A única coisa da qual tinha certeza era a sua carreira. Sempre havia sido assim, e isso significava que Lily teria que dar à família Martinelli uma resposta formal em relação à oferta de trabalho. Um calafrio percorreu sua pele. Sentada ali descalça e de pijama, ela se inclinou para a frente com a caneta na mão e começou a escrever.

* * *

– Bom dia, linda.

– Que horas são? – perguntou Lily.

Ela era madrugadora por natureza, e o trabalho apenas reforçava seu comprometimento em acordar cedo a cada manhã, por isso Lily se surpreendeu ainda mais por ter dormido até tarde.

– Quase dez – disse ele, lhe passando uma xícara de café. – Achei que você precisaria disso.

Lily resmungou e pegou a xícara, agradecida, sentando-se na cama e dando um gole no café.

– Obrigada. Fiquei acordada até um pouco mais tarde.

Encontrar as palavras certas acabou levando bastante tempo.

Ele apontou na direção da mesa, para o envelope fechado endereçado a seu pai.

– Imagino que você queira que eu entregue isso a ele.

Ela deu outro gole no café antes de encontrar o olhar de Antonio.

– Sim. Você tinha razão. Preciso ficar aqui. Simplesmente...

– Parece ser a coisa certa a fazer?

Lily assentiu, sentindo-se muito dividida por dentro. Por um lado, queria desesperadamente ir com ele, ficar ao seu lado, aproveitando o jeito como Antonio a fazia se sentir, mas, por outro, ela queria aprender mais sobre essa nova família, queria se conectar com eles. Afinal, não devia à avó criar laços com pessoas que durante toda a vida haviam esperado conhecê-la? E Lily nem mesmo sabia se Antonio iria querer passar mais tempo com ela uma vez que a viagem tivesse chegado ao fim.

– Você precisa ouvir seu coração, Lily – disse Antonio, acariciando a bochecha dela ao se sentar na cama ao seu lado. – Você sabe onde vou estar, se quiser me encontrar de novo.

Ela detestou as lágrimas que logo começaram a rolar ou o fato de que os dois estivessem dizendo *adeus*. O tempo que haviam passado juntos tinha significado tanto para ela, mais do que qualquer outro relacionamento que Lily já tivera.

– Antonio...

Ele sorriu ao olhar dentro dos olhos dela.

– Desde que meu pai morreu, acho que passei cada minuto em que estive acordada tentando fazer com que ele se sentisse orgulhoso, tentei viver a vida dele, para ele. – Lily pigarreou enquanto a emoção borbulhava dentro dela. – Acho que nunca de fato me perguntei o que *eu* queria, pois sempre tive muito medo de não conquistar todas as coisas sobre as quais costumávamos conversar. Mas naquela época eu era uma mera adolescente. Eu nem mesmo sabia o que realmente queria. Como poderia?

– Você não tem que se explicar para mim. Você não me deve nada, Lily.

Mas ela lhe devia uma explicação, sim.

– Eu apenas, bem, acho que permanecer aqui vai ser bom para mim. Ao me conectar com parentes de sangue dele, talvez eu até consiga superar o luto pela morte do meu pai. Mas quero que você saiba que vou ser para sempre grata por tudo o que você fez por mim. Eu não teria conseguido sozinha.

– Acho que você se subestima – murmurou ele, tirando a mão do rosto dela. – Você teria conseguido fazer isso muito bem por conta própria.

– Mas estou contente por não ter ficado sozinha. – Lily suspirou enquanto mais lágrimas ameaçavam cair. – Nunca me senti assim, é por isso que estou achando tão difícil tomar essa decisão.

Ele assentiu e, se ela não estava enganada, os olhos dele também pareciam marejados.

– Vou partir depois do almoço, mas você não precisa fazer o check-out até amanhã de manhã – disse ele, olhando de relance para as mãos entrelaçadas dos dois, antes de voltar a olhar nos olhos dela. – Se vale de alguma coisa, vou sentir sua falta, Lily.

– Também vou sentir sua falta.

Eles se beijaram. Um beijo caloroso, gentil, que a fez ansiar por mais.

– Este foi mesmo apenas um romance de férias? – perguntou ela. – Ou estávamos destinados a ser mais do que isso?

– Se eu soubesse que havia uma chance de você ficar mais tempo na Itália, nunca a teria levado para a cama – admitiu ele. – Isso responde a sua pergunta?

Então Antonio havia mentido quando Lily lhe perguntou sobre isso depois da primeira noite que haviam passado juntos... Não que ela o culpasse. Ela o havia posto na berlinda quando fez essa pergunta, e ele obviamente não quis ferir os sentimentos dela.

– E como você se sente agora? Depois do tempo que passamos juntos.

– Que tal se apenas nos despedirmos neste momento? – sugeriu ele.

– Eu estaria mentindo de novo se dissesse que não gostaria de ficar mais com você.

– Então, por ora, vamos nos despedir. Se nossos caminhos estiverem destinados a se cruzar outra vez, isso vai acontecer.

Antonio se levantou e a puxou com ele, segurando-a em seus braços, a bochecha dela pressionada contra o tórax dele. Lily inspirou sua fragrância, sentiu a força daquele abraço, e soube como teria sido fácil voltar com ele para casa. Mas Lily precisava fazer isso por si mesma, descobrir quem era, antes de decidir se ele poderia se tornar algo mais para ela.

Eu me apaixonei por ele. Ela sabia disso, e se perguntou se ele sabia também.

– Tomei uma decisão errada alguns anos atrás – murmurou Antonio com a boca encostada nos cabelos dela, ainda a abraçando. – Pedi uma mulher em casamento porque achei que a amava, mas, se eu tivesse sido verdadeiro comigo mesmo, teria entendido que aquilo não estava certo. Éramos pessoas diferentes, que queriam coisas diferentes da vida, e se eu tivesse percebido isso antes de nos casarmos, poderia ter poupado muita dor aos dois. E não estaria me sentindo tão destroçado agora.

Lily não respondeu, não precisava. O tempo que passara com Antonio havia representado uma grande mudança para ela, e não fazia ideia do que poderia acontecer entre os dois ou se haviam simplesmente compartilhado um momento breve. Mas sabia onde encontrá-lo e, pela primeira vez, não deixaria que o medo a impedisse de sentir, de se apaixonar, fosse por um momento ou pela vida inteira.

Lily se reclinou nos braços dele e suas bocas se encontraram, com mais paixão do que antes, com uma urgência que até então não havia se manifestado. E ela se perguntou se de fato era possível, em apenas algumas semanas, se apaixonar louca e irremediavelmente.

30

LONDRES, 1947

Estee foi andando lentamente até a porta principal da casa elegante, ainda que discreta. Já havia passado muitas vezes ali em frente, tentando reunir coragem para entrar, mas com quase oito meses de gravidez ela sabia que havia chegado a hora.

Os últimos quatro meses transcorreram agradáveis o suficiente, embora solitários, especialmente para uma pessoa acostumada a estar sempre ocupada com ensaios diários e cercada de gente. Mas Estee havia construído uma vidinha em Londres, e não tinha sido tão ruim. No entanto, sua barriga havia crescido, as costas doíam, e ela sabia que era hora de tomar uma decisão difícil, por mais que quisesse evitá-la.

Como vinha fazendo tantas vezes, Estee acariciou suavemente a barriga, esfregando as mãos nas laterais do vestido. A ideia de se separar de seu bebê a fazia se sentir vazia por dentro, mas, durante os meses em Londres, Estee havia se convencido de que seria muito difícil criar um filho sozinha.

E assim ela atravessou o portão, passando por uma placa simples na qual se lia HOPE'S HOUSE, e andou em direção à porta principal. Estee ergueu o punho para bater na madeira laqueada de vermelho, mas algo a impediu. Seu bebê se mexeu dentro dela, e aquela agitação a fez voltar a questionar sua decisão. Mas, por mais que se imaginasse pegando seu bebê, segurando-o e sussurrando canções de ninar, ela não parava de considerar como seria essa realidade alternativa. Londres era um belo lugar e a tratava bem, e Estee conseguia até mesmo se imaginar construindo uma vida para si na cidade depois que tivesse dado à luz, talvez integrando-se à companhia do Royal Ballet. Mas ela também vira mulheres nas ruas implorando por dinheiro, estendendo canecas em busca de trocados para sobreviver, com suas crianças maltrapilhas escondidas atrás das saias imundas, os rostos sulcados da vida dura que levavam. Sem falar nas mulheres que apareciam à noite, preparadas para entreter homens em troca de algumas libras. Estee tinha certeza de que o único motivo para estarem vendendo seus corpos era para alimentar suas famílias.

Ela preferiria morrer a permitir que sua criança crescesse passando fome ou vendo a mãe reduzida à mendicância ou à prostituição.

A porta se abriu antes que ela tivesse a chance de bater, e uma mulher de cabelos escuros com fios grisalhos surgiu diante dela. Estee mal olhou para ela e quase se desmanchou em lágrimas. A bondade no rosto da mulher era inconfundível, apesar de sua aparência simples, com o cabelo num coque, o vestido e o avental de algodão numa tonalidade azul-celeste.

– Sou a Hope – apresentou-se a mulher, estendendo a mão.

Estee a cumprimentou e Hope a segurou firme, sua outra mão se fechando sobre as delas num gesto tão caloroso que levou Estee a perceber quanto tempo havia passado desde que fora tocada por outra pessoa.

– Eu, eu... – Estee titubeou.

– Você não precisa explicar nada – disse Hope, dando um passo para trás e gesticulando para que Estee entrasse. – Sei por que você está aqui, assim como sei por que ficou aí parada do lado de fora por tanto tempo.

Estee conseguiu sorrir.

– É uma decisão difícil.

Hope retribuiu seu sorriso.

– Eu sei. Mas o fato de vir à minha casa e dar uma olhada ao redor não a obriga a nada. Mesmo que fique aqui por um mês ou dê à luz aqui, ninguém vai forçar você a fazer qualquer coisa que não queira.

Estee ficou observando o rosto da mulher e na mesma hora sentiu que poderia confiar nela. Havia caminhado até ali muitas vezes e não havia entrado, principalmente porque ainda não tinha certeza sobre o que queria fazer, mas se não precisava decidir nada ainda...

– Venha, que tal tomarmos uma xícara de chá, e aí você pode me contar o que a traz aqui – disse Hope. – Cada menina que atravessa a minha porta tem uma história diferente, e a única coisa em comum é o fato de precisarem da minha ajuda.

Estee a seguiu por um corredor repleto de pinturas, em direção a uma cozinha muito iluminada. Havia uma mesa grande no centro, e caçarolas e panelas penduradas na parede dos fundos. A sensação de estar num verdadeiro lar a reconfortou. Era o tipo de casa em que havia imaginado poder viver um dia, embora na Itália, não na Inglaterra.

– Bem, me deixe ferver a água na chaleira enquanto você se acomoda aqui – disse Hope, sorrindo ao puxar uma cadeira para ela e se dirigir ao fogão. – Neste momento, há algumas garotas aqui, então sinta-se à vontade para se apresentar, se quiser. Pode fazer perguntas sem problemas, você deve ter muitas dúvidas.

Estee se sentou e observou Hope, de fato com muitas perguntas na cabeça, mas por algum motivo incapaz de formular uma que fosse.

– Você tem um sotaque forte. De onde vem? – perguntou Hope. – E acho que ainda não me disse seu nome.

– Estee – disse ela, pigarreando. – Venho da Itália, mais recentemente de Milão.

– Ah, Milão. Que bela cidade para passar o tempo.

Estava grata por Hope não ter perguntado por que ela fora embora de Milão, mas a resposta era meio óbvia, considerando a sua condição. Estee imaginou que as mulheres que se abrigavam na Hope's House fossem solteiras e precisassem de refúgio, então os motivos não eram de fato importantes para uma mulher como ela.

– Você chegou a se consultar com algum médico desde que chegou a Londres? – perguntou Hope, enquanto trazia duas xícaras fumegantes para a mesa, depois voltando com leite e açúcar antes de se acomodar diante dela.

– Ah, não, não fiz isso – disse Estee, pegando a xícara e passando os dedos na superfície quentinha.

Antes de se mudar para Londres, ela nunca havia bebido chá, habituada ao café italiano, mas naquele momento já havia se acostumado.

– Por muitos anos fui parteira, dediquei minha vida a fazer partos e cuidar de mulheres, mas é igualmente importante se consultar com um médico – explicou ela. – Posso providenciar isso para você. Temos um médico muito amável que de vez em quando vem examinar minhas meninas. E temos tudo aqui de que uma futura mãe pode precisar.

– Por quê? – perguntou Estee, sem conseguir se segurar. – Por que é tão gentil com todas essas mulheres?

Hope suspirou, como se já lhe houvessem feito essa pergunta inúmeras vezes.

– Porque toda mulher merece alguém para cuidar dela enquanto está grávida, não importam as circunstâncias. Assim como nenhuma mulher deve ser forçada a desistir de seu bebê, a menos que queira.

Estee assentiu, dando um gole no chá e tentando engolir sua emoção junto com a bebida.

Hope se debruçou sobre a mesa e tocou a mão dela.

– Aqui você está segura, Estee. Se quiser vir para cá hoje à noite ou voltar apenas quando estiver mais perto de ter o bebê, eu sempre vou recebê-la. Debaixo do meu teto não fazemos julgamentos, e mesmo que você dê à luz e decida que não vai seguir com a adoção, eu vou entender. Nunca a forçarei a nada. – Hope lhe lançou um olhar demorado. – Quero que saiba que pode confiar em mim.

As palavras ficaram presas em sua garganta e foi quase impossível dizê-las, mas o olhar gentil de Hope a encorajou.

– Você providencia a adoção?

– Sim. A maioria das mães que recebo aqui vem porque trabalho de forma diferente. Elas de fato *decidem* vir para cá, ao passo que, em outros lugares, são encaminhadas pela própria família e avisadas de que não poderão voltar para casa até que tenham desistido de seus bebês.

– Poucas pessoas seriam tão gentis com mulheres grávidas fora do casamento.

– Todas nós temos nossos motivos para fazer o que fazemos – disse Hope. – Digamos apenas que eu sempre desejei ajudar os outros e, quando meu tio me deixou seu espólio, decidi fazer algo bom com o dinheiro dele.

Estee compreendeu que, naquele momento, não descobriria mais nada sobre Hope, mas gostou dela mesmo sem conhecer toda a história. E se estava sendo sincera quanto à decisão caber à própria mãe, então não via nada que a impedisse de voltar ali.

– Você gostaria de dar uma volta comigo para conhecer o lugar? – perguntou Hope. – Ou se quiser me contar como veio parar aqui, na sua condição, sou toda ouvidos. Sem julgamentos, é claro.

– Vamos apenas dizer que o homem que eu amava preferiu sua família a mim – disse Estee, tentando não demonstrar amargura. – Acho que tive a sorte de não ficar desamparada, já que tenho dinheiro suficiente para sobreviver. Mas a ideia de criar este filho sozinha...

Ela alisou a barriga de forma afetuosa, um gesto que se via fazendo com frequência agora que a barriga já estava tão obviamente arredondada. Então, de relance, notou o anel em seu dedo, uma simples joia dourada que havia comprado para afastar quaisquer perguntas quando alugou seu apartamento. Era mais fácil para as pessoas acharem que ela era viúva ou que talvez estivesse esperando seu marido voltar de algum lugar, e Estee descobriu que não suportava usar o anel de diamante que Felix lhe dera.

– Venha – disse Hope, levantando-se e estendendo a mão para ela. Estee deixou que Hope a ajudasse a se erguer, sentindo pontadas de dor na lombar, como vinha acontecendo com frequência nas últimas semanas. – Vou mostrar o local e depois você pode decidir se quer voltar.

Elas andaram lentamente, Hope a conduzindo pela casa e depois ao jardim, que formava um muro verde protegendo os fundos da propriedade de olhares curiosos. Também havia vasos cobertos de flores, salpicando todos os cantinhos e fazendo com que o jardim parecesse o lugar ideal para se passar uma tarde sob o sol com um livro nas mãos, admirando o entorno.

Uma mulher muito mais nova do que Estee olhou para elas por uma janela no andar superior, levantando a mão num aceno, e ela acenou de volta. Mas quando a mão de Hope roçou de leve seu braço, Estee parou de buscar as outras janelas tentando ver outras grávidas, e voltou sua atenção para a anfitriã.

– Como você se sente?

– Propensa a ficar – respondeu Estee sem hesitação, surpreendendo-se consigo mesma.

– Bem, então fique – disse Hope. – Pode ser simples assim.

– Eu poderia voltar dentro de alguns dias? – perguntou Estee. – Pode parecer tolice, mas quero ficar sozinha um pouquinho mais, passear, pensar sobre o que vou querer fazer quando o bebê nascer.

– Volte quando achar que é o momento certo. Confie em mim quando digo que não vou a lugar nenhum e que sempre haverá um quarto para você.

Estee sorriu, já se sentindo mais próxima da mulher, que, uma hora antes, ainda era uma completa desconhecida.

– Quando você voltar, vou providenciar uma consulta com o médico e conversamos um pouco mais sobre a adoção – disse Hope. – E eu gostaria que você considerasse uma coisa. Sempre trago este assunto à tona logo de início, para que vocês tenham tempo para pensar.

As sobrancelhas de Estee se ergueram, em dúvida.

– O que é?

– Se você me permitir encontrar uma família para seu bebê, pode ser bom deixar algo para ele, algo que sirva como um elo entre vocês.

– Não tenho certeza se entendi direito.

Hope entrou na casa e Estee a seguiu, curiosa.

– Mandei fazer estas caixinhas – explicou Hope, pegando algo na cornija sobre a lareira e passando-a para Estee. – Você pode escolher guardar alguma coisa aqui, talvez mais de uma, para o caso de a sua criança algum dia voltar procurando por você. Algumas famílias mantêm a adoção em segredo, mas outras um dia acabam contando a verdade. Então peço que pense sobre deixar uma pista, um elo com o passado de seu bebê. Afinal, quem sabe? Pode ser que algum dia sua criança queira descobrir quem você é, e quando eu já tiver deixado esta vida talvez não haja ninguém para ajudá-la em sua busca. Eu identifico cada caixa no momento em que a certidão de nascimento da criança é assinada.

Estee devolveu a caixa, já se perguntando o que poderia deixar para a criança. Ela tocou o anel de diamante em seu pescoço. Havia colocado a joia de volta ali antes de deixar a Itália, mais para mantê-la em segurança do que por outra razão sentimental, com a intenção de vendê-la quando tivesse chegado a Londres. No entanto, por algum motivo, nunca conseguiu fazer isso.

Não era o objeto certo para deixar ali, já que não fornecia nenhuma pista. Então Estee se perguntou o que poderia deixar para trás numa caixinha que, um dia, poderia levar sua criança ao seu encontro. Pensou na receita que Felix lhe havia entregado – a trouxera para Londres sem nenhum propósito específico, apenas porque ficara guardada em um envelope com outros documentos importantes –, mas não tinha certeza se queria deixar alguma coisa que apontasse para ele, não depois do que Felix havia feito com ela.

– Você tem algumas semanas para decidir, Estee – garantiu Hope. – Vá e aproveite seus próximos dias. Vou providenciar uma cama que estará esperando por você quando voltar.

– Obrigada – disse Estee, dando um abraço espontâneo em Hope, agradecida por ter conhecido uma mulher tão gentil.

Lágrimas rolaram dos olhos de Hope, e Estee enxugou as dela enquanto ficaram paradas por um momento. Sabia quanto era afortunada por ter conhecido uma mulher como Hope, alguém preparada para abrigá-la no momento do nascimento do seu bebê, ainda que isso não facilitasse em nada a sua decisão iminente.

31

Seis semanas depois

—Adeus, minha menininha – sussurrou Estee, os cachos úmidos grudando em sua testa, a pele ainda molhada de suor por causa do esforço do parto.

O rosto da bebê estava amassado, seus pequenos punhos empurravam a manta cor-de-rosa macia em que ela havia sido enrolada, e Estee se inclinou, aproximando-se para beijar seus dedinhos minúsculos, para absorver a imagem dela e sentir seu cheiro. Dias antes ela havia decidido que não choraria, não enquanto estivesse com a filha. Ela aproveitaria ao máximo o tempo precioso que teria com a bebê, para que o início de sua vida fosse feliz, positivo, sem a memória da mãe chorando sobre ela antes mesmo de partir.

A bebê abriu os olhos, e Estee quase desistiu de tudo, o choro preso na garganta quando sua filha a olhou, mas, determinada, se conteve.

– Minha menina linda – disse Estee, com suavidade. – Olhe só para você. Veja como é forte.

Sua bebê se mexeu, esticando as perninhas, começando a soluçar, e Estee instintivamente soube o que tinha que fazer. Hope havia saído, prometendo voltar dentro de uma hora e lhe dando algum tempo para se despedir, conforme tinham combinado. Ela havia lhe contado que algumas mães prefeririam nem ver seus bebês, enquanto outras queriam ter a oportunidade de segurá-los no colo, e algumas não suportavam a ideia de se separar e decidiam ficar com eles. Mas Estee sabia o que precisava fazer. Hope encontrara uma família amorosa para sua filha, e ela sabia que era a melhor decisão que poderia tomar, mas isso não significava que, naquele momento em que sua bebê precisava dela, Estee não agiria como mãe da criança. *Quando ainda está em meus braços.*

Estee deslizou a camisola por um dos ombros e posicionou sua bebê e, embora com certa dificuldade, sua filha parecia saber o que estava fazendo. Estee a aninhou perto de seu corpo e a boca da bebê encontrou o caminho para o seio. Mas foram necessárias muitas tentativas para que ela finalmente conseguisse mamar.

Houve uma batida suave na porta, e Estee ergueu o olhar quando Hope entrou. Hope pareceu triste por um momento, talvez por ter visto a bebê mamando, mas a expressão foi rapidamente substituída por um sorriso.

– Você está se entregando à maternidade com tanta naturalidade – disse Hope, colocando-se ao lado dela e ajustando a forma como Estee segurava a bebê. – Dói?

– Um pouco – admitiu Estee.

– Bem, vai doer ainda mais quando o leite sair direito. Eu teria dito para não amamentá-la, mas tenho a sensação de que você não me daria ouvidos.

Estee olhou de relance para a cabecinha de sua filha.

– Ela é tão linda… Não consigo parar de olhar para ela.

Hope suspirou e se sentou ao lado dela, seus olhos buscando os de Estee.

– Sei que já perguntei muitas vezes, mas vendo você assim…

Hope fez uma pausa.

– Tomei minha decisão – disse Estee com firmeza antes que Hope pudesse voltar a perguntar. – Eu só quero um momento para ficar com ela. Só quero que minha filha saiba que foi amada desde o momento em que chegou a este mundo.

Hope assentiu.

– Devo pedir aos pais adotivos que voltem mais tarde?

– Eles já estão aqui? – indagou Estee.

– Estão, mas poderiam esperar algumas horas a mais, ou mesmo um dia, sem problema. – Hope deu de ombros. – Deixe que eu me preocupo com eles.

– Apenas algumas horas. – Estee se ouviu dizer. – Só quero segurá-la no colo e amamentá-la mais um pouco.

Hope ficou de pé, acariciando o cabelo de Estee por um momento antes de sair do quarto sem dizer nada. Estee começou a cantarolar, sussurrando suavemente. Ela cantou para a menininha enquanto a filha lutava por seu primeiro alimento, sua bebezinha faminta tão perfeita que quase partiu o coração de Estee. Por tudo o que poderia ter sido, por tudo o que ela havia perdido.

As lágrimas começaram a cair, atingindo a manta da bebê, e dessa vez ela não conseguiu contê-las. Mas Estee continuava a cantar, a forçar seu sorriso enquanto olhava para a filha, amando-a mais a cada segundo que passava.

Felix lhe dera o presente mais precioso de sua vida, mas também a obrigara a se desfazer dele.

Estee afastou esses pensamentos, sentindo-se exausta depois do parto, e continuou a segurar sua bebê, recusando-se a fechar os olhos por um momento que fosse. Tinha apenas algumas horas para absorver cada pequeno detalhe de sua filha – e não perderia nem um segundo.

Quatro horas mais tarde, Estee escutou a porta se abrir novamente. Ela ainda estava olhando para a bebê em seu colo, mas sabia, pelos passos suaves, que Hope havia voltado.

Quando ergueu o olhar, viu lágrimas nos olhos de Hope, mas nenhuma das duas mulheres disse sequer uma palavra quando Estee deu um último beijo na cabecinha de sua filha e Hope a tomou de seus braços.

– Eu te amo – sussurrou Estee para a bebê, e nesse instante Hope parou, olhando em seus olhos, até que Estee encontrou a coragem para assentir e depois se virou.

Ela enterrou o rosto no travesseiro, soluçando, enquanto a filha era tirada dela, enquanto a porta se fechava com um ruído suave e os passos de Hope ecoavam cada vez mais distantes. Estee quis desesperadamente correr atrás dela, gritar e pegar sua filha de volta, berrar que não seguiria com a decisão, mas, em vez disso, segurou o anel pendurado em seu pescoço e o arrancou da corrente, arremessando-o através do quarto.

– *Bastardo!* – gritou em sua língua materna, soluçando enquanto agarrava os lençóis úmidos embaixo dela. – *Fottuto bastardo!*

Você fez isso comigo, Felix. E eu jamais o perdoarei.

Estee ficou deitada em posição fetal, seu corpo dolorido enquanto ela agarrava o travesseiro e chorava: pela criança que nunca voltaria a segurar em seus braços, pelo homem que amou com todo o seu coração e por seus sonhos para sempre arruinados.

Primeiro, ela havia perdido Sophia, sua amiga que morrera durante a guerra, depois Felix e agora sua filha. Estee pensara que perder Sophia a destruiria. E quando perdeu Felix? Uma parte de seu coração fora arrancada, e ela sabia que ele permaneceria partido para sempre. Mas perder sua filha era completamente diferente. Sua filha levara embora um pedaço de sua alma que nunca seria esquecido. Nem perdoado.

Para sempre ela estaria de luto por isso.

32

Dias atuais

Sem Antonio, Lily se viu mais solitária do que se sentira havia muito tempo. Até recentemente, ela se reconfortara com a própria companhia, como uma típica filha única que crescera de maneira independente e sem se importar em ficar sozinha. Mas isso havia sido antes de conhecer Antonio. Ele ocupara um espaço ao lado dela que ela nem ao menos sabia que estivera vazio. De certa forma, quando chegou à Itália, os muros que havia erguido ao seu redor foram sendo derrubados involuntariamente.

Ela parou no centro da casinha, uma espécie de chalé de campo na vasta propriedade de Matthew, de repente se dando conta de quanto era silencioso ali. Lily se sentiu só, quando de fato estava menos sozinha do que estivera desde a morte do pai, e precisava se lembrar disso a toda hora. Ali estavam tios e tias, primos e primas de primeiro e segundo grau com os quais nunca sonhara, nem mesmo durante sua infância solitária em Londres quando tinha apenas a mãe. Era surreal, como se ela estivesse vivendo a vida de outra pessoa. Mas não estava.

Lily andou até a janela e admirou a vista. Estava acostumada a se mudar para lugares diferentes por causa do trabalho e ver videiras, mas ali eram pomares de aveleiras que se estendiam até onde a vista alcançava. Ela calçou os sapatos e saiu, decidida a dar uma volta pelo terreno. Do nada, o cachorro de Matthew apareceu e Lily se abaixou para afagá-lo. Ele era de alguma raça dos spaniels, mas não tinha certeza de qual. Só sabia que era bom ter companhia. Havia anos não tinha um cachorro – o último, um terrier, morrera quando ela estava na faculdade –, mas quando Lily afundou o rosto no pelo macio do cão para lhe fazer um chamego, se deu conta de como havia sentido falta de estar na companhia de animais.

– Oi, cachorrinho! – exclamou ela, enquanto o pequeno saboreava a atenção que Lily lhe dispensava e tentava lamber o rosto dela. – O que você está fazendo aqui? Eles deixam você sair por aí atrás de aventura?

O cão abanou o rabo e saiu trotando, claramente na missão de encontrar alguma coisa, e ela foi caminhando atrás dele, feliz pela companhia e por ter algo em que se concentrar. Depois de alguns minutos, ela escutou um assovio e parou, embora o cachorro decidisse não dar atenção ao barulho, mesmo quando o assovio se transformou num chamado.

– Ele está aqui! – berrou Lily de volta.

Depois de mais alguns berros para cá e para lá, Matthew apareceu entre as árvores.

– Passo metade da minha vida procurando esse maldito – reclamou ele, como se falasse com o cachorro e com ela, mas novamente foi apenas Lily quem se dispôs a escutar, pois o cãozinho não estava nem um pouco interessado no dono.

– Ele está procurando trufas? – perguntou Lily, entretida com a irritação de seu tio-avô.

– Hoje não, ainda não estamos na temporada, mas ele tem um faro excelente e encontra quase todas as trufas na propriedade – disse Matthew. – Ele é incrivelmente mimado e acha que é o dono deste lugar.

Ela riu quando o cão passou trotando, alheio ao fato de que seu verdadeiro dono o estivera procurando. Ou talvez ele simplesmente não ligasse.

– Nós damos um pedaço de filé para ele toda vez que encontra uma trufa, e todos os donos de restaurantes vêm para cá durante a temporada para ver nossa colheita – continuou Matthew. – Eles fazem um alvoroço dizendo quanto o cachorro é esperto, por isso ele acabou adquirindo esse senso de importância!

Ambos riram e então se puseram a andar vagarosamente, seguindo o cão, e Lily de repente viu sua mente repleta de perguntas, que não quisera fazer na frente de todo mundo no outro dia.

– Antonio foi embora ontem? – perguntou Matthew.

– Sim. Com certeza nunca pensei que ele voltaria para a vinícola sem mim.

Matthew pareceu refletir por um momento, e ela esperou que ele falasse, achando surpreendentemente fácil estar em sua companhia. Lily queria acreditar que isso se devia ao fato de ele lembrar o pai dela, mas sabia que era um exagero, embora acreditasse que eles realmente tivessem uma conexão que apenas familiares sentiam. Os dois não se conheciam bem, mas tinham o mesmo sangue e compartilhavam um legado, e isso significava alguma coisa.

– Estou contente por você ter ficado – disse ele. – Temos uma vida inteira para pôr em dia e quero saber mais sobre você, sobre sua família.

Eles caminharam próximos um do outro e conversaram sobre os pais dela, sobre os filhos dele, sobre a propriedade pela qual ele era tão apaixonado. Mas era o seu amor por aquela terra, pelo que Matthew produzia, que mais fazia Lily se conectar com o tio-avô.

– Você fala das trufas como eu falo do vinho – comentou ela, diante do largo sorriso que ele exibia depois de ter lhe mostrado as aveleiras. – Eu costumo dizer que meu único amor é o vinho, e não apenas o produto final, mas tudo: das uvas à colheita, incluindo as pessoas com quem trabalho lado a lado.

– Você tem razão – disse Matthew, quando o passeio os levou para perto da casa dele. – Sou igualzinho. Amo cuidar da terra durante o ano inteiro e na época que precede a colheita, tudo em relação a isso. Por muitos anos, essa tem sido a minha paixão, e eu ainda adoro esse processo com a mesma força de quando comecei plantando essas árvores. – Ele suspirou e voltou a olhar para o pomar enquanto os dois paravam sob o sol. – Naquela época, já era um trabalho cheio de amor, mas agora é muito mais.

– Eu comecei a questionar tudo desde que cheguei aqui – admitiu Lily, falando mais abertamente com Matthew do que já havia falado com sua mãe nos últimos anos. – Às vezes me pergunto se estou me esforçando demais para seguir os passos do meu pai, para manter viva a memória dele e fazer as coisas sobre as quais conversávamos, coisas que prometi a ele... – Ela balançou a cabeça, desacostumada a se sentir tão incerta. – Eu sou a garota que terminou a escola sabendo exatamente quem queria ser e o que queria fazer. Minha vida inteira foi traçada para mim, com uma lista de realizações que eu precisava concretizar.

– Você ainda sente a paixão pela vinicultura? Ainda sente seu coração bater por isso, o amor pelo que você faz?

– Sim. – A resposta saiu tão naturalmente quanto sua própria respiração. – Sim, eu sinto.

– Você pode seguir seus sonhos e ainda assim honrar a memória do seu pai, Lily – disse Matthew, com um olhar meditativo cheio de preocupação. – E, se algo mudar, se a sua vida te levar em outra direção, então confie em seus instintos. Pelo que sei, até hoje você fez escolhas excelentes.

Ela se abaixou para afagar o cachorro, que tinha voltado abanando o rabo todo contente enquanto olhava para Lily.

– Me diga o que está pensando. Você quer fazer algo, mas isso iria te impedir de concretizar essa lista que você mencionou? – perguntou Matthew, agachando-se ao lado dela e acariciando seu cão.

– Quero ficar na Itália – afirmou ela, as palavras saindo tão rápido que Lily mal pôde acreditar que as havia pronunciado. – Aqui me sinto em casa, atraída pela terra como nunca, e quero ficar.

Pronto, você acabou de falar em voz alta. Você finalmente admitiu.

– Então fique. Confie nos seus instintos. Você é uma mulher realizada e inteligente, Lily. Se quer ficar na Itália, então fique.

– Eu deveria ficar aqui por uma temporada apenas, aprendendo o máximo que pudesse antes de voltar para casa, na Inglaterra. Os anos que passei na Nova Zelândia... tudo o que aprendi foi planejado para que depois eu voltasse e produzisse nossas próprias uvas e nosso espumante.

Matthew se aproximou dela e tocou seu braço gentilmente com a palma da mão.

– Seu pai se foi, Lily – declarou ele, com delicadeza. – Vocês compartilharam esses sonhos, mas seu pai nunca a faria refém deles, não quando ele não está aqui com você. Ele iria querer que você tivesse seus próprios sonhos. Talvez tenha chegado a hora de refletir sobre o que *você* quer de verdade.

Ela começou a chorar, e ele tomou suas mãos, segurando-as enquanto Lily extravasava um sentimento que havia represado por tantos anos.

Ele se foi. Não importa o que eu faça, não importa quanto me mantenha próxima desses sonhos, nada vai fazer meu pai voltar.

– Lily, sei que acabamos de nos conhecer, que ainda somos praticamente estranhos um para o outro, mas sei o que é ser pai. Sei o que é querer que meus filhos sejam felizes, que vivam a própria vida de acordo com suas condições, e o que é sentir orgulho de cada conquista que fazem – disse ele, com a voz baixa e embargada pela emoção. – Você deve se permitir cometer erros, se apaixonar, deixar que sua vida às vezes tome outros rumos e ficar tranquila com isso. E saber que, se seu pai estivesse aqui, ele aceitaria quaisquer que fossem as suas decisões.

Ela assentiu, afastando uma das mãos para poder secar o rosto.

– E deixa eu te contar o seguinte: meu caso de amor com as trufas? Não teria dado em nada sem a minha Rafaella. Podemos conquistar muitas coisas, mas a felicidade autêntica vem do amor e do companheirismo de outra pessoa. Pode ser que por um tempo, anos até, as conquistas bastem, mas acabamos precisando de alguém em nossa vida para compartilhá-las.

Lily olhou fixamente dentro dos olhos de Matthew, as palavras dele a pegando de surpresa. E ela sabia, pela maneira como a encarava, que ele havia compreendido o que Lily sentia por Antonio, ainda que ela não tivesse admitido seus verdadeiros sentimentos nem para si mesma. Ou a influência que Antonio tivera nas decisões que ela queria tomar.

– Passei a vida inteira não apenas tentando me manter leal ao meu pai e aos sonhos que compartilhávamos, mas também sem deixar que meus sentimentos por outra pessoa me desviassem do meu caminho – admitiu ela. – Não queria que nada nem ninguém me distraíssem.

– Meu pai quase perdeu o amor da vida dele para sempre, Lily, mas acabou encontrando uma forma de conciliar o que amava e *a pessoa* que ele amava. Não há motivos para você não conseguir fazer o mesmo. – Ele afagou o ombro dela de um jeito paternal. – Mas imagine o que teria sido a vida dele se não tivesse lutado por ela? Se não tivesse seguido seu coração?

– Mas e se não for amor? E se não der certo?

Lily fechou os olhos. *E se Antonio não me quiser da mesma maneira que eu o quero?*

Matthew abriu um sorriso afetuoso.

– Às vezes temos que arriscar. E sabe qual é o pior que pode acontecer?

Ela se viu prendendo a respiração.

– Um coração partido. Você nunca vai perder seu talento para a vinicultura, Lily. Ninguém jamais pode tirar isso de você – explicou ele, suavemente. – Mas qual é o sentido de uma vida bem-sucedida quando não temos alguém com quem aproveitá-la?

– Algumas pessoas diriam que isso é antiquado.

– Antiquado? Bem, talvez – disse ele, dando de ombros. – Mas não acredito que amor e companheirismo algum dia sairão de moda.

Matthew ficou observando-a por algum tempo antes que Lily finalmente assentisse, reconhecendo que ele estava certo. *É claro que ele está certo.* Seus bisavós tiveram que lutar contra tudo, desistir de *tudo* para ficarem juntos. E ali estava ela, apavorada demais para desistir de qualquer coisa.

– Você acha que seus pais algum dia se arrependeram do que fizeram? – indagou ela. – Já se perguntou se o seu pai algum dia desejou ter ficado ao lado da família dele?

Lily ainda não sabia como os bisavós acabaram se reencontrando depois de tudo o que havia acontecido e que os separara.

– Acho que ele nem mesmo cogitou a ideia – respondeu Matthew sem hesitação. – Ele construiu uma vida com a minha mãe, uma família, e sempre disse que desistiria de tudo, de todo o sucesso, em troca de sua mulher e de sua família. Meu pai dizia que isso, para ele, era mais valioso do que todo o resto.

Nesse momento, o cachorro voltou correndo para Lily, pulando e cobrindo-a com suas patas sujas. Mas ela não teve coragem para afastá-lo, pois precisava desse abraço.

– Fique aqui conosco, Lily – disse Matthew. – Relaxe um pouco, se dê um tempo para pensar no que *você* realmente quer. Esconder-se do mundo por algumas semanas pode ser justamente o que você precisa.

Na Itália. Absorvendo o sol, saboreando as refeições com Matthew e sua família, aprendendo sobre trufas e comendo as delícias preparadas por Rafaella.

Eu poderia estar fazendo coisas piores.

– Farei isso, prometo. Vou me dar um mês de folga. Se eu continuar me sentindo como agora, então vou tomar minha decisão. Serei corajosa.

– Venha, está na hora do almoço e Rafaella está ansiosa para te ver. Com a nossa filha longe, você foi a melhor coisa que aconteceu à minha esposa.

33

Veneza, Itália, 1948

Estee realizou seus movimentos sobre o palco, mas já não amava o que fazia. Ninguém parecia perceber, e ela sempre terminava os espetáculos sendo ovacionada por aplausos extasiados, embora não chegassem nem perto do público do La Scala. Depois do espetáculo, ela mal conseguia suportar ver seu reflexo no espelho, o camarim sendo usado mais para trocar de roupa do que para cuidar de sua aparência. A visão de si mesma era muito triste para que ela quisesse voltar a se encarar, seu olhar apreensivo demais para que desejasse encará-lo.

Passou pelas outras meninas num ritmo arrastado, sem notar a maneira como elas abriam caminho para Estee avançar. Enquanto todas as dançarinas conversavam e riam, energizadas pela dança, Estee se sentia esgotada pelo mesmo motivo.

– Estee! – chamou uma delas, corajosamente.

Ela parou, virando um pouco a cabeça para escutar, sem de fato olhar para trás.

– Vamos sair para beber algo hoje à noite. Gostaria de se juntar a nós?

– Hoje não – disse ela, pigarreando. – Talvez numa próxima vez.

Mas na vez seguinte não seria diferente: ela sempre recusava os convites.

Estee sabia o que pensavam: que ela achava que as outras meninas de certa forma estivessem abaixo dela, por isso não queria socializar, mas esse pensamento não poderia estar mais longe da verdade.

Depois de deixar a Hope's House, Estee acabou se mudando e se despediu de Hope, alugando o próprio apartamento mais uma vez e aos poucos voltando a se alongar e a dançar, a pôr seu corpo em forma. Não levou muito tempo para encontrar uma nova companhia, o Royal Ballet, mas, depois de uma temporada com eles, decidiu voltar à Itália, finalmente se estabelecendo em Veneza. Era perto o suficiente de Milão para que Estee de certa forma se sentisse em casa, embora nunca tivesse conseguido voltar ao La Scala. O teatro estava impregnado de memórias que ela não queria despertar, e ainda temia encontrar a família de Felix se eles fossem assistir a algum espetáculo.

Estee entrou no camarim e fechou a porta, recostando-se por um bom tempo enquanto recuperava o fôlego. Às vezes ela se via prendendo o ar sem se dar conta, e quando enfim ficava sozinha, arfava profundamente para voltar a encher os pulmões.

Naquela noite, ela se despiu, pendurou o figurino e depois vestiu as próprias roupas. Não ousava olhar para seu corpo no espelho, detestando a facilidade com que voltara à forma depois de ter dado à luz sua filha. Estee havia trabalhado arduamente para isso, ter seu corpo definido e forte outra vez e poder continuar dançando, mas, ao fazer isso, acabou perdendo todas as curvas suaves que contavam a história de sua filha, da maternidade que seu corpo havia atravessado.

Ela não ficou muito tempo sozinha no camarim, mas esperou até que o burburinho que vinha de fora se atenuasse, sabendo que nesse momento a maioria das garotas teria se dispersado, entrando em seus camarins coletivos. Por fim, Estee saiu, a cabeça baixa, a bolsa pendurada no ombro, andando apressada. Ela ergueu o olhar e sorriu para algumas bailarinas que apareceram pelo caminho, desejando ter energia ou vontade de conversar sobre assuntos triviais e aceitar o convite para beber e fumar noite adentro. Parte dela indagava se isso de fato a ajudaria a se sentir melhor, se ficar na rua até tarde, bebendo toda noite, a ajudaria a esquecer, mas na maior parte do tempo sentia como se pairasse sobre sua cabeça uma nuvem carregada de chuva, da qual ela não conseguia se desvencilhar.

– Estee? – chamou uma voz masculina, surgindo das sombras. – Estee, é você?

Ela recuou, pulando para trás e agarrando a bolsa junto ao corpo. Estava acostumada a receber flores de admiradores que queriam marcar um encontro com ela, mas ser interpelada no meio da rua era algo completamente diferente.

– Estee!

Não. Não podia ser.

Felix?

Estee balançou a cabeça. Não podia ser Felix, sua mente estava apenas lhe pregando peças de novo, da mesma maneira como via sua filha no rosto de outros bebês pelos quais passava na rua, enquanto os observava com o coração partido.

– Me deixe em paz – disse ela com determinação. – Esta entrada é exclusiva para artistas.

– Estee – chamou a voz outra vez, se aproximando.

– Estee, alguém está te importunando?

Mario, seu par no espetáculo, apareceu e ela recuou, grata, deixando que ele a conduzisse pelo braço.

Ela não podia olhar para o estranho, não podia deixar sua mente lhe pregar peças. Devia ser apenas um homem que tinha gostado dela e visto seu nome no programa, nada mais.

– Vou acompanhá-la até sua casa – disse Mario, e ela se aproximou dele, tentando sair logo dali, ainda muito assustada para olhar.

– Estee! – gritou o homem, correndo atrás deles, o baque de suas passadas fazendo com que ela segurasse a mão de Mario com mais força. Moveram-se num ritmo mais acelerado, afastando-se do estranho rapidamente.

– Estee, sou eu. Felix! Por favor, pare!

Os pés dela derraparam na rua pavimentada, mas Mario demorou um pouco para desacelerar, puxando-a junto com ele. Ela fechou os olhos e um bramido ruidoso soou em seus ouvidos como se fosse o oceano, mas provavelmente era apenas o som de sua própria pulsação, palpitando em seus ouvidos.

Estee se virou, dando as costas para Mario e encarando o homem. Olheiras escuras, barba por fazer, a expressão de dor. Era ele.

– Felix? – sussurrou ela, sem acreditar no que via.

– Estee – murmurou ele, aproximando-se dela, ajoelhando-se, seus olhos umedecidos pelas lágrimas enquanto ela o encarava. – Procurei você por meses, durante todo o ano passado. Eu…

– Você conhece este homem? – interveio Mario, ainda ao lado dela, protegendo-a.

Estee assentiu, respirando fundo. Fechou os olhos, tentando aceitar o fato de que o homem que havia partido seu coração estava de joelhos diante dela.

– Conheço. Não achei que conhecesse, mas, sim, é uma pessoa do meu passado. Pode ir se quiser.

Este é o homem que me deu a minha filha e ao mesmo tempo arruinou minha vida.

– Tem certeza de que não quer que eu fique? – perguntou Mario.

Ela balançou a cabeça e se voltou na direção dele, finalmente conseguindo afastar os olhos de Felix.

– Obrigada. Vou ficar bem. Não estou em perigo.

Embora Felix possa estar. Eu poderia matá-lo com minhas próprias mãos pelo que ele me fez.

Mario foi embora, mas não sem franzir a testa, indicando que não se sentia confortável em fazer isso. Além dela, ele era o único bailarino que raramente saía para festejar com os outros, preferindo ir para casa assim que os espetáculos terminavam. Talvez por isso os dois se dessem tão bem.

– Levante-se – disse Estee, virando-se para Felix, que permanecia de joelhos.

Felix se pôs de pé e, quando se aproximou para tocar as mãos de Estee, ela as afastou dele.

– Estee, eu...

– Não tenho nada para falar com você – interrompeu ela, cruzando os braços, recusando-se a reconhecer a dor que percorria seu corpo e que fora disparada ao ver Felix. – Por que está aqui? Não há mais nada entre nós.

– Se você apenas me deixar explicar...

– Não importa o que você tem para me dizer, não quero escutar – disse ela, e suas mãos começaram a tremer violentamente enquanto sua voz embargava. – É melhor você ir embora, Felix, e nunca mais voltar.

– Estee, por favor...

– Nunca mais se aproxime de mim. Está me ouvindo, Felix? Nunca mais quero te ver na minha vida!

Estee deu meia-volta, abraçando o próprio corpo para não tremer, afastando-se do homem que havia arruinado sua vida e consumido seus pensamentos por tantos anos que ela até já perdera a conta.

* * *

Toc, toc, toc.
    Estee segurou a almofada perto do peito e a abraçou.
    As lágrimas irritavam seus olhos, e ela se repreendeu por isso. Não queria derramar mais nenhuma por causa de Felix Barbieri e certamente não abriria a porta para ele.
    – Estee, por favor – implorou ele, batendo à porta de novo.
    Houve silêncio por um momento, e ela pensou que ele finalmente tivesse desistido, antes de as batidas recomeçarem. Desta vez, elas foram seguidas pelo berro de um dos vizinhos, obviamente incomodado pelo barulho a uma hora daquelas, por isso Estee acabou se levantando do sofá e abrindo a porta.
    – Eu já disse, não quero ouvir nada do que você tem para falar – sibilou ela. – É melhor você ir embora.
    O rosto de Felix se contorceu, mas ele teimosamente colocou sua bota na frente quando Estee tentou fechar a porta.
    – Felix, me deixe!
    – Não! Não vou embora até que você ouça o que eu tenho para dizer.
    Ela olhou para ele com cara feia.
    – Onde está a sua esposa? Ou ela não sabe que você está aqui?
    Felix balançou a cabeça, tirando a bota da entrada enquanto olhava nos olhos dela.
    – Estee, eu não tenho esposa nenhuma. E, antes que você saia esmurrando a porta na minha cara, saiba que eu nunca te mandei aquela carta – disse ele, de forma atropelada, antes que fosse expulso de novo. – Passei dias, semanas, meses procurando por você, mas você desapareceu sem deixar rastro.
    O coração dela acelerou nesse instante. *Ele o quê?*
    – Mas você disse, *a carta* disse...
    – Minha mãe mandou aquela carta, Estee – explicou Felix, alisando o cabelo com os dedos, os olhos ainda nela, e dando um passo à frente. – Fui

à sua procura e você havia partido, e foi quando descobri a farsa da minha mãe. Ela esperava que eu voltasse e me casasse com Emilie, que aceitasse o fato de você ter desaparecido, mas, como continuei a recusar o casamento, a verdade finalmente veio à tona.

Estee o encarou, tentando digerir as palavras dele. Sentiu a cor sumir de seu rosto, ficar fria como um cadáver, enquanto a raiva dentro de si se transformava em tal fúria que ela mal conseguia se manter de pé.

Todos aqueles longos meses e a carta nem ao menos havia sido de Felix? Quão tola era Estee por nem mesmo ter questionado se a carta de fato era dele ou não? Como pôde ter aceitado tão facilmente que Felix a escrevera?

– Você... você foi me encontrar? – sussurrou ela, mal conseguindo falar.

– É *claro* que fui, Estee. Como pôde acreditar que algum dia eu faria algo diferente disso? – Lágrimas umedeceram os olhos dele. – Eu abri mão de tudo por você, exatamente como disse que faria, mas, quando cheguei, você tinha ido embora.

De repente, ela se dobrou ao meio, sentindo uma dor forte demais para suportar, sentindo que a perda que tinha sofrido removera uma parte dela que nunca mais poderia ser substituída. Estee chorou, soluçando de um jeito animalesco, seu corpo vergado como se estivesse reduzido à metade.

– Estee, eu sinto muito, eu... – Felix a abraçou, e ela o deixou segurá-la, o deixou confortá-la enquanto seu corpo parecia se partir ao meio. – Estou aqui agora e prometo que nunca vou abandoná-la, jamais a abandonarei novamente – sussurrou ele contra o cabelo dela, os braços a envolvendo.

– Mas é tarde demais!

– Não é tarde demais – disse ele, a voz firme enquanto a segurava.

Estee começou a tremer e se moveu para sair do abraço. Então, olhou para ele, sentindo-se estilhaçada.

– Você não está casada, está? – perguntou ele, baixando o olhar para a mão dela. – Por favor, me diga...

– Eu estava grávida, Felix. – Estee soluçava, encarando-o e sentindo dores violentas no estômago, como se fosse vomitar. – Tive a nossa bebê, *nossa filha*. Eu estava sozinha e não tive escolha, eu...

– Nós temos uma filha? – perguntou ele, os olhos arregalados. Felix abriu um sorriso de orelha a orelha que fez com que ela sentisse uma faca perfurando seu coração.

Como isto pode estar acontecendo comigo?

– Sinto muito, Felix. – Ela chorava. – Sinto muito. Se eu soubesse, se eu...

– Estee – sussurrou ele, tomando o rosto dela nas mãos. – Você não deve pedir desculpas. Por que está chorando? É uma notícia maravilhosa. Por que...

– Porque ela se foi – sussurrou Estee, recostando o rosto na palma da mão dele e lentamente erguendo o olhar. – Eu não tive escolha. Não havia mais nada que eu pudesse ter feito.

Felix ficou paralisado, de repente entendendo o que ela estava tentando lhe dizer. Ela pressionou novamente a bochecha contra a palma da mão dele, mas as mãos de Felix penderam para baixo, os olhos se arregalando.

– Nossa filha – disse ele, lentamente. – Onde ela está, Estee?

– Você precisa entender que eu não tive escolha – sussurrou Estee. – Ela era uma menininha perfeita, mas eu estava sozinha e...

Ela desviou o olhar e então voltou a encará-lo. Ele permaneceu parado ali, inabalável, buscando o rosto dela.

– Eu dei à luz em uma instituição para mães solteiras – disse ela, esforçando-se para pronunciar as palavras. – Eles providenciaram a adoção, ainda que isso tenha partido meu coração.

Felix caiu de joelhos, como uma árvore robusta sendo derrubada, e Estee o observou entrar em colapso conforme ela partia o coração dele da mesma maneira que o dela havia se partido tantos meses antes. Ela só conseguiu assistir à dor que ele sentia por um instante, antes de a sua própria se tornar insuportável, e Estee se viu aproximando-se dele. Ela culpara Felix por tantas coisas, por *tudo*, na verdade, mas ao observá-lo ficou evidente que ele estava tão dilacerado quanto ela.

– Felix – disse ela, tomando suas mãos e o encorajando a se levantar. – Por favor, entre.

Ele se ergueu lentamente, e ela continuou segurando a mão dele enquanto se deslocavam. Quanto tempo fazia desde que havia tocado alguém daquela maneira, desde que estivera tão próxima de outra pessoa, a não ser quando estava no palco? *Desde que Hope me segurou conforme eu chorava.*

Desde que ela me reconfortou nos dias seguintes ao parto, como uma mãe faria com uma criança. Desde que eu perdi a minha filha.

– Estee – chamou Felix por fim, virando-se para ela, os dois parados no centro do apartamento dela. – Se você quiser que eu vá embora, se nunca mais quiser me ver…

– Não quero que você vá embora – sussurrou ela, reencontrando sua força, sabendo que era a vez dele de sofrer aquela perda, agora que havia lhe contado o que havia acontecido.

Ela se aproximou dele, abraçando-o com força antes de fazer um gesto para que se sentasse no sofá. Chegou a pensar em preparar um café, mas mudou de ideia, encontrando uma garrafa de vinho que estava guardando para uma ocasião especial e decidindo servir duas taças de um intenso e aveludado Pinot Noir.

Estee respirou fundo, então enfim encarou Felix e passou uma taça para ele. Eles encostaram suas taças com delicadeza e se sentaram um diante do outro, e ela dobrou as pernas, bebericando nervosamente o vinho.

– Sabe, pensei tantas vezes no que diria se algum dia te visse de novo – admitiu ela. – Mas agora que você está aqui, me vejo sem palavras. Eu te culpei durante todo esse tempo sem nem mesmo saber a verdade.

– Algum dia você será capaz de me perdoar? – perguntou Felix.

Naquele momento em que estavam próximos sob a luz do apartamento dela, Estee pôde ver como seus olhos estavam injetados, com rugas se espraiando deles, como o cabelo dele tinha crescido.

– Parece que somos duas vítimas – concluiu ela, dando outro gole no vinho. – Seus pais nunca me aceitariam. Devíamos ter percebido já naquele dia em Como que isso nunca daria certo. Que não importava o que fizéssemos, estávamos destinados ao fracasso. Que sua mãe faria qualquer coisa que pudesse para nos arruinar.

Felix enfiou a mão no paletó e tirou do bolso uma caixinha de veludo. O coração de Estee se acelerou, pois ela se lembrou da última vez que vira aquela caixinha.

– Carrego isso no bolso desde o dia em que fui procurar você – declarou ele, passando-a para ela sem abri-la. – Quando fui embora do

Piemonte, tinha planejado tudo. Eu te pediria para se casar comigo em Milão, do jeito certo. Eu te diria que nada mais importava, desde que pudéssemos ficar juntos.

Os olhos dela transbordavam de lágrimas quando ela abriu a caixa e encarou os dois anéis dourados, um fino e obviamente moldado para o dedo dela, o outro mais grosso, mais forte. Ela ergueu o olhar para ele.

– Eu procurei você por toda a Itália, Estee. Entrei em contato com todas as companhias de balé, teatros, mas era como se você houvesse desaparecido. Mas nunca desisti. Eu não poderia.

– Quando recebi aquela carta, eu soube que precisava ir embora. Não teria suportado a dor de talvez encontrá-lo com Emilie, com os filhos de vocês, de saber o que a sua família pensava. E compreendi que, se quisesse salvar minha carreira, não poderia deixar que ninguém me visse grávida.

Eles ficaram se encarando enquanto ela segurava as alianças na palma da mão, a taça de vinho na outra.

– Você algum dia vai me perdoar? – perguntou Felix. – *Consegue* me perdoar depois de tudo? Depois da dor que minha família causou?

Estee não sabia o que dizer, mas podia ver que Felix estava sofrendo tanto quanto ela. Apoiou a taça e se levantou, olhando para ele antes de se aninhar no seu colo, colocar os braços ao redor do seu pescoço e encostar a cabeça em seu peito. Os braços de Felix a envolveram, e ela ficou recostada ali, ouvindo as batidas constantes do coração dele, sentindo o calor de seu abraço depois de terem passado tanto tempo afastados.

– Minha família já não faz parte da minha vida, Estee – sussurrou ele. – Fui embora e trouxe minha receita comigo, a mesma que confiei a você naquele dia. Podemos construir uma vida juntos, podemos... – Ele hesitou, como se não tivesse certeza se deveria continuar. – Podemos formar uma família.

Ela suspirou, mas não foi capaz de encará-lo. Sabia que, se encontrasse o olhar de Felix, não conseguiria esconder suas emoções. *Uma família à qual sempre faltaria sua primogênita.*

– Se você aceitar, podemos nos casar aqui em Veneza. Se conseguir me perdoar pelo que você passou...

Ela se viu assentindo.

– Sim – sussurrou ela.

– Você aceitaria se casar comigo?

Estee se forçou a erguer a cabeça.

– Estou destroçada, Felix. Alguma coisa morreu dentro de mim quando desisti da nossa filha, e você precisa compreender que não sou a mesma mulher da qual você se despediu em Como. Nunca serei a mesma novamente. Desistir dela é algo que vai me assombrar pelo resto da vida.

– Nós a encontraremos, Estee. Eu prometo – sussurrou Felix, os olhos brilhando como uma trilha para a sua alma. – Eu prometo, vamos encontrá-la. Jamais vou me perdoar por isso. É minha culpa o que aconteceu, a situação na qual você se encontrou. Você não fez nada de errado. *Minha família causou isso e prometo que lutarei por você, pela nossa filha, até o meu último suspiro.*

Estee o beijou inesperadamente enquanto ele a abraçava.

– Eu nunca deixei de amar você, mesmo quando te culpei por tudo isso.

Eles ficaram se olhando por um bom tempo, antes de os lábios de Felix encostarem na testa dela, e ela se render uma vez mais ao seu abraço. Era a verdade: mesmo que o houvesse xingado e culpado por tudo, em algum lugar profundo Estee ainda o amava. Ainda desejava que ele fizesse parte de sua vida.

– Me conte sobre ela – pediu Felix, acariciando as costas de Estee enquanto falava suavemente. – Me conte tudo.

– Ela era perfeita – disse Estee, se surpreendendo com a facilidade com que as palavras lhe saíram da boca. – A cabecinha era repleta de cabelos escuros, e os lábios tinham o formato mais lindo. Ela era tudo o que há de bom no mundo, tão pura... Quando a segurei, o amor que senti pela nossa filha... eu nunca havia sentido nada parecido.

Os dois ficaram sentados dessa maneira por mais tempo, os braços de Felix sem fraquejar, segurando-a enquanto eles sussurravam sobre a filha, enquanto choravam, enquanto a noite caía lá fora e a manhã os recebia com uma luminosidade quente e fulgurante.

– Vamos encontrá-la, Estee. Eu prometo, vamos encontrá-la.

E se não a encontrarmos, talvez ela nos encontre. Os lábios de Estee se entreabriram, murmurando essas palavras quando seus olhos se fecharam, conforme ela era tomada pela exaustão e o sono a dominava, tendo sido impossível não se render a ele. Pela manhã, ela contaria a Felix sobre a caixinha que havia deixado para trás. Talvez um dia a filha deles voltasse para a Itália procurando os pais biológicos, segurando uma receita e um programa do La Scala do ano de 1946, que Estee havia lhe deixado, e depois de tudo o que haviam passado, eles por fim se reuniriam.

34

Dias atuais

— Você voltou.

Lily ficou parada, encarando Antonio, sem conseguir respirar. Os olhos escuros dele estavam fixos nela, e por um momento ela não conseguiu decifrá-los, sem saber o que ele estava pensando ou o que deveria dizer.

– Você voltou para trabalhar ou...

Ela não hesitou quando reconheceu a esperança em seu olhar, a maneira como a voz dele se animou. Avançou correndo pelo restante do caminho enquanto ele abria os braços, seus lábios tocando os cabelos dela assim que Lily o abraçou com força.

– Voltei pelas duas coisas – disse ela, reclinando-se nos braços dele e olhando para Antonio. – Não tenho a menor ideia se isso, *nós dois*, vai dar certo, nem mesmo se *existe* um "nós", se você quer algo mais, mas ninguém nunca me olhou como você. Mas se for apenas algo passageiro, que seja. – Ela riu. – Eu nem sei se você ainda tem algum interesse em mim, se queria me ver de novo...

Ele riu e a beijou, as mãos envolvendo a cintura dela.

– Eu tenho interesse. Juro que estou *bastante* interessado.

– Tive muito tempo para pensar nessas últimas semanas – comentou Lily, ainda se reclinando para olhá-lo. – Passei a vida muito focada no futuro, mas não quero mais fazer isso. Quero estar aberta ao que a vida tiver para me oferecer.

A voz de Antonio estava rouca quando ele voltou a falar, e seus dedos a acariciavam delicadamente na bochecha.

– É tão bom te ver de novo, Lily.

Ela sorriu, sem se dar ao trabalho de esconder quanto estava feliz por vê-lo novamente.

– Para mim também é muito bom te ver de novo.

Eles ficaram assim por um momento, até que Antonio segurou o rosto dela e lhe deu um beijo na boca, um beijo que revelou para Lily que ela havia tomado a decisão certa. Porque, quando Antonio olhava para ela, ele parecia enxergá-la de verdade. E a maneira como ele a tocava a fazia se sentir mais viva, mais bonita do que jamais havia se sentido.

– Não espero nada de você, Antonio – comentou Lily, correndo os dedos pelos ombros largos e pelos braços dele. – Mas acho que isso, o que quer que exista entre nós, vale o tempo que conseguirmos dedicar para saber se de fato é especial.

– Ahh, Lily, mas é exatamente nisso que sou bom – gracejou ele. – Você por acaso sabia que eu cultivo uvas? Sou muito bom em nutrir coisas especiais bem devagar, em condições bastante difíceis, até que cresçam e se transformem em algo espetacular, mesmo que no início eu não tenha certeza se vão dar certo.

Os dois riram, e ela se colocou ao lado dele, envolvendo a cintura de Antonio enquanto olhava a casa. Era tão linda quanto Lily se lembrava: grande, mas não austera; requintada, mas discreta.

– Devo uma conversa ao seu pai. Ele está em casa?

– Está, sim – disse Antonio. – Tenho o pressentimento de que ele vai ficar contente em te ver. Todos sentiram sua falta.

– Seria impossível não voltar. Trabalhei em muitos lugares do mundo, mas a forma como sua família me acolheu...

– Espere – pediu ele, rindo enquanto tentava parecer estarrecido. – Achei que *eu* fosse a razão para você não conseguir dizer "não".

Ela lhe deu um leve empurrão, mas ele logo a enlaçou em seus braços novamente, trazendo-a para junto dele.

– Você e sua família são como um presente para mim.

– Eu gostaria de ter sido perspicaz o suficiente para ter entendido esse tipo de coisa antes de me casar – concluiu Antonio, seco.

Lily deixou sua cabeça pender, aninhando-se no braço dele, logo abaixo do ombro, mas não ficou muito tempo assim. Em alguns segundos, a mãe de Antonio apareceu na porta, os braços abertos ao ver Lily. O sorriso no rosto de Francesca, a alegria em sua expressão, fez os olhos de Lily se encherem de lágrimas, e ela esperou que seu próprio rosto refletisse quanto estava feliz em estar de volta entre os Martinellis.

– Lily! É tão bom ter você em casa.

Casa. Ela riu, mas o riso logo se transformou em lágrimas e Lily as enxugou conforme Francesca disparava na direção dela, envolvendo-a num abraço repleto de amor e afeição. Com todo o coração, Lily sentia como se aquela fosse a sua casa, como se naquele momento parte da Itália estivesse dentro dela, sob sua pele, de forma irreversível. Algo faltara em sua vida por muitos anos, e ela não pôde evitar pensar que havia sido o elo com seu legado, com seu pai.

Você sempre soube que a Itália era o lugar onde eu deveria estar, pai. Sempre me disse para vir para cá, e nós nem sabíamos por quê.

– É tão bom estar de volta – disse Lily para Francesca, enquanto a italiana delicadamente enxugava as lágrimas que rolavam pelas bochechas dela.

– Seu lugar é aqui conosco – declarou Francesca, com sinceridade. – Eu soube disso quando a vi caminhar pelos vinhedos com meu marido e depois quando a vi nos braços do meu filho.

– Obrigada – sussurrou Lily, pois não confiava que sua voz diria nada diferente disso.

De certa forma, ela acabara ganhando duas novas famílias.

– Antonio, avise ao seu pai que Lily está de volta. – Francesca se virou e franziu a testa. – Você veio para ficar, certo?

– Sim – respondeu Lily. – Vim para ficar. Mas Roberto já sabe disso. Na minha carta eu falei que aceitaria o trabalho, apenas não sabia se seria...

Ela olhou de soslaio para Antonio e sentiu seu rosto enrubescer.

– Você apenas não sabia se voltaria ou não para o meu filho também – concluiu Francesca.

– Ele sabia todo esse tempo? – perguntou Antonio, lançando as mãos para o alto. – *Santa Maria*. Todas essas semanas, e ele não poderia ter me contado? Eu estava perdendo a cabeça me perguntando se Lily voltaria!

– Obrigada por não ter aberto a carta – replicou ela.

– Chega disso, vamos comemorar – disse Francesca, abraçando Lily e Antonio. – Ant, acho que precisamos abrir o Franciacorta vintage. Nossa nova vinicultora assistente está de volta!

* * *

– Senti falta disso – disse Lily, com um suspiro.

Todos começavam a partir lentamente: amigos da família que haviam sido convidados para o jantar, Roberto e Francesca, que se retiraram para dormir, seguidos pela irmã de Antonio, que dera um beijo no topo da cabeça de Lily e sussurrara palavras de estímulo que a fizeram chorar mais uma vez.

Alguns objetos que haviam feito parte da noite permaneciam na sala: velas ainda acesas, cadeiras espalhadas, garrafas de vinho vazias pela mesa. A noite, contudo, estava silenciosa naquele momento, a temperatura amena começava a se resfriar à medida que a meia-noite se aproximava, e, o mais importante, apenas ela e Antonio haviam permanecido.

– Venha aqui – chamou ele, arrastando a cadeira para trás e acenando.

Ela se levantou e foi na direção dele, aninhando-se em seu colo.

– Senti saudades disso.

– Eu também.

Os dois ficaram sentados, Antonio acariciando o cabelo dela, a cabeça de Lily enfiada sob o queixo dele enquanto sentia o subir e descer da respiração dele.

– Você vai amar isso aqui, Lily – sussurrou ele. – Cada temporada, cada ano, este lugar...

Ela suspirou.

– Eu sei. Já não consigo me imaginar indo embora. Não consigo imaginar que exista outro lugar no mundo onde eu preferiria estar.

Lily se reclinou um pouco para mirar o céu, admirando o manto escuro salpicado de estrelas. Antonio beijou sua bochecha, e ela se voltou para ele, olhando solenemente dentro de seus olhos.

– Eu me esqueci de contar uma coisa.

– Diga.

– Minha mãe quer te conhecer. Na verdade, ela está vindo nos visitar na semana que vem.

– Sem problemas. – Ele riu. – As mães me adoram.

Ela deu um leve soquinho no braço dele.

– *Mães?* Quantas *mães* existiram exatamente?

Antonio abriu a boca para replicar, mas ela logo o interrompeu:

– Não responda!

Os dois riram, e Lily se aninhou ainda mais em seu colo.

– O que você disse para ela? – indagou ele. – Sobre mim?

Ela riu.

– Eu não precisei dizer nada. No momento em que falei que havia um homem na minha vida, ela comprou a passagem. Ela esperava que eu dissesse isso já fazia anos.

– Vamos dormir? – perguntou Antonio com um sorrisinho astuto.

Lily se alongou feito uma gatinha em seu colo.

– Vamos dormir – concordou ela, se levantando.

Antonio pegou a mão dela e a conduziu para fora da sala, seus dedos entrelaçados. Quando ele olhou de volta para Lily, o frio na barriga dela aos poucos começou a arrefecer.

Nenhum homem nunca me olhou assim. Foi o que ela dissera a si mesma quando eles estiveram separados, mas Lily quase havia começado a se perguntar se apenas imaginara a maneira apaixonada e intensa como ele olhava em seus olhos.

A Itália havia transformado a vida dela, a havia levado a uma família que nunca soube que existia, e ao homem que mudara a forma como ela se sentia em relação ao amor. A única pessoa que faltava era seu pai, mas os Martinellis estavam lhe proporcionando uma forma de estar próxima dele, e por isso ela seria eternamente grata.

– Lily? – chamou Antonio, levantando a mão e beijando as dobrinhas dos dedos dela, atraindo sua atenção outra vez.

Lily sorriu para ele, deixando seus pensamentos de lado.

– Vamos para a cama – disse ela.

Lily nem precisou falar duas vezes: Antonio a ergueu em seus braços e foi caminhando na direção do quarto dela.

EPÍLOGO

LONDRES, 1955

Estee segurava a mão de seu filho de um lado e a de seu marido do outro enquanto passeavam pelo Zoológico de Londres. Seu coração batia acelerado e sua respiração estava ofegante ao se apressarem na direção dos macacos. Ela mal havia reparado nos animais quando entraram ali, e isso não tinha nada a ver com o zoológico em si – se Estee não tivesse tantas preocupações na cabeça, sem dúvida teria adorado admirar a paisagem ao redor.

Felix a olhou de soslaio, apertando sua mão enquanto ela apressava o filhinho deles, contente em ver a filha disparando na frente, ansiosa para ver os prometidos macacos.

Aí está ela.

O coração de Estee começou a martelar, e ela pensou que iria desmoronar.

As lembranças voltaram como uma onda, arrebatando-a, fazendo suas pernas bambolearem. Estee se viu segurando sua filha nos braços, beijando o topo de sua cabecinha úmida, a ponta de seu narizinho de recém-nascida, segurando-a contra o peito para que ela mamasse.

Sussurrando adeus.

Sem Felix, ela nunca teria conseguido fazer isso. Nunca teria tido coragem o suficiente para pensar que eles poderiam secretamente encontrá-la depois de tanto tempo. Mas ele fora incansável em suas investigações, contratando um advogado e um detetive particular em Londres que, de alguma maneira, conseguira ter acesso aos papéis de adoção da filha deles e lhes dar a informação de que precisavam.

Felix segurou firme a mão dela enquanto se aproximavam, caminhando, os filhos deles felizmente atraídos pelos macaquinhos fazendo estripulias, pulando de galho em galho. Mas Estee não conseguiu nem ler a placa para ver qual espécie de macaco era. Estava fascinada pela menininha sentada nos ombros do pai.

A mulher, a *mãe*, estava rindo, olhando para a garota – seu cabelo era tão louro quanto o da menina era escuro. E no momento em que Estee pôs os olhos nela, não conseguiu mais desviá-los, absorvendo a visão dos sapatos polidos, das bonitas meias cor-de-rosa na altura do tornozelo, do vestido coberto de florezinhas que deviam ter levado horas para serem bordadas.

– Sua filha parece estar gostando da atração tanto quanto nossos filhos – comentou Felix, sorrindo para o casal ao lado deles.

Estee não conseguiu falar e se surpreendeu com a facilidade, com a *calma*, com que seu marido estava encontrando as palavras.

O homem se virou, segurando firme nos joelhos da criança.

– A gente vem aqui todo mês – disse ele. – É o lugar preferido da Patricia.

A mulher sorriu para Estee, e ela se forçou a retribuir e a se comportar naturalmente, para que não achassem que ela era esquisita. A última coisa que queria era que se afastassem deles, ainda que o nome da criança tivesse ficado entalado em sua garganta, como um caroço grande demais para ser engolido.

Patricia.

– Sua filha é muito bonita. – Foi tudo o que Estee conseguiu dizer, rapidamente disfarçando as lágrimas em seus olhos, enquanto Felix pressionava ainda mais a sua mão, lhe dando a força de que ela precisava para se manter firme.

Continue respirando, continue sorrindo, mantenha a calma.

A mulher a encarou com um brilho no olhar, evidentemente muito orgulhosa da filha. Estee quase se engasgou com o pensamento que atravessou sua mente, com a traição que foi apenas ter pensado que aquela menininha pertencia a Estee, mesmo sabendo quanto isso era injusto. Aquela mãe não havia feito nada de errado – na verdade, fizera tudo certo.

– Bem, é melhor irmos andando – disse Felix, soltando a mão de Estee e segurando a dos filhos deles. – Muitos animais para ver. Divirtam-se.

O casal sorriu e a menininha olhou para Estee, capturando seu olhar, encarando-a. *Era quase como se ela pudesse, de alguma forma, sentir a conexão.* Estee tocou seus lábios com os dedos, lhe mandando um beijo, e então se virando conforme a menininha descia dos ombros do pai e lhe perguntava, alto o bastante para que Estee pudesse escutar, quem eram eles.

– Continue andando – murmurou Felix, a mão encostada na parte inferior das costas dela, fazendo com que ela seguisse avançando.

Estee relutava a cada passo, se forçando a seguir em frente apesar do desesperado impulso de dar meia-volta. Mas, quando o detetive particular havia passado para eles o arquivo, haviam prometido um ao outro que eles não iriam interferir se a filha deles estivesse contente. E tudo a respeito da vida daquela menininha parecia perfeito, logo, por mais que fosse muito doloroso, Estee precisava se afastar. *Ela já não pertence a mim, ela tem a própria família, que a ama.*

Quando estavam fora do alcance da visão da outra família, quando suas crianças estavam entretidas observando mais um animal, Estee arquejou e Felix a envolveu em seus braços de forma protetora, abraçando-a enquanto ela soluçava no seu ombro.

Os lábios dele estavam quentes ao tocarem a bochecha dela, as lágrimas de Felix misturando-se às de Estee. Ele ficou com a testa encostada na dela por um momento, como se estivessem sozinhos, e não de pé no meio de um zoológico.

– Ela é linda – sussurrou ele. – Nossa menininha é linda como a *mamma* dela. Estou um pouco surpreso por não terem notado a semelhança.

Estee estremeceu e pressionou os lábios, erguendo sua cabeça enquanto lutava contra mais uma onda de lágrimas.

– Não podemos vê-la de novo – sussurrou Estee. – Isso é muito doloroso.

– Você algum dia vai me perdoar de verdade? – perguntou Felix. – Depois de todos esses anos, depois de finalmente vê-la...

Estee ficou na ponta dos pés e envolveu o pescoço do marido com os braços, encostando sua bochecha na dele.

– Eu te perdoo, Felix. É a mim que nunca perdoarei – sussurrou no ouvido dele.

O beijo de Felix roçou os lábios dela, e ela pôde ver a dor nos seus olhos quando ele deu um passo para trás, assim que as crianças colidiram contra as pernas dos dois, puxando ambos pelas mãos para ver outra atração, sem nem mesmo notar a emoção a que estavam entregues.

Ela sabia como Felix se sentia. Ele achava que era culpado pelo fato de Estee ter desistido da bebê. Assim como ela sempre sentiria o peso da decisão que tomara, Felix sentiria o peso da traição da família dele e da perda que sofrera, mesmo sem saber disso na época.

– Nós nunca a esqueceremos, Estee – murmurou ele, enquanto caminhavam e suas crianças davam gritinhos de animação, tornando impossível não sorrir de volta. – Nunca.

– Eu sei – disse ela, inclinando-se na direção dele, suas mãos ainda entrelaçadas.

Adeus, minha menininha. Que você tenha uma vida inteira de risos e alegrias. Eu te amo.

Estee se virou, sentindo um calafrio lhe percorrer o corpo, o impulso de olhar para trás, impossível de resistir.

A menininha estava sentada nos ombros do pai, mas olhava fixamente para Estee. Ela acenou enquanto a brisa soprava seu cabelo, bagunçando-o. Estee levantou a mão em resposta, quando a menina – sua filha – lhe lançou um beijo de volta.

Ela sabe.

Talvez fosse apenas a sua imaginação, mas Estee sempre se perguntaria se a criança havia sentido a energia entre elas, se, de certa maneira, haveria uma centelha de memória dentro dela, mesmo sabendo quanto isso parecia impossível.

– *Mamma*, vamos.

O puxão na saia a trouxe de volta para a sua família. O filho olhava ansioso para ela, seu rostinho franzido.

– Por que você está chorando, *mamma*? – perguntou ele, finalmente percebendo que havia algo de errado.

– Porque eu estou muito feliz – sussurrou ela, enxugando depressa as lágrimas de suas bochechas e sorrindo para ele. – Você não adora o zoológico?

Ele a observou por um momento, como se tentasse decidir se havia ou não acreditado nela, antes de dar de ombros e sair correndo de novo, com os braços estendidos como se fosse um avião.

Dessa vez, quando Felix envolveu sua cintura, a tristeza finalmente a abandonou. Ela havia tomado a decisão mais difícil de sua vida ao abrir mão de sua primogênita, mas, depois de tê-la visto, foi como se a nuvem de tristeza que pairara sobre ela naqueles últimos oito anos, obscurecendo até mesmo os momentos mais felizes de sua vida, houvesse por fim se dissipado.

Felix tinha razão: eles nunca a esqueceriam, mas poderiam viver sua vida sabendo que a filha era feliz e bem cuidada, e eles nunca contariam a mais ninguém que a haviam visto.

Estee se virou mais uma vez, mesmo sabendo que a menininha já tinha partido. O espaço atrás deles agora estava vazio, outras famílias passavam à distância, com carrinhos de bebê e algodões-doces, mas não se via nenhuma menininha sentada nos ombros do pai.

Ela se foi.

Felix tocou a barriga dela, e Estee sorriu enquanto ele acariciava a curva arredondada que havia ali.

Ela nunca mais voltaria para Londres, pois era difícil demais estar na cidade em que havia enfrentado tamanha dor.

Chegara a hora de voltar para casa, na Itália, e não olhar mais para trás. Mas naquele dia, pouco antes do Natal, Estee se permitiria lembrar da sua menininha de reluzentes cabelos pretos.

Patricia.

A filha que ela carregaria para sempre em seu coração.

AGRADECIMENTOS

Em primeiro lugar, preciso dizer um grande "obrigada" para minha editora nesta série, Laura Deacon. Certa noite, em uma chamada de vídeo, expus para Laura a ideia da série As Filhas Perdidas e, a partir daquele momento, soube que trabalharíamos juntas. Laura, obrigada por ter acreditado na minha escrita e por compartilhar das minhas ideias para essa série. Eu adorei trabalhar com você e adoro seu contínuo entusiasmo pelo meu trabalho.

Pensei nesta série por muito tempo, e é maravilhoso ver este primeiro livro circulando pelo mundo. Eu queria escrever uma série que transportasse meus leitores para lugares incríveis ao redor do globo, deslocando-os entre o passado e o presente. Posso lhes prometer que, se você adorou esta história, ficará empolgado para ler as outras. Meu próximo livro, *A filha cubana*, se passará entre Londres e Cuba, e os seguintes levarão à Grécia e a outros países!

Se você já leu meus livros, sabe que eu sempre agradeço a um grupo pequeno, mas incrível, de pessoas. Para minha agente, Laura Bradford: obrigada por tudo o que você faz por mim! Para minhas incríveis amigas escritoras, Yvonne Lindsay, Natalie Anderson e Nicola Marsh: obrigada por me apoiarem e por estarem sempre disponíveis do outro lado da ligação ou no e-mail toda vez que preciso de vocês. Eu detestaria estar nessa jornada literária sem vocês!

Para as minhas meninas do Blue Sky Book Chat: obrigada por me acolherem como parte do grupo e por seu contínuo apoio. Adoro o fato de estimularmos os trabalhos umas das outras! Também gostaria de agradecer aos meus maravilhosos leitores que fazem parte do Soraya's Reader Group, no Facebook, um grupo privado ao qual todos os meus leitores são bem-vindos. Para mim, não há nada mais recompensador do que me conectar com todos vocês e conversar sobre livros e escrita, e sou muito agradecida pelo apoio que me dão ao longo do ano.

E, finalmente, à minha família. Obrigada ao meu marido, Hamish, que sempre me ouve quando falo sem parar sobre personagens e faço perguntas obscuras (com as quais ele nunca parece se surpreender!) e que me escuta enquanto me inquieto com coisas como arte de capa, vendas e datas de publicação. Obrigada aos meus meninos, Mac e Hunter, por serem crianças sensacionais e por compreenderem quando preciso me recolher no escritório para bater minha meta diária de palavras. E por último, mas não menos importante, obrigada aos meus pais, Maureen e Craig, que sempre recebem o primeiríssimo exemplar impresso de todo livro que escrevo antes de qualquer outra pessoa! Obrigada pelo apoio constante à minha carreira.

CONHEÇA OUTROS LIVROS DA EDITORA ARQUEIRO

As Sete Irmãs
Lucinda Riley

Em *As Sete Irmãs*, Lucinda Riley inicia uma saga familiar de fôlego, que levará os leitores a diversos recantos e épocas e a viver amores impossíveis, sonhos grandiosos e surpresas emocionantes.

Filha mais velha do enigmático Pa Salt, Maia D'Aplièse sempre levou uma vida calma e confortável na isolada casa da família às margens do lago Léman, na Suíça. Ao receber a notícia de que seu pai – que adotou Maia e suas cinco irmãs em recantos distantes do mundo – morreu, ela vê seu universo de segurança desaparecer.

Antes de partir, no entanto, Pa Salt deixou para as seis filhas dicas sobre o passado de cada uma. Abalada pela morte do pai e pelo reaparecimento súbito de um antigo namorado, Maia decide seguir as pistas de sua verdadeira origem – uma carta, coordenadas geográficas e um ladrilho de pedra--sabão –, que a fazem viajar para o Rio de Janeiro.

Lá ela se envolve com a atmosfera sensual da cidade e descobre que sua vida está ligada a uma comovente e trágica história de amor que teve como cenário a Paris da *belle époque* e a construção do Cristo Redentor. E, enquanto investiga seus ancestrais, Maia tem a chance de enfrentar os erros do passado – e, quem sabe, se entregar a um novo amor.

A luz através da janela
Lucinda Riley

Na Londres de 1943, Constance Carruthers é recrutada como espiã e chega à Paris ocupada pelos nazistas no auge da guerra. Poucas horas depois de chegar à França, seu contato é preso pela Gestapo. Com isso, a jovem é acolhida no seio da rica família La Martinières e acaba envolvida numa rede de segredos e mentiras.

No fim dos anos 1990, Émilie de la Martinières se vê sozinha no mundo após a morte da mãe, de quem não era muito próxima. Ela nunca lidou bem com as próprias origens aristocráticas, mas se torna a única herdeira do lar de seus avós no sul da França.

Ao explorar a mansão, ela começa a desvendar tudo que aconteceu com a família durante a guerra e descobre uma conexão muito forte com Constance. A partir daí, percebe que o lugar pode lhe dar pistas sobre o próprio passado difícil e embarca em uma jornada de autodescoberta.

A rosa da meia-noite
Lucinda Riley

Vinda de uma família nobre mas empobrecida, Anahita nutre uma forte amizade com a obstinada princesa Indira, filha do marajá. Escolhida para ser sua acompanhante oficial, ela vai para a Inglaterra com a amiga logo antes do início da Primeira Guerra. Lá, conhece Donald Astbury – o relutante herdeiro de uma magnífica propriedade – e sua mãe manipuladora.

Noventa anos depois, Rebecca Bradley é uma estrela de cinema americana reverenciada por todos. Quando seu turbulento relacionamento com o namorado famoso toma um rumo inesperado, ela fica aliviada por poder se refugiar da mídia em Dartmoor, uma remota região britânica, para gravar seu novo filme.

Logo após o início do trabalho no decadente casarão de Astbury Hall, chega à locação Ari Malik, bisneto de Anahita, buscando investigar o passado de sua família. É então que ele e Rebecca começam a desvendar os segredos sombrios que há tempos assombram a dinastia de Astbury...

Para saber mais sobre os títulos e autores da Editora Arqueiro,
visite o nosso site e siga as nossas redes sociais.
Além de informações sobre os próximos lançamentos,
você terá acesso a conteúdos exclusivos
e poderá participar de promoções e sorteios.

editoraarqueiro.com.br